烟

THE SMOKE

雾

李康美 著

陕西出版集团

太白文艺出版社

图书在版编目(CIP)数据

烟雾/李康美著. – –西安:太白文艺出版社,
2010.12

(西风烈)

ISBN 978 - 7 - 80680 - 942 - 6

Ⅰ.①烟… Ⅱ.①李… Ⅲ.①长篇小说-中国-当代

Ⅳ.①I247.5

中国版本图书馆 CIP 数据核字(2010)第 255634 号

烟雾

作　　者	李康美
责任编辑	党晓绒
装帧设计	风　雪
内文排版	陕工报排版中心
出版发行	陕西出版集团
	太白文艺出版社
	(西安北大街 147 号　710003)
	E – mail:taibaisyb1@126.com
	tbwyzbb@163.com
经　　销	新华书店
印　　刷	西安煤航信息产业有限公司
开　　本	787mm×1092mm　1/16
插　　页	12
字　　数	227 千字
印　　张	13.125
版　　次	2011 年 6 月第 1 版第 1 次印刷
书　　号	ISBN 978 - 7 - 80680 - 942 - 6
定　　价	31.00 元

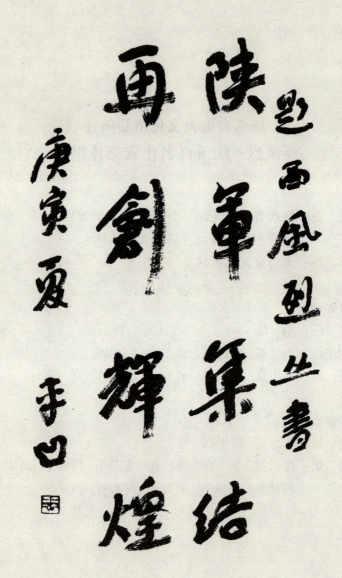

陕西风烈丛书

陕军集结

再创辉煌

庚寅夏 平凹

■ 陕西省作家协会主席贾平凹题词

导言

陕西省委宣传部副部长、陕西省文联党组书记　刘斌

陕西厚重的历史文化孕育出了一代又一代的文学大家。杜鹏程、柳青、胡采、李若冰等老一辈作家是陕西文学的奠基者，路遥、陈忠实、贾平凹铸造了新时期陕西文学的辉煌，陕西文学对中国文学有着举足轻重的作用。自1993年"陕军东征"引起全国广泛关注和好评之后，作为文化大省，陕西作家已经形成了整体优势，但还没有摆脱各自为战的格局，没有形成陕西文学创作的浩大声势。

鉴于此，遵照省委常委、省委宣传部部长胡悦同志的指示，由陕西省委宣传部牵头，省委宣传部、省新闻出版局、省作家协会、陕西出版集团联合主办，由太白文艺出版社承办的"西风烈·陕西百名作家集体出征"的陕西省重大文化精品项目，就是希望通过三四年的时间，筛选陕西本土作家原创作品，推出能够展示我省文学创作水平的优秀作品，形成"文学陕军"的品牌，带动我省作家进入新一轮的创作热潮。

实施项目带动发展战略是省委、省政府根据全省发展实际，着眼于加快文化、经济长远发展做出的重大决策。当前，陕西文化产业发展已进入了一个新的发展阶段，省委、省政府对文化产业的重视程度是前所未有的。大力扶持原创性的"大戏、大剧、大片、大作"，使我省的文化精品生产水平持续稳步提高。省委宣传部决定对"西风烈·陕西百名作家集体出征"这个重大文化精品项目从政策、财政上给予一定的帮助和支持，就是为文化资源和文化产业搭建桥梁，编织纽带。

文学即是人学。一个民族的复兴，首先是人文的复兴。陕西经济的腾飞，离不开良好的人文环境和氛围。我们推出"西风烈·陕西百名作家集体出征"这个宏大的文学工程，就说明我们有勇气、有能力、有信心把陕西文化大省的文学资源转化成新的生产力。

陕西省作协党组书记、常务副主席　雷涛

去年这个时间，和省作协的几位同事在一起闲聊，话题由陕西作家是否存在"断代"现象扯到了有无希望使文学陕军再次勃兴。当时有人直言，陕军有望"二次东征"。我不主张用"东征"一词，因为它有对兄弟省市同行们的不敬之意。但我渴望陕西文学再度辉煌，当然也包括大量新人新作的涌现。

闲聊中有人提出可否以"集体亮相"的方式推出一批作品，主要是长篇小说和报告文学。这个话题当时只是说说而已，但当我们把这个想法和太白文艺出版社交流并向省委宣传部领导汇报时，得到的赞同和响应都是热烈的。这就足以使人感到这是一个只要想干事、能干事，就能干成事的时代。

作家和出版方到底是一种什么样的关系？我想，不论是在过去的计划经济时期，还是在现在的市场经济时期，都应当建立互信互爱、密切合作的战略伙伴关系。"西风烈·陕西百名作家集体出征"这个项目有了省委宣传部的肯定和支持，就有了整个社会和媒体的关注；有了和太白文艺出版社的"联姻"，我们就搭建起了文化资源和文化产业的桥梁，这样可以集结更多更好的作品，做最广泛的宣传、最大化的市场，不光要出成果，还要出效益以及影响力。这对促进陕西文化事业和文化产业的大发展大繁荣具有深远的现实意义。

为了将这个项目做好，我们一方面要继续争取上级部门强有力的支持，另一方面要加大媒体的舆论宣传，在全国营造更加浓厚的关注陕西文学创作的氛围。更重要的是，要动员社会力量关注和支持这项工作。

对文学创作者也应提出更高的要求。要积极创新文学观念、内容、风格和流派，从生活实践中丰富素材、提炼主题、鲜活语言、捕捉灵感，创作更多生活气息浓郁、底蕴丰厚，有一定的精神高度和艺术感染力的原创性文学精品，为广大群众提供一场文学盛宴。

中国作家协会副主席、陕西作协名誉主席　陈忠实

在"西风烈·陕西百名作家集体出征"的新闻发布会上听到这项前所未有的文学图书出版计划的基本思路时，一个作家从我的记忆深处浮泛出来。

他年轻时穷困，穷困到不惜冒险参与海盗行径。但他突然发生了良知反省，产生了想写小说的欲望，而且这欲望强烈到不可压抑，急切到刻不容缓，他便逃离了海盗团队，栖居在海边小镇一个小屋里写起了小说。写成一部小说后，跑了几家出版社，没有一家出版社看中，但他痴心不改，更加专注于新的小说构思和创作。终于有一部小说得到了一家出版社老板有点勉强的认可，决定出版。他喜不自胜，拿着说不清是稿酬还是版税的10美元酬金，到当铺把自己的一辆自行车赎了回来，再把剩下的几美元全部买成最粗劣便宜的面包，堆在屋子里，潜心进入下一部小说的写作。到面包吃完的时候，他又把那辆自行车送到当铺里，换几美元再买粗劣便宜的面包，继续他的长篇小说写作……直到他走红并响亮于美国文坛，直到他的作品被众多出版社预约、抢购，甚至高价收购，这样，一个享誉美国乃至世界的伟大作家终于铸成不朽。他就是杰克·伦敦。

在"西风烈·陕西百名作家集体出征"即将启程的庄重而又令我鼓舞的仪式上，我想到杰克·伦敦如果是在当代中国陕西，肯定会进入"西风烈"图书出版系列，而且完全可能早几年就破土而出。因为"西风烈"出版工程的决策，正是基于目前中国文学图书出版现状做出的。任谁都能看到，文艺书籍的出版呈现着一热一冷的现象，名家的作品成为抢手货，本省难得留住，多数流向省外出版社出版；而众多尚未成名的青年作家，写出的作品却少有人问津，出书成为普遍性困难。这是实施市场经济运作的出版业必然发生的现象。而"西风烈"出于发掘、扶植和培养有才华有潜力的新一代陕西青年作家，整合陕西作家整体实力的主旨，出版工程不是只盯着知名走红的作家。

面对"不相信眼泪"的图书出版市场，能够做出这样大气魄大动作的出版工程的决策，无疑出自一种富于远见的大思路大眼光，是为着尚未破土而出也尚未成名的陕西的"杰克·伦敦"们铺桥修路的，也就是为着陕西未来的文学事业的灿烂前景的。

陕西被认为是文学重镇。中国"十七年文学"有陕西作家的重要建树，新时期文艺复兴以来的当代中国文学，也有陕西作家不同凡响的声音。在当代文学界，尤其是陕西文坛的各界读者群体，似乎都在关注陕西文学的未来，更偏重于30岁以下的青年作家的成长和前景。能引起各方各界读者的关注，深以为幸，也是一种催发的力量。在我看来，这个"西风烈·陕西百名作家集体出征"出版工程的实施，便是最务实的扶植青年作家成长发展的举措。得着这样有力的扶持，陕西的青年作家将减除杰克·伦敦当年的苦苦挣扎，能够缩短破土而出峭立未来中国文坛的时间，不仅创造陕西文学的新风景，也将成就中国文学别具一格的景观。

我为进入"西风烈·陕西百名作家集体出征"的作家庆祝，并期待好作品不断出现。我对项目的创立者和实施者诚表钦敬之意，你们的思路，你们的用心，都是为着神圣的文学事业的。

著名文化学者 肖云儒

"西风烈·陕西百名作家集体出征"属于叫人眼前一亮、拍案而起的大点子。这是陕西文学队伍的一次大的展示，也是陕西文学创作的一次大的策划，还是陕西文学出版的一次大的行动。面对着这个行动，很多人会很自然地联想起以前陕西的几次文学出征，包括六十年代柳青、杜鹏程、王汶石那一个群体在全国的影响，获得了"陕西是中国文学重镇"这样一个称号的回报；包括九十年代的"陕军东征"，强化了陕西是文学大省的这种威望和力量。

这一次行动和上两次出征相比，有很大的不同。上两次陕西文学出征，基本上是陕西文学创作力的展示；这一次出征是策划力、创作力、营销力、执行力的综合展示。上一次的出征还停留在文学生产传统的循环圈内，也就是"作者——出版社——读者"这样一个传统的三维循环圈内；这一次出征已经进入了"作者——策划者——出版者——营销者——读者"整个一个市场经济时代文学生产的大的良性循环圈，我觉得它是非常有意义的。这一次这个行动，基本上是策划和创作同步，但是策划先行。它策划意识之强烈，对资源组合的观念之强烈，包括创作资源、出版资源、党政资源、市场经济的资金资源的组合，还有它形成品牌的带动能力等等，标志着陕西文学生产力进入文化产业的一个良好的开端。所以，这次行动在陕西的文学史上和出版史上都具有一个转型的意义。我唯一希望的是，把这个输血型的行动转化为造血型的，更新资金，融合资金，使文学产业链能够更快地提升。

1 焚尸案发

七月的天气，昼长夜短。清晨六点半钟，就已经老天大亮了。

兴奋了半宿的皎刚正，这时候却睡得正香。昨天下午快下班时，王乾坤王局长很认真地告诉他，组织部近期要进行干部考察，主管政法的白金明副书记还亲自打了招呼说，这一次可别把皎刚正落下了。掐指算来，他已过了四十五岁的生日，按目前的干部任用规定年限，也许这是最后一次机会。失落和陶醉都容易让人失眠，胡思乱想地渐渐入睡时，已经很晚了。

电话铃声把他惊醒了，还没弄清是谁，他就对着话筒连声说："呀！我这就上班这就上班！"惺懂中他以为睡过头了。

电话是王局长打来的，王乾坤听出他迷迷糊糊的样子，想笑却笑不出来，说："杜马乡发现了人命案，你直接赶过去吧。"

皎刚正没有再问什么，他知道王局长的脾气和习惯，而且是本周值班的领导，给他打电话之前，其他事情已做了安排，他只需在家门口等车就行了。果然，刚刚洗完了脸，接他的车已经在门外鸣喇叭了。他又剥了一根生葱，拿了一个馒头，不愈的胃病使他不敢忘记带着这样的早点。

车上还坐着孙维孝。孙维孝年近五十，在刑警队可算一个老资格了。而且，每一件活儿都拿得起，一旦把什么事情交给他，上下都放下心了。可是，孙维孝至今还是一大队的副队长，就是这么一个副股级的位置，还是年初才提上来的。当然，皎刚正为此也费了不少的口舌，他一直觉得委屈了孙维孝。

孙维孝咧咧嘴算是打了招呼，皎刚正一上车首先一口生葱一口冷馍地开

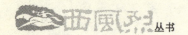

吃了。

司机小谭拉近乎地说："皎支队就这样打发肚子呀？"

不等皎刚正回应，孙维孝一掌拍在小谭的肩上说："拍马屁也要选一个好时候，那边的尸首还在野地里晾着哩！"

小谭不满地瞪了孙维孝一眼启动了车，皎刚正一口馍也噎在嗓子里了。只要和孙维孝在一起，总会发生这样的情况，大家正在兴头上，他就会冷不丁射出一支冷箭。但是谁都愿意和他在一起，担心的害怕的事情，他总是抢先处理掉，生活上的事情他也细心得像一个老大哥。车子出城后，孙维孝又悄然地点燃一支烟递给了司机小谭，皎刚正的座位旁也有了一瓶泡好的茶水。

"昨晚上你不是值班吗？"皎刚正突然想起孙维孝这个时候是应该回家休息的。

孙维孝不领情地说："给你抬抬轿子你不高兴？"

皎刚正不解地说："这个死人和我有什么关系？"

孙维孝嘲讽地笑了笑不再言语。

小谭又找到话茬儿说："皎支队，杜马乡在同济县，同济县可是你的故乡啊。"

皎刚正说："哪儿和哪儿扯！看一个死人，还成了衣锦还乡？"

孙维孝闷声闷气地挖苦说："别和我们两个下苦人打哑谜！不是同济县发了案，王局能让你亲自出马？就市局来说，他已经给你把副局座的椅子擦净了；就同济县来说，乡里乡亲的，还能不和你齐心协力？面临升迁，每一个光荣牌对你都是多多益善吧？"

皎刚正想不到这股风已经在全局吹开了，甚至连孙维孝都有了这样的联想。不过，他心里却感谢王局长在关键时候给了他这么一个机会。不就是一个焚尸案吗？本来，死了一个人的案件对市局来说就是配合，能顺利侦破有他的参与，事情麻烦有县局顶着。想来也不是什么麻烦事，他心里已经有了推测，不是仇杀就是情杀，用他的经验说，发在农村的案都好破。这样想着，他就觉得孙维孝的"报恩"有点儿不合时宜，这家伙不喜功却有点儿贪大，任何案子一有他沾上，就非得拔出萝卜带出泥。曾几何时，他也和孙维孝一样的脾气，只是五年前成了"皎支队"后，心里才慢慢增加了一些说不清道不明的累赘。

孙维孝不知是看出了他的心思，还是已经进入了角色，侧着身子望着窗外，好长时间不再和他说话。忽然，又用手掌拂着鼻息说："放风放风！"说话间先把自己跟前的车窗摇下了。

2

外边热浪滚滚，车里开着空调，皎刚正终于找到一个讥笑的把柄说："你总是和别人不一样，一有情况就连热冷都分不清了。"

孙维孝哼哼一笑说："你先喝口茶漱漱嘴吧。"

皎刚正这才知道他指的是自己嘴里喷发出来的生葱气味。随即喊了一声"警犬"后，想起了很早以前他也曾经背了几年这个外号，那时候他的鼻子和孙维孝一样的灵敏，但是进入仕途之后，就把这个外号丢掉了。"我这个爱吃生葱的习惯真该改改了。"他自嘲地说。

"别怪生葱，一心二用的人好些事情都麻木了！"孙维孝又顶了一句。

在整个刑警支队里，唯有孙维孝敢这样顶撞他奚落他，用孙维孝的话说，不想当官的人就没有什么可怕的。皎刚正为他争取了一个副大队长，除了同情他总是被人排挤之外，还有一个不好明说的目的，那就是觉得给他戴上一顶小帽子，就能收敛他的胡说八道。孙维孝的话也真是减少了许多，但是遇见挠心的事，两片嘴唇又像刀子了。

车子进入了同济县境，孙维孝又冷不丁冒了一句说："你没听说如今的处级干部比处女还多，整天伤那个脑子干什么！"

皎刚正一时反不上话，也习惯地眯着眼睛预测起案情来。

杜马乡就在市区和同济县的交界地段，他们无需进县城，直接就去了案发地点。皎刚正好像为了向孙维孝证明他并没有被什么好梦冲昏头脑，没有问县局汇报的是哪个村子，走哪条路，完全凭着自己的经验指挥小谭在纵横交错的乡野土路上前进。一会儿望着天空似隐似现的缕缕烟雾，一会儿又看着道路上新轧出的车辙，再后来就有了前往出事地点看热闹的村民了。

车子下了公路，再走出七八里土路后，果然就看见县局的警员过来迎接。

小谭佩服地说："皎支队还是好眼力！"

孙维孝这才正经地说："是我骂得好，一骂就把他骂灵醒了。"

皎刚正却歔歔了一声说："坏了坏了，那么多人来看热闹，现场还能留下什么！"下车后，他劈头盖脸地向县局的人发火说，"一群蠢猪！连保护现场都不知道，这儿是赶集还是上会？"

不远处的村头已经站满了黑压压的人群，附近村子的群众仍然向那里奔走。

迎接他们的警员说："我们也是天亮才知道，农民么，谁不想看看新奇事。又是四通八达的辽天野地，还能挡住谁？"

"你们哪个头来了？"孙维孝看着那个警员红脖子涨脸的样子，一时有点儿同病相怜，问话时就轻声细气了。心想都是下苦的，下苦的只要管好自己就

3

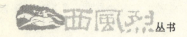

行了。

　　说话间高时兴已经在前面打招呼说："哎呀，到底是乡党过来了，正等着你们哩！"高时兴是同济县局刑警大队的副大队长，他觉得既是熟人又是乡亲，口气就是大大咧咧的腔调。

　　看见高时兴，皎刚正有火都不能发了。论资历论年龄，高时兴都比他早，当初大学毕业在同济县局工作时，他们还曾经有过两年的师徒关系。虽然当初的徒弟如今成了顶头上司，但皎刚正见高时兴总是一副客气而恭敬的脸色。他叫了一声老高问："怎么才来了三四个人？"

　　高时兴说："官僚啦官僚啦，咱县搞了个轻工市场你不知道？"

　　皎刚正说："轻工市场和你们有什么关系？"

　　高时兴不得不解释说，轻工市场刚刚开业，整个县城热闹得和节日一样，还叫了几台大戏凑兴，五套班子的成员都要分头接待外来的客商，县委书记和县长亲任领导小组组长和总指挥，公安局还不全力以赴保驾护航了？

　　皎刚正无话可说，只是怒目圆睁地望着围观的群众。紧步跟在后边的孙维孝害怕皎刚正又说出不该说的话，这时候反而息事宁人叮咛他："要紧的是时间，赶紧进入现场吧。"

　　皎刚正尽力使自己的思绪进入案情，可是心里的一些杂念却总是挥之不去。一路上想着他们仅是参与仅是配合，现在看来参与和配合的倒是县局了。他知道一旦接上这样的重大案件，就很难再向下边推去。何况同济县又是他的故里，威风不能耍，架子不能摆，甚至连一句牢骚话也不能说。如果放在平时，他也不会有这些想法，问题是面临着官升一级。他知道竞争者绝不是一个人两个人，暗暗使劲儿的也许是一群。他还知道胜利者绝不是仅仅凭着什么功绩，水到渠成关键是"修渠"。如果这个案件可以在短时间侦破，那就无疑是他胜利的一个砝码，但是如果拖延下去，又会为别人落下他的一个口实。

　　双重的紧迫使皎刚正的脚步突然加快了。

　　出事地点是村外一个麦秸垛，那个麦秸垛距离村子大约有三百多米。他看出，麦秸垛的位置在夏收时就是农民碾场晒麦的场地，夏收完毕村民就原地把麦秸堆在那里，又把麦场翻为土地，种上了秋庄稼。土地分到了户，麦场也各自为政，有人种的是豆子有人种的是玉米，仲秋的七月，到处都是一片青纱帐了。

　　"闪开闪开！往远走往远走！"高时兴指挥着他的警员驱散着围观的群众。

　　群众渐渐撤退后，一个女警员的身影不禁使皎刚正一惊。他立即认出她是

郭淑红。说起来郭淑红还是凭着他的关系进了同济县公安局的。郭淑红的父亲是皎刚正中学时的老师，去年郭淑红大学毕业，却找不到接收她的单位，清贫的老师转了好多个圈子才不得不向昔日的学生求助。皎刚正一直对他统领的刑警队有着不成文的规定——拒绝女性，但是看着那位老师可怜兮兮的样子，就凭着自己在同济县公安局当过副局长的面子，把郭淑红推给县局了。

"你怎么来了？怎么能让你来？"皎刚正窝火地问。

高时兴立即插话说："不是说了吗？局里这几天人手太紧张了。局长说……"

郭淑红打着嗝儿说："我……我也该锻炼锻炼……"她好像刚刚呕吐过，说话时嗓子还是一涌一涌的，脸上也布满了被烟雾和尸臭呛出的泪痕。

皎刚正还是同情地看着郭淑红，孙维孝已经脱下外衣，进入临战状态地催促说："别摆出惜香怜玉的样子了，想当公安就不能当花瓶！"

郭淑红好像做下了丢人事，用脚悄悄踢踏着土，先把身边的呕吐物掩埋掉，再鼓起勇气望着那堆灰烬时，又呃呃地要呕吐了。

"过去维持秩序，这儿也不用你掺和了。"高时兴对郭淑红说。他似乎现在才想起郭淑红是一位女性。

郭淑红离开后，皎刚正才认真地察看着现场。

连同尸体焚烧的麦秸垛已化为一堆灰烬，灰烬上面仍然有余烟缭绕。那具尸体，早已被高时兴他们拉到了一边，与其说是尸体，不如说是一块黑炭，因为除了依稀可见的四肢外，人形的其他体貌都成了焦煳的一团。男女、职业、年龄、个头、胖瘦，一切的一切都成了一下子难以判断的未知数。

"说说情况吧？"皎刚正问高时兴。

高时兴支吾了半天说："我们只是保护了现场，下来的事情就该您皎支队决断了。"

"连尸检也没进行吗？"

"我们刚刚把尸体拉出来你们就到了。"

孙维孝一言不发，但是脚步已向那具焦尸旁边走去了。好像有什么浓烈的气味推了他一下，还没有蹲下身就一个趔趄差点儿后仰倒地。经常和死尸打交道的人，就如同医生进了太平间，当皎刚正也来到他的后边时，他还开了一句玩笑说："你多带几棵生葱就好了。"大热的天，焦尸散发出令人窒息的臭气。皎刚正问围过来的高时兴他们带没带酒。高时兴很不好意思地说，轻工市场把他们搞得焦头烂额，白天值勤，夜里值班，急着赶来什么都忘记了。

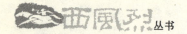

"都避都避，我一个就行了！"孙维孝的拗劲儿上来了。他钻进玉米地在手帕上撒了一泡尿，从玉米地出来，手帕就捂在了鼻子上。然后就仔细地扒拉着焦尸，开始尸检了。

立在远处的皎刚正有点儿过意不去，一想到他现在是坐镇指挥的最高首脑，需要保持清醒的头脑，下边还要分析案情，只得把这样的苦差甩给了孙维孝。

不一会儿，孙维孝就过来报告说："男性。年龄在三十岁左右。个头大约是一米七五。职业无法判别。胖瘦适中。至于血型，"他举起一个小塑料袋子说，"只能回去再做检验了。"

"先把尸体运走作妥善保护，放在这儿会影响周围群众的生活的！"皎刚正又对高时兴下令说。

"郭淑红——"高时兴喊。

"你——"皎刚正几乎忘记了他们曾经有过师徒关系，气急败坏地捅了高时兴一拳。

高时兴连忙解释说，他是让郭淑红向村子的村民借几个塑料袋装运尸体，女同志么，群众一般都给面子。

运送尸体的警车开走后，皎刚正才静下心来说："说说报案和发案的经过吧。"

高时兴望着升起老高的太阳说："是不是换一个凉地方？"

"不！"皎刚正坚决地说，"我说过多次了，破案虽然不是搞创作，但也是要找感觉的。"

孙维孝窃窃一笑，心想这个队座也是倔犟的主，一上案子就把什么都忘了。

郭淑红不但讨到了塑料袋，还顺便提来了一大壶凉开水，车子里都有各人的水杯，她一个一个地拿过来，再一个一个地倒满水。看着郭淑红细心的样子，皎刚正又想起自己那不成文的规矩，心里说女性也有女性的用场。

顶着大太阳坐下来，高时兴开始了简短的汇报。

县局也是天快亮时才接到报案的。据当地的群众说，由于这个麦秸垛堆放在村外，燃烧的时间又是夜间，所以说具体是什么时候被人点燃的，谁也说不清楚了。这种事情在农村是经常发生的，有的是小孩子玩火，有的是过路人歇息时坐在麦秸垛一旁抽烟，有的还是疯傻之人恶作剧。一垛子麦秸也不值钱，烧完也就烧完了，人们大都不往心里去。这个麦秸垛的户主没有养牛，夏收后的麦秸垛还一丝未动呢。天麻麻亮时，早起的村民才发现了这儿的火情，叫出麦秸垛的主人。主人想救火就得担水，一旦有村上人帮忙，就还要贴赔烟茶钱，再说麦秸垛已经快烧完了，他站在村头望了一会儿也没到跟前去。后来还是一个习惯在村外解手的老汉闻出了刺鼻的异味，这才喊来了好些人。起初还以为是谁家的猪钻进了麦秸垛，拿来一根木棍拨了拨，那个黑炭似的焦尸就出现了。麦秸垛的主人生性胆小，害怕人命案沾上自己，这才想起应该报案。

"好，都说一说，都谈谈自己的看法。"皎刚正说。

"我想这个烧死的人不是疯子就是傻子，说不定是他自己玩火把自己烧死了。"县局的一个年轻警员说。

郭淑红吭哧了一阵，鼓起勇气反驳说："疯傻之人也有知觉，大火烧着他，他能不往出跑？就是一头猪也知道逃命哩。"

一句话把大家都惹笑了。

孙维孝不爱听什么汇报，不知什么时候他已去了村口——那里还站着一些村民——开始向村民询问了。

皎刚正擦着满脸的汗水转向高时兴问："死尸是从哪个部位拉出来的？"

高时兴想了想说："灰堆的最中间。"

"埋在灰堆的里面吗？"

"不，就浮在灰堆的上边。"

孙维孝也走回来证实说："没错，村民们看见那具焦尸时，焦尸就是在火堆的中间，打电话报案之前，任何人都没有动过。"

皎刚正又站起来走近灰烬细心察看，灰堆正中的那个陷坑仍然清晰可见，他招手让大家都围过去，然后有条有理地分析说："显然，这是一起刻意策划过的大案。第一，死者是被置放在麦秸垛的顶端，然后作案者才从下边点燃了麦秸垛，否则无论如何死尸不会一直躺在灰烬的正中间；第二，死尸被焚烧之前已经死亡，尚存一口气他也会在挣扎中脱离中央位置的；第三，作案者至少是两个人，因为一个人无法把死尸搬到麦秸垛的顶端；第四，"他指着另外一个完好的麦秸垛提示说，"四米多高的麦秸垛，由于长期积压的缘故，就不会在一时一刻燃烧完，所以说作案的时间大约是深夜一点钟以后。"

孙维孝又在四周的玉米地里察看了一圈后过来说："还可以断定，作案者对农村的情况很熟悉，一是知道村民不会为一个麦秸垛兴师动众；二是知道村民们会在天亮后都来看热闹，一看热闹就掩没了他们留下的足迹。刚才我已经看过了，周围地里，找不到一处可疑的足印。"

皎刚正说："事不宜迟，认领死尸是首要的问题，先分头到附近的各个村子问一问吧。"

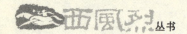

孙维孝沮丧地说："不必了，这个村子的村长说，一发现死人，他就派人骑着车子四处打听，乡上的领导还让广播向全乡广播了几遍，没有一个村子丢失了人。"

皎刚正也一时茫然，看来这个案件真是复杂化了，绝不是他想象的那样——发生在农村的案子都好破。一开始就是无头案啊！

撤离现场来到车旁，皎刚正不知该回市里还是该去县局。

孙维孝把他扯到一旁，一脸诚意地说："你先回，我在这边顶着！"

皎刚正为难地说："你这是骂我吧？"

孙维孝越是低了声说："说归说笑归笑，你是什么人我心里清楚。如今这世事，不想当官的人才是笨蛋呢。像我这样的笨蛋能有几个？我笨就笨在这张嘴上，爹妈生下的，改也改不了么。"

"说这些都是多余的话了。"皎刚正犹豫不决。

"有我在你还不放心？"孙维孝几乎是说服了，"干咱们这一行，说不定这个案子没破另外的案子又来了，没有个完没有个头。可是那种事，人生能有几次？过了这个村就没有这个店了。"他亲切地拍了皎刚正一掌，"回吧回吧，如果这边要你挂帅，你只把空名挂着就行了。"

皎刚正感动地说："又让你受累了。"

这样，孙维孝就要坐高时兴的车了。高时兴不明其意，又过来拉扯皎刚正说："你不过去不行！不说案子也得看看朋友，在家乡人民面前可不能摆谱！"

一句话把皎刚正刺得心疼。一直对他敬重的郭淑红，目光里也有了不解的神色，似乎心中的偶像一下子涂上了别的颜色。

皎刚正迟疑了一下，突然喊回孙维孝说："走！还是要去县上交代交代。"

2 不祥的预感

白光斗是同济县的座上宾。

不仅仅是同济县，在这市辖的十个县中，他走到那儿都是特殊的客人。或者范围还可以扩大一些，用他的话说，朋友遍天下。用知情人的话说，到处都有他的秘密据点。别人总是白总白总地恭维他，可他从来不计较自己的头衔，名片也印得很简单，上边是"经商者"三个字，中间是"白光斗"的大名，联系电话也仅仅印了手机号码。他有他的理论：真正认识你的人，什么都不给他也能认识你；不认识你的人，你把自己吹成联合国来的，照样不认识。

同济县开办轻工市场，经商者白光斗光临，理所当然。

白光斗是昨天晚上溜进同济县城的。他喜欢那个溜字，溜就是轻车简从，溜就是悄无声息。他时常开的那辆黑色帕萨特车也不起眼儿，溜进城边的温泉宾馆住下来后，也真是没有惊动任何人。可是他的爱好总是改变不了，温泉宾馆虽不豪华却有一座室内游泳池，在游泳池游泳时就被人认出来了。

认出他的是刘副县长，温泉宾馆也是一个接待点，刘副县长分工负责的就是这一摊。当时刘副县长也陪着客人游泳，一眼认出白光斗后就喊了一声。白光斗似乎没有听见，一个潜泳扎进去，就从另一边上岸了。受了冷落的刘副县长还是不敢知情不报，急急忙忙穿好衣服就掏出手机。

县委书记和县长不一会儿都赶来了，但是白光斗只搭话不开门。

"哎，白总，是我们书记和县长亲自看你来了。"刘副县长在门外介绍说。

"胡来嘛，我一介草民，一个平头百姓还能受这样的礼遇？"里边的白光斗

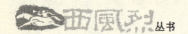

很温和地说。

"光斗，"县委书记换了个亲切的称呼说，"我们看看朋友看看哥们儿弟兄还不行？"

白光斗满脸堆笑，只把门拉开一条缝说："不行不行，绝对不行，你们忙成什么样子我知道，别在我这儿浪费你们的宝贵时间了。"说完又要把门推上。

还没搭上话的县长争着抢着说："白总白总，怎么能让你住两人间的标准房，那边还留着一个大套间，程市长说他明天早上赶过来，正好没人住。"

白光斗说："那我更不能过去了。"再友好地笑了一声，门就关上了。

刘副县长不知深浅地对着门开了一句玩笑说："白总，屋里藏娇也不用防着我们吧？"

里边的白光斗立即恼怒地说："谁说这话我敢抽谁！"

三人面面相觑，虽然沮丧，但都是赞叹的神色。

"明天早上一块儿吃饭呀！"县委书记说。

"别！剪彩我不参加，也不要说我来了。"白光斗的口气温和而坚决。

县长拍着门算是告别地叮咛说："恭敬不如从命，上午我们就不招呼了，中午的饭可一定要吃，悄悄开溜就实在不够意思了！"

白光斗说："那也得晚一会儿，等领导走完剩下的才是朋友。"

这句话才使他们不安的心情有了暖意。

白光斗并不是性情孤僻，人多广众的地方他也常去，只是有市上领导出现的场面他总是躲避。今天晚上的躲离，他还有着另外的秘密，帮他出外送货的司机总也不见打回电话，这就让他心里忐忑。那边收货的货主倒是联系上了，但是送货的车上怎么成了两个人？这对他来说可是破天荒的事情，因为他所雇用的司机都知道他严厉的要求：车上不能搭乘外人；送什么货对任何人也不能说；假如查出，打死也不能出卖他这个货主，至于处罚有他侧面疏通关系；不转账不欠款，收下的现款由司机带回；事情完毕立即向他打电话报告！

坐卧不宁地等到半夜，仍然没有接到应该接的电话。要不是他给县上领导留下了明天吃饭的承诺，他真想立即悄悄开溜。认识他的人都知道他是十分信守诺言的人，这一个形象可是要坚定不移地树立下去。不只是要凭着这样的形象吃饭，而是这一形象涉及的不是他一个人。

躺在床上，眼前总是卡车司机郑树民的身影。郑树民是他经常雇用的一个司机，对他一直忠心耿耿，办事也机警，他把这车货交给郑树民运送，就是对他充满了放心和信任。苦煎苦熬地等了一阵，觉得也不会有什么大事情，出门

在外，很难说会遇到什么不测，比如郑树民半路生病而找了一个陪伴他的人；比如一个同行的汽车抛锚而搭乘了郑树民的车？这些都是车里有了两个人的因素。别说他的严厉要求只是口头上的纪律，就是刑法也有过失犯罪的款项。

无论如何郑树民也该回家了。

白光斗也给自己订下了内心的规则，只和手下人直接打交道，尽量不和他们的家庭来往。但是现在，却不得不拨通了郑树民留下的家庭电话。

接电话的是一个女人，白光斗知道郑树民的妻子叫赵群，还是故意绕了弯子说："郑树民家吗？我是树民的同学，想找他问件事。"

赵群好像是从美梦里醒来的，打着哈欠训斥说："什么时候了?! 有病啊！"说完就把电话挂了。

一声无端的训斥反而使白光斗平静了许多。丈夫出门在外，最操心的还是妻子，如果出了什么事，赵群能睡得那么香？即使不出什么事，夜里打来的电话她也会第一个想到是不是丈夫的。可是，郑树民到了家不会不和他联系！……也许是真病了；或者是他们两口子吵了架。一病倒一生气就把打电话的事情忘记了。

白光斗度过了忧心忡忡的一夜。实际上他昨天就开始为郑树民操心，按他估算的时间，郑村民是应该前天下午赶回去的。他来同济县的本意，除了在这儿虚晃一枪，也就是直接向北溜去，当面问清收货的货主，他的心才会彻底踏实下来。他和所有的交易货主，都订下了这样的游戏规则——只见货不见人。这次要打破约定的惯例，就左右为难了。

一早起来又想开溜，但是白光斗现在是身不由己了。

刘副县长好像接到了谁的指示，整个上午都和他寸步不离。

"你不去参加剪彩仪式？"吃早饭时，白光斗问。

"我现在的主要任务就是侍候白老总。"

没有办法，谁让他的头衔是经商者呢？吃过早饭，他只得煞有介事地去轻工市场转了一圈。其实他不自觉地溜进同济县也是这一块空白的驱使。就全市来说，很多县都有他的"据点"，或服装店或家具店，尽管好些仅是摆设，但对他来说都很需要。剩下的两三个县就包括同济县。同济县虽然离市区不远，但却是有名的穷县。由于地处平原，除了粮食，再没有其他资源，所以身上的穷名就一直背着。

刘副县长一路乞求说："白总也给我们一点儿面子吧，租下半条街对您也只是一句话。"

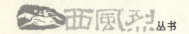

白光斗好笑地问："不是四处宣传说，客商纷纷前往，投资者如云吗？"

刘副县长做了一个鬼脸说："你不在官场，但是官场的事情比谁都明白。"

白光斗指着新落成的一排排门店说："家家张灯结彩，看来真是很火爆呀？"

刘副县长脱口说："你别看脸，要看肚子，要看里边。"忽觉失口，又纠缠说，"只要你白总看上哪个地段，由县上给你调整。"

人的心情总是随着环境的改变而改变，想着昨天晚上把县上两个一把手拒之门外的残酷，现在身边的刘副县长又像孙子辈似的跳前跑后，白光斗一时间把什么事情都丢在脑后了。真是要给他们一点儿面子哩，为一个人就铺一条路。但是这句话他不能对刘副县长说，他在白光斗面前真是一个小字辈。"好，让我再想一想。"对刘副县长说这样一句话就足够了，这也算他有了一份功绩。

剪彩在即，白光斗又悠荡悠荡地溜回宾馆里。陪在屋子里的刘副县长再想讨出一句实话，他却一言不发，一会儿后竟呼呼入睡了。

饭桌上也只是县委书记陶成华，县长严天亮，刘副县长和白光斗。白光斗知道这也是官场的游戏规则，凡是真正的贵客，有入席资格的人就会圈在小范围里。不是刘副县长有着发现目标的功劳，他也应该在圈子之外。

陶成华一脸悔罪地说："失敬失敬，让你等了一个上午。"

严天亮自觉地低头点菜。

刘副县长好像害怕把他的功劳埋没了，还知道一喝酒就没有他说话的机会，快嘴急脾气地说："白总正在考虑进军咱们的轻工市场呢。"

"是吗？"陶成华眼睛一亮说，"那得喝一瓶人头马了！"

严天亮狂喜地说："财神爷终于开恩了！"

白光斗非常轻描淡写地说："你们这儿能弄个啥呢？"不等他们失望，又点点头说，"行！先给我留几间门面房，下不下蛋先占个窝吧。"

刘副县长长舒一口气，好像他可以得多少提成似的。

白光斗认真起来说："多少租赁费，我先把钱打过来？"

陶成华呀了一声说："你来就是我们的福气，什么钱不钱的！"

严天亮也抢着说："这是谁和谁呀？"

"不！"白光斗严肃地说，"我有我经商的准则，国家的便宜一分钱不占！"说完又嘲弄地指着餐桌说，"可是还要吃不掏钱的饭。"

说得大家都不知所措。

陶成华正要开个玩笑打破僵局，这时候戴大盖帽的高时兴在门缝里探进头来喊了一声"陶书记"，陶成华恼怒地对高时兴说："天大的事下来再说，我这

儿有贵客!"

白光斗下意识地动了动身子，连忙笑容可掬地说："看看，看看，影响你们的公务更说不过去了。"

不等陶成华示意，严天亮就自觉地走出门去。

陶成华依然很仗义地说："不管不管，今天任何事情都不能扫咱们的兴!"

白光斗掩饰着心里的慌乱说："不对不对，你这样说是不对的。"

严天亮很快返回来说："行了行了，我让那边再开一桌，互不干扰。"

陶成华头也不抬地问："谁吗？牛皮哄哄的!"

严天亮淡然地坐下来说："皎刚正么，听说为了一个什么案子，也到了县上。"

陶成华无动于衷地"喊"了一声。

白光斗一手压着止不住的心跳，一手却果断地一扬说："快请快请，他也算我的朋友，一旦知道，就装下说不清的误会了!"

刘副县长不用指示，也知道这次该他跑路了。

皎刚正第一次没有请到，他本来也不想和这些人坐在一起。刚才的好意全是高时兴的个人发挥。几天几夜的值勤值班，中午又多喝了酒，局领导们实在是不能再上餐桌了。但是皎刚正毕竟是市上的一路诸侯，仅仅由他一个副股级作陪，就有点儿慢待了。他听说县长书记也在这儿，就自作主张地请示汇报，碰了一鼻子灰后，满腹的牢骚就挂在脸上了。皎刚正心里有气嘴上不说，孙维孝却一语点破说："老高是想拍马屁被马蹄子踢了。"所以刘副县长再过来"请"时，皎刚正就不冷不热地甩了一句："行了! 坐在哪儿也都是吃顿饭嘛。"

酒菜已齐。皎刚正越是摆谱，白光斗越是不安。最后，陶成华不得不亲自委曲求全。他心里的"全"也只是皎刚正应该加入到那边去，至于孙维孝，他握了一下手说："稀客稀客。"

皎刚正不知道白光斗也在这里，说起来也算熟悉，可是他们坐在一个饭桌上还是第一次。看见白光斗，他才明白陶成华冷落自己的真正原因。人人都有自己的苦衷，人人都有自己的目的，想着自己为了自己的目的差点儿已经回到市上，僵硬的脸上才慢慢有了很不自然的笑容。

刘副县长和陶成华已经和他先后握了手，需要握手的只是严天亮和白光斗了。

严天亮双手伸过来说："大喜大喜，一个是财神爷，一个是保护神，我们今天是和两个神在一起了!"

皎刚正一下子想不出好词儿，顺口说："哪里哪里。"

白光斗伸出手却纠正严天亮的话说："对皎支队长怎么赞美都不过分，再喊我财神爷我可是要退席的！胡说八道嘛！我只是徒有虚名，混一口饭吃。"立即觉得坏了气氛，变戏法地嘻嘻一笑说，"不说了不说了，能和皎支队长遇到一起很不容易呀。"

皎刚正被他这忽冷忽热的样子弄得不知该说什么好。

都坐下来，陶成华端起酒杯说："说什么呢？噢，为我们几个朋友能坐在一起干杯吧。"

白光斗总是改不了颐指气使的习惯，直接和皎刚正的杯子碰了一下说："来，你可是我的新朋友。"

皎刚正总也高兴不起来，轻轻抿了半杯。

白光斗倒下空杯说："干了干了！"

皎刚正这才找出托词说："实在不敢多喝，等会还要和局里的领导说事哩。"

陶成华的情绪本来已经低落下去，更听不得别的话题了，只向皎刚正劝酒说："光斗喝干你留着不好吧？喝完喝完！"

皎刚正再抿了一口说："在父母官面前我敢作假吗？大清早起来，折腾到现在，实在是困得不行了。"又害怕严县长和刘副县长装下心病，和他们碰了杯，就把剩下的酒全部喝完了。

他们也都接着干了。

酒又倒满，白光斗也说他再不喝了。

陶成华扫兴地说："怎么都这样呢？存心给我们难堪嘛？"

皎刚正赶紧说："不不，是我缠上一个案子了。"

陶成华说："进了这个门，先别说案子。我们不是把一切公务都撇下了？"

白光斗悄悄打量着皎刚正，颇有兴趣地说："如果不妨，让皎队长给咱们添点儿热闹不是更好吗？"

严天亮开玩笑说："卖淫嫖娼的案子可别说，没劲！"

皎刚正困顿地摇了摇头。

白光斗好像生怕这一话题转移了，不无怂恿地说："乌七八糟的事情还能到皎队长手里，除非是杀人或者放火。"

皎刚正机敏地盯了白光斗一眼，奇怪地觉得他的眼皮似乎耷拉了一下。想了想岔开了话题："算啦，本来也该给你们汇报，可是害怕你们一听就吃不下饭了。"

白光斗故意站起来说："这儿多余的就是我一个呀，是不是应该回避一下？"

皎刚正知趣地说："误会了，我是说那个死人烧得……"

陶成华立即打断他的话说："别说别说！真是倒人的胃口哩。"

白光斗不能再追问，禁不住又端起酒杯吆喝说："这么说又该为皎队长接风洗尘了？"

大家都端起来，只有皎刚正坐着没动。

陶成华乜视了皎刚正一眼，几乎有点儿愤怒了，挖苦说："人常说，一是尽量不和医生打交道；二是尽量不和公安打交道。看来这话真是说对了。"

大家的脸都一时窘住。

皎刚正平和地站起来，猛一下喝干了满杯的酒说："原谅原谅，这杯酒算是赔罪了。"

白光斗鼓了一下掌说："皎队长是个痛快人！"

皎刚正却撤了椅子退走说："心里有事就坐不住，我还是过去好。一边吃饭一边就讨论着案子了。"再喊着"失敬失敬"出了门。

白光斗的目光一直送着皎刚正的背影在门口消失。

陶成华释然地出了一口气说："给脸不要脸，败坏人的兴致！"

严天亮和刘副县长一时无语。

白光斗强打精神地说笑了一阵，这才把气氛扭转过来。

陶成华喝了几杯酒，就忘记白光斗的心理禁区了："白书记近来身体好吧？"白书记就是市委副书记白金明，白光斗的亲生父亲。陶成华能一步一个台阶地走到今天，多亏白金明对他的知遇之恩。

白光斗心里还想着别的事，眨巴着眼睛听明白后，很烦躁地说："谁是白书记呀？他和我有什么关系？"每当在公众场合，谁向他提起父亲他都会动怒。

陶成华落了个大红脸，揩着脑门子的汗说："哟……赔罪赔罪。"自己罚了自己一杯酒。

严天亮也打哈哈地说："光斗这个经商者可是真正凭着自己的本事哩。"

旁观者清。不敢插话的刘副县长看出了白光斗心事重重，见场面有些冷清，找了一句很体贴的话说："白总百事缠身，是不是有些累了？"

白光斗愣了一下，又故意紧锁着眉头说："不是我累，而是我觉得担当不起。说到底我也是平民百姓，可是人家……人家破案才是大事情。别误会，我不是指责你们，也没有指责的资格。我是说，噢，就算是建议吧？我建议你们到那边坐一会儿，不仅仅是一种体恤下属的礼节，如今人命案出在你们县，你

15

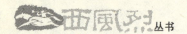

们能坐视不理？"

严天亮受惊似的坐直了身子。

陶成华色厉内荏地说："球！要我们抓案子就不要公安局了！"嘴里骂骂咧咧，手里却端起酒杯，看了严天亮一眼，向门外走去。

严天亮心领神会，知道应该过去的只是两个一把手，边走边安慰刘副县长说："白总这里要有人陪呀。"

陶成华和严天亮的亲临敬酒让县上的警员受宠若惊，可是皎刚正和孙维孝却感动不起来。别说是出了人命关天的大事情，就是无意间碰在一起，也不该受到这样的冷遇！如果没看见白光斗，皎刚正的心里还没有这样的屈辱，领导们也有自己的公务，轻工市场开业，外地的贵宾，省、市的领导，哪一个都要像神一样地敬到。可是仅仅是一个白光斗，白光斗不就是白书记的儿子吗？！他这个爷就比一条人命还重要？他们拖到现在才吃饭，看来只是为了取悦白光斗；而皎刚正他们拖到现在才吃饭，可是在炎热的太阳下晒了一上午的。回到县上后，他们又对尸体进行了解剖，然后还要进行化验分析。穷县的公安局也好不到哪里去，有的指标还要借助医院的设备。从来不叫苦不喊累的孙维孝，好不容易到了饭桌，却靠在椅子上打起了瞌睡。

陶成华客套地碰了一圈酒就过来了，严天亮看着他们一个个疲惫不堪的样子，耐着性子坐下来，听完了高时兴的简单汇报。

"他们也真是很辛苦的。"严天亮再过来坐下后，就有了恻隐之心。

陶成华刚才被孙维孝饿了一下，还是记恨地说："谁也不是整天睡觉，案子还是一团烟雾，就牛皮得像是有了功劳似的。"刚才他要和孙维孝握手，孙维孝却把手退回去说，他的手上还留着死人的气息，别给领导染上味道了。

饭局也到了尾声，白光斗就摆出一副撤退的样子说："你们公务在身，是不是我该走了？"

陶成华稳稳地坐着说："什么公务在身？现在是以经济建设为中心，和你光斗在一起才是最大的公务！"

白光斗的眼睛总是盯着严天亮，严天亮意会地说："也不是什么秘密事，一个村子发现了焚尸案，死尸被烧得一塌糊涂，噢，听说是放在麦秸垛上焚烧的，死尸被烧了多半夜，你想还有人的眉眼吗？他们刚刚对尸体做了解剖，说是这个死人被烧之前已经死了。"

陶成华用手帕捂着嘴说："天亮你……你存心捣乱呢。吃不成吃不成了……"

白光斗也故意干呕了一下说："我……我也最听不得死人的事。"

"快走快走，换一个清净的地方。"陶成华说。

不等他们离开，高时兴带着郭淑红又过来向领导回敬酒。

陶成华一摆手说："不喝了不喝了。"觉得应该发几句指示，"第一，要集中力量尽快破案；第二，及时向主管领导汇报。"

高时兴心想这句话等于没说，脸上却是洗耳恭听的表情："我一定转达陶书记的指示！皎支队长已经把这起案子确定为'七一三'大案。"

白光斗自言自语地念叨说："'七一三'，有意思，和你们轻工市场开业的日期一样。"他的本意是激起陶成华的火气，陶成华一上火，说不定就把皎刚正他们撵走了。

陶成华真来气地问："皎刚正人呢？"

高时兴说："他们已经走了。"

陶成华更窝火地说："他也想当谁的爷吗？嘴一抹起下一个名字就走了？"立即否定了他刚才的指示说，"告诉你们局长，第一，市局已经插手，就交市局主办；第二，叫什么也不能叫'七一三'！这不是抽我们的脸吗？"

郭淑红见酒敬不成，领导们又在说正事，悄悄地溜到门外边去了。

严天亮也适时地说："按陶书记的指示办！当然，你们要紧密地和市局配合。"

高时兴好像解脱了似的，连声说："好好，交给市局好！我们局长不闪面，就是知道这个无头案是个难破的芝麻秆。"他刚要离开，又被陶成华喊住了。

"那个小郭我怎么没见过？"陶成华问。

高时兴说："才来不久。噢，听说她还是皎刚正的关系哩。"

陶成华又发了无名火说："谁的一句话都可以进人，我看你们公安局快成大杂烩了！"

高时兴对皎刚正早有忌妒，激将地说："人家过去是我们副局长，在县上还能没有一层关系？"

陶成华还要说什么，严天亮觉得话题扯远了，及时地打发高时兴说："快去快去！皎刚正给市上一汇报，你们甩都甩不脱。"

高时兴一路小跑地出了门。

白光斗自知弄巧成拙，本来想把案子留在这边，没想到因他的一句话却推了出去。陶成华的心眼儿他知道，眼里是容不得沙子的，别看在他面前一副温顺样，换了别人，一句话不当，也会记好一阵子。尤其是和皎刚正较上了劲，

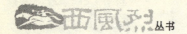

他的话更是覆水难收了。白光计一边往出走一边又陷入思考，自己今天是怎么了？一个死人总是和郑树民联系在一起。

回到宾馆，陶成华又吆喝着支牌桌，白光斗再也不敢久留，说："得走得走，我那个哑巴媳妇可不敢离人呢。"

陶成华知道他对哑巴媳妇有多么疼爱，不能强留，说："这一生太苦你了。"

临上车时，白光斗又想起支持轻工市场的事情可不能食言，拉出皮箱取出两万元说："钱由我掏，房子由你们选，需要什么手续也由你们办。过几天我想好经营项目再求你们帮忙吧。"

他在几双欣赏的目光里驾车离去。

白光斗的经营诀窍谁也不知道。他不在乎那十几个摊子挣不挣钱，但是没有那十几个摊子流言就会满天飞舞。每年出一次国，动不动就全国各地飞来飞去，他需要一个无言的解释，需要一个有力的证明，需要一个财源的来路呀。

郑树民的失踪才扼住了他的脖子，而且，大声不敢喊，大气不敢出，心里的焦急对任何人也不能说。一出县城，他就向北溜去，车速也加到了最高挡。山区的路又让他担惊受怕，几次想，真一头栽进悬崖也就万事皆休。但是一想到含辛茹苦把他养大的母亲，一想到他那可怜的哑巴媳妇，他就必须好好地活着。如果还有的话，那就是父亲的脸上也不能落下脏土。他有时真说不清对白金明是爱还是恨，白金明生他没养他，但是没有白金明，就没有今天的白光斗。

不知什么时候天已经黑了，夜行车对他来说也是经常的事。

3 陷阱对局

　　皎刚正装了一肚子气，他后悔自己来了县城。驱车向市里返回时他还在想，中国好些难办的事情都是累在一个情字上了。这个情字有时候可以使人失去尊严，失去勇敢，失去原则。比如，同济县如果不是他的故乡，他完全不必看陶成华的眉高眼低，车走车路，马走马路，陶成华也没有冷漠的资本。比如，白金明如果不是提携过陶成华的市委副书记，白光斗也不会成为他们的座上宾。将心比都一理，想了一想他也心平气静了。他不敢和陶成华再上劲，好些亲戚还都是陶成华的臣民，同学朋友更有一大群，很难说有什么事情又得给陶成华赔笑脸。郭淑红的事情就是例子，好在他和县局有着割不断的业务关系，当初还没有求助于县太爷。但是郭淑红至今还没有分配下去，只是寄存在办公室端茶倒水。

　　孙维孝见他一言不发，委靡不振，心里知道他想什么，也没有再揭他的疮疤。

　　可是车子又从杜马乡旁的公路上经过时，孙维孝却喊小谭停一停。

　　"你真是破财的命，两杯啤酒都憋不回去吗？"皎刚正逗趣说。

　　这儿有一大片玉米地，孙维孝下车后并没有小便，而是沿着玉米地的边缘细心察看。皎刚正心头一热，孙维孝一上案子就会全身心投入的精神不能不让他感动。他无声地走下车来，也顺着另一个方向察看了一遍。

　　"我想应该再向北开出几里路，只有那边还有几片玉米地。"两人会合后，孙维孝又提议说。

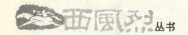

　　这条公路是一条国道，他们向北开出二十多里路，也没有发现什么可疑的痕迹。这一段公路的北端和南端，都有从同济县城过来的两个岔道，正当他们一无所获地掉头向南时，一辆黑色的桑塔纳轿车却忽一下驶出了北端的岔道。

　　皎刚正遥望着北去的轿车说："今天真是奇了怪了，怎么总和白大公子不期而遇。"

　　孙维孝仍在路边一步一看，没听懂他说什么，也是自言自语地说："我总觉得那个死人是一个过路客，是过路客，遇害的第一地点就应该在公路上。"

　　皎刚正说："别经验主义了，我刚才在一闪眼间，还差点儿和白光斗联系在一起呢。"

　　孙维孝这才抬头问："怎么又想起他来了？"

　　皎刚正向后一指说："不是鬼使神差，就是我神经出了问题。"

　　白光斗的车早已远去，孙维孝弄明白后，也不无奇怪地说："有这么巧遇的吗？"

　　皎刚正回想着吃饭时的蹊跷，总觉得陶成华的忽热忽冷都是白光斗在那边操纵。一个把谁都不夹在眼缝的人，今天怎么竟对几个公安感了兴趣，表现出热情？"如果我的感觉没错，陶成华一定会把这个案子留在县上，抓住不放！"

　　孙维孝没听明白，一语道破皎刚正惶惶溜走的用意说："这不是正中你的下怀？县上有县委书记亲自抓，这个功劳你想抢都抢不到手了。"

　　皎刚正故意说："带上你还能把案子跑了，这不是又马不停蹄地开始找线索了？"

　　孙维孝说："哟哟，总落不下好！那你看来看去的，纯粹是哄着我玩哩？"

　　皎刚正郑重地说："不，我是想给县局找出证据，毕竟是一条人命呀。"

　　孙维孝说："不仅仅是这一点吧？"不等皎刚正答话，他就接着说，"其实你心里很矛盾，既想把案子甩给县上，又怕得罪了陶成华他们。你不觉得你们的明争暗斗累及无辜、累及死太卑……太说不过去了吗？"

　　皎刚正沉重地说："不是这样的，自我指责我刚才还不想下车哩。"

　　孙维孝一笑说："还算诚实。那你把案子再接过来不是更好吗？"

　　"我是三岁的小孩子吗？"皎刚正差点骂出声来说，"在他们眼皮子底下死了人，可是他们的心却操在哪里？这一次我就顶到底了！一回去先写个'七一三'大案的情况通报发送市委各常委！报告直接写清，我们已经向县上主要领导作了汇报。非得搔搔陶成华的脸皮子不可！"

　　孙维孝拍手叫好说："对这样的人就得这样治！"

可是上车走了一段路，皎刚正又指挥小谭说："再到杜马乡派出所去一趟，让他们注意可疑人的动向。"

歪在后座的孙维孝说了一句："唉，跟上这样的领导，人不累心累！"

皎刚正没有想到高时兴一行已从南端的分岔口越过了他们。

王乾坤局长正在办公室等着他们归来。"洗脸了吧？哎，吃饭了吧？辛苦辛苦。"王乾坤不像是公安局长，把他放在一个慈善机构倒是人尽其用。

孙维孝着急地汇报案情说："无头案，作案者……"

王乾坤摇摇手说："知道了知道了，你们是不是，嗯，先拿个方案？"

皎刚正说："案发在同济县就由他们侦办，我已经给他们说清楚了。市局这边，也就是配合督促，如果有了大情况，我们再直接参与不迟。"

孙维孝会意地说："请王局放心，配合督促的任务我来负责。"

皎刚正好像害怕王乾坤否定似的，加重语气说："我们就是出老孙一个，也就顶他们一个中队了！"

王乾坤迷惑不解地说："你们和同济县局要什么把戏了？他们把案情报告、尸检报告都送过来了，尸体也拉过来寄放在中心医院的太平间里，你们怎么说案子移交给县局了？"

皎刚正目瞪口呆地看着孙维孝。

孙维孝嘴张了半天说："你看我干什么，我还怀疑你把我出卖了呢。"

皎刚正一拍茶几说："捣什么鬼！我给高时兴说得清清楚楚，怎么人一离开就变卦了？"

王乾坤和事佬地说："算啦算啦，还是以你们为主搞，我刚才已答应下来了。"

"不接！惯他们的毛病了，关键是目中无人嘛！"皎刚正像是被人当猴子耍了。

孙维孝也气不平地说："都这样推来推去的，以后的工作就没办法搞。"

王乾坤耐心地劝说道："不要因为一个案子影响了上下级关系嘛。再说，据高时兴讲，你们并没有见到县局的领导，他们还说你皎刚正以势压人哩。"

"这真是猪八戒倒打一耙了！我们雾明搭早地过去，到下午离开县城也请不动他们，不说一句辛苦的话，总不能背上冤名吧？"皎刚正说。

"还是要体谅县上的困难。噢，听说你们也见过了县上的领导，这也是县上主要领导的意思。他们这些日子实在太忙，动用警力的地方当然也多了。"

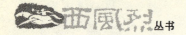

孙维孝不禁哈哈大笑说：“忙，是忙，忙得离不开饭桌呢！”

皎刚正补了一句说：“我们的警力都成了保安队员了！死人的案子不闻不问……”

王乾坤终于生气了说：“行了！别说县上的领导对你们有看法，就是我的话你们不是也听不进去吗？”

皎刚正和孙维孝一时不知该说什么好。

王乾坤突然又记起一件事说：“对了，七月十三日是人家轻工市场开业的大庆日子，这个案子的定名是不是，嗯，稍稍地改变一下？”

皎刚正惊愕地说：“提出这样的问题是不是太荒唐了？”

“行行。”孙维孝冷笑着说，“我还有一个建议，让陶成华以后自称为‘朕’吧。”又骂了一句说，“一个共产党的县委书记，死人的案子他不关心，倒计较着什么吉祥不吉祥！”

皎刚正坚决地说：“不改！再妥协也不能把死人的案子做交易吧？！”

“毕竟，毕竟……”王乾坤为难了说，“咱们对案子要发通报，他们的轻工市场也要写情况反映，两份简报放在一起都是七月十三日，并且都是同济县的事情，谁看了都会……嗯，再考虑，再商量一下吧？”

孙维孝气呼呼地甩门而去。

在平时，王乾坤总会把进他办公室的下属送到门外，可是今天他只动了动身子说：“老孙走呀？对对，你先休息，昨夜值班还没回家呢。”

皎刚正也做出欲走的样子。

王乾坤连忙说：“刚正呀，有些话早该和你说说了。”

皎刚正一愣，心里又涌出了那种奇怪的念头。再坐下来后，就是一脸的诚惶诚恐。屁股还没坐稳，他又觉得应该把门关上，局长的屋子起一阵风，外边就会刮起滔天的大浪。何况昨天今天的风已经使他迷迷糊糊，心总不能往一处想。

王乾坤点燃一支烟说：“这个案子我还害怕被县上抓跑了，谁知你自己却要推了出去。”

皎刚正低声说：“你不知我们今天受了多少气，太欺侮人了。”

“该忍的事情也不是这一件，就说我吧，……不是案子出在同济县，我晚上值班还会在办公室等你们吗？”

“你是说陶成华和白金明……”

“咦——”王乾坤手一挥制止了皎刚正说，“看来你在政治上确实还不成熟，

这儿是你的家里吗？这儿是野地里吗？"

皎刚正嘟囔说："没意思，太没意思了。像这样的胆小谨慎我可能永远都学不会。"

王乾坤不再理睬皎刚正，只顾自己说下去："像我这般的年龄，说不定哪一天就突然被拉到二线了。你们也可能看得出来，从去年开始，我真是打了退堂鼓，人还不算老心却慢慢地发蔫了，我也知道这样很危险，甚至让人听起来很可笑，公安局长应该是雷厉风行，威风八面哪！可是我一想起自己下台以后的日子就不由得面慈心软。别说在外边，就是在局里也不敢得罪任何人了。哟，说远了说远了。"

皎刚正给王乾坤的茶杯添满了水说："什么时候公安机关没有级别，大概破案效率可以大幅度加快的。"

王乾坤不以为然地说："难说难说，没有级别还有退休，不管是因公还是因私惹恼了谁，谁都会给你记恨的。"

皎刚正想到王乾坤的理论和他害怕的那个"情"字如出一辙。只是到了王乾坤这一步，也不是一个情字可以释解，提拔谁没提拔谁有下级的记恨；像陶成华这样的同级，说不定谁就会平调进来。凡此种种都是后顾之忧。

王乾坤又对皎刚正检讨说："论功劳论苦劳你也早该上来了。唉，我的责任难以逃脱。给公安局撑脸面的部门不就是你们吗？不管是领导还是广大群众，看公安局就是看破了多少案，就是看抓了多少坏人嘛。说一句心里话，以前没提你，首先是我没说一句硬话，我是只从自己着想，我是对别人进刑警队不放心。就这样舍不得舍不得地把你耽误了。"

皎刚正说："以前的话就不说了吧。"

"好，不说。可是这一次……"

"这一次也别说。"皎刚正见不得一件事反复地表白。

王乾坤尴尬地稍坐片刻，邢举牢就推门进来了。邢举牢是刑侦科长，也是皎刚正的竞争对手之一，他看见皎刚正后就做欲退走的样子说："皎支队和王局说别的事情吧？"

王乾坤立即说："说案子说案子。"

也许是受了王乾坤刚才的启迪，皎刚正温和地让座说："刚刚到家，还没顾上和你通气。"

邢举牢不无自谦地说："哪敢劳皎支队的大驾呀，在皎支队面前，我只能是个好后勤。"

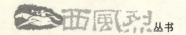

　　王乾坤问："是不是孙维孝把情况给你谈过了？"

　　邢举牢点了一下头说："我起草了一份案情简报，是不是还应该和新闻单位联系一下，认领无名尸是侦破这个案子的前提吧？"又把拟好的简报双手递给皎刚正说，"您先过过目。"

　　皎刚正知道邢举牢的文笔无可挑剔，就一把推给王乾坤说："请王局直接签字就行了。"

　　王乾坤先看了那份认领无名尸体的广告签了字，再看完那份简报时就把笔放下了。

　　邢举牢不解地问："怎么？孙维孝的记性可是从来不出差错的。"

　　王乾坤无言地把简报递给了皎刚正。

　　皎刚正一眼就看出王乾坤的为难处在哪儿了。邢举牢拟就的题目是"'七一三'焚尸案情况反映"，内容也是开宗明义，"七月十三日，在同济县杜马乡……"云云。他和王乾坤对视了一下说："按王局长的意思……"

　　王乾坤连忙说："也不是我的意思，是同济县的几个主要领导都有这个请求，是不是……嗯，照顾一下他们的情绪？"

　　邢举牢软中有硬，紧紧地盯着皎刚正说："我们必须坚持一个科学的态度吧？再说改变了时间对破案也不利。噢，还是要听皎支队的，同济县嘛……可不敢让皎支队撞磕了谁。"

　　皎刚正脸色通红地说："不改！愿撞谁撞谁吧！"

　　王乾坤只得无奈地作签了字。

　　皎刚正昏头涨脑地回到支队部，心想刊登出了认领尸体的广告也算走了第一步。他喊值班室送一壶水来，接着还要开一个小会。送水的值班员还带来几条烟说："这是高时兴留下的。"放在平常，皎刚正也会欣然接受这样的慰问品，可是今天他心里像是钻进了一只苍蝇，听说是高时兴留下的便更觉得恶心。独自呆坐了一阵，又觉得高时兴也和他一样，都是挑在竿上的一个纸人。过几天陶成华看到'七一三'的定名并没有更改，高时兴也肯定是挨训斥的第一人。

　　孙维孝不知从哪儿钻进来说："哟，仗还没打就有战利品了。"

　　皎刚正没好气地说："我也觉得奇怪，想不到我敬重的一个人却是叛徒了。"

　　孙维孝坦然地承认说："连发案的时间都要改，那才是亏了先人！我是给邢举牢把话说清了，你如果觉得这样也是叛徒，那我就只能把这样的叛徒当到底了！你看你今儿一天变成啥人了，一会儿吹胡子瞪眼一会儿缩头乌龟，自己都不觉得难受吗？让我们这些下苦的还怎么跟着你干事？我他妈的这是心里着急

心里烧火哩！公安局再这样弄下去，还……还像个公安局吗？"

皎刚正被骂得狗血喷头，红着眼珠子想爆发出来，砸下去的拳头却落在一条香烟上。他顺手把全部的香烟扔在地上说："你是站着说话不腰疼！把你放到我这个位置上就什么都知道了。"

"不就是……"

"住口！谁再提我自己的事情我和谁急！"

"有种！那你还有什么熬煎的？"

皎刚正一脚踢飞了一条烟说："我是心里闷得难受！"他还想说，这样一来，陶成华会不会给他设下什么陷阱？他还想说，王乾坤越来越暧昧的态度也让他担忧。但是什么都不能说了，一切都落到他的头上。

第二天上午，焚尸案的简报就放在了白金明的案头。开始，他只是草草看了一遍就丢在一边了，主管政法的副书记，哪一天没有案子呈送上来。市上的法院检察院，就是各县的重大案件也要让他知道，他分管的还有农业口，如果每件事情都过问，那就太事无巨细了。可是，一会儿后，鲁书记却打电话过来说："老白呀，怎么又闹出死人的事情了？"白金明一笑说："在我这儿，死人的事情是经常发生的。"鲁书记及时地指示说："还是要抓紧侦破，秋收在即，不要搞得人心惶惶的。"

放下电话，白金明笑不出来了。这个从省城新来乍到的一把手，好像看见什么都大惊小怪的，不作个批示就像对不起他那把新交椅似的。没办法，一把手的指示还要落实，在他这儿可不能肠梗阻。

白金明这才拿起简报又看了一遍。看完简报他就生气了，接通王乾坤的电话就大声地训斥说："没头没脑的案子怎么能四处散发简报？农村哪天不死人？死一个人就是凶杀案了？如果是一起自杀案怎么办？是不是还要发一个更正简报？"

王乾坤支吾了半天说："这……你不是要求凡是死人案都要及时通报吗？"

白金明顿了一下说："我的要求是对主管领导，案子没有眉目，怎么就四处张扬了？"

王乾坤说："我……我以后注意把关。"

白金明缓和了口气说："也别乱批评了，已经惊动了鲁书记，鲁书记指示说，要抓紧时间尽快破案，案发在同济县这个农业大县，弄不好就会影响秋收生产。呃，我再亲自给陶成华打个电话，让他们发动群众提供线索吧。"

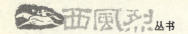

王乾坤忙不迭地说："我立即传达二位书记的指示。"

白金明再拨陶成华的电话，办公室没人接，手机也不开。他只得打了县委值班室的电话问陶成华到哪里去了。值班室的人弄清他是白书记，连忙说为轻工市场陶书记几个星期都没休息，轻工市场一结束，领导们都放了两天假。白金明留下话说："想法让他和我联系。"

如果是别人，白金明没有这么着急，对于陶成华，他总是格外关照的。或者说，他只是想和陶成华说说话，这些天确实没有听到他的声音了。

陶成华的传呼可能只留给他的值班室，电话一阵工夫就回过来了。

白金明问他在哪里。

陶成华调皮地说："我就在您的身边呀。"知道白金明在办公室不好开玩笑，又正经地说，"我就在您的家里，嫂夫人身体不好，这几天都没顾上看望了。"

白金明却开玩笑说："你的身体也要紧，希望寄托在你们身上哟。"

陶成华听出了这亲切的声音，语气就神秘了说："您不好出席我们的剪彩仪式，可是我不敢不孝敬您呀，纪念品我交嫂夫人了，是不是等会儿……一起吃饭？"

白金明心领神会地说："谢谢你总惦记着我。呃，饭就不吃了，晚上有时间我和你嫂子一同过你那边去，抹几圈牌吧。"陶成华的家也在市上，在同济县只是跑单帮。

陶成华深知内情，替白金明打抱不平地说："屁呀！虚张声势给谁看？我们的轻工市场他不出席，就知道一上任先整顿机关纪律。整顿纪律也整不到您的头上吧？"

白金明理直气壮地批评说："满嘴胡言嘛！工作上也应该互相支持。"压低了声音说，"你这个毛病一定要改，这些日子要尤其注意。"

陶成华也不避讳说："白书记，我一天都不想在下边待了。趁他立足未稳，噢，王乾坤不是快到年龄了吗？在您分管的几个口，您的一句话可是石头上钉钉子。"

白金明没有正面回答，说："这是你操心的吗？你只管把工作搞好，把工作干好比什么都顶用！对了，我找你还要谈一件正事。怎么搞的嘛，出了一个人命案，就弄得鸡飞狗上墙似的！"

陶成华一惊问："惹出了什么事？"

白金明只按他的思路说："再忙也要懂得孰轻孰重。自己的县上死了人，本来就不应该上交市局，迫不得已上交也行，可是得有一个积极的姿态。这下倒

好，弄得姓鲁的也知道了，还发指示。"用手指敲着鼓点念着简报说，"你的脸上贴着两个'七一三'，一边黑一边红，一边让人看一边让人抽，小小的一件事弄成什么样子了！"

陶成华失声地说了句"光斗他……"又连忙改口说："皎刚正不至于这样加害于我吧？"

白金明每当听到"光斗"的名字，心里就会涌出一阵内疚。但又不能接着问，只沿着皎刚正的话题说："关人家皎刚正什么事？"

陶成华好像看了看周围，压低声音说："当时我正和光斗吃饭，喝了一点儿酒就有点儿犯糊涂。是不是……我再把案子收回去？"

白金明听出妻子不在陶成华的身边，多问了一句说："光斗到你哪儿干什么？你们可别给我脸上抹黑呀。"

"没有没有，他只是到我那儿转一趟。"

"算啦，案子的事也就这样了。既然交给市局，就不要再管，否则，别人还不知道你想干什么呢。"

陶成华一阵松弛，再叮咛了晚上打牌的事，就挂上了电话。

对于皎刚正，陶成华可咽不下这口气，一离开白金明家，他就掏出了手机，他本来要打电话给皎刚正，但是他们平时很少来往，也就不知皎刚正的手机和电话号码。想了想甚至不屑于和皎刚正说话，直接拨通了王乾坤的电话说：

"王局长啊，我想我没有得罪过你吧？"

王乾坤摸不着头脑地问："你是谁呀？"

陶成华嘻嘻一笑说："你把我都捅到全体常委那儿了，还打哑谜啊。"

王乾坤终于听清了声音说："陶书记吧？你的话我一下子还弄不明白。"哑哑噜噜地想了一阵，才突然歉疚地说，"没有那么严重吧？老兄身在其位，有些事情不能不应付一下，考虑不周，还望您多多包涵。"

陶成华更响地笑了一声说："这就越发见外了吧？你们的文件该送谁不该送谁我无权干涉，可是我只要求把时间稍稍地改变一下，你都不给面子嘛！看来你不是考虑不周，而是想得很周到哩！"

王乾坤着急地说："我……我也有难处呀。"

陶成华直刺要害地说："我不怪老兄你，但是对有些人我确实耿耿于怀！干什么嘛？！没有这个必要嘛！这些话你可以直接告诉皎刚正，就说我陶成华说他不够意思！太不够意思了！"

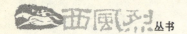

不等王乾坤解释，他就关了手机。

真是害怕处有鬼，王乾坤想不到这么快就惹翻了一个人。当然这样的事他只能憋在肚子里，再抱怨下去就里外不是人了。

皎刚正知道简报一发，接下来有人就会催问进展的情况了。下午他和孙维孝又去了一趟中心医院，那具焦尸本来已经面目全非，如果继续腐烂，就连人形都看不出了。昨天晚上认领尸体的广告已经在市电视台打出，他去医院还是想摸一摸情况。

回到局里，他不得不走进王乾坤的办公室。

王乾坤见他神情沮丧，解劝说："着急不行。如今的流动人口太多了，就是谁家丢了人，也不可能一下子发现。"

皎刚正憋气地说："这个我比你更清楚，我是说那具尸体……"

"医院不让放了？"

"现在都讲钱，你如果多给钱，就是放一头死猪进去可能都不挡。"

"这这，这个高时兴，他们昨天是怎么说的？咱们的日子也不好过嘛。"

"好过我还要找你这个一把手吗？花钱的事是你一支笔，你赶快下令交钱去吧。"

"这没长没远的，得花多少钱呀？"

"那就让同济县再把尸体拉回去！或者让他们过来交钱。"

"不行不行，各县局中，他们最穷。"

"你悲天悯人谁领情呢？"

"刚正呀，"王乾坤真是一脸悲悯地说，"我是为你着想，陶成华上午在电话里……唉，为一份简报一个时间……把问题记在你头上了。咱跟县局要钱，县局就得找县上领导，矛盾不是越来越大了？算啦算啦，我给财务上说。"

"陶成华说啥了？"皎刚正心一跳。

"算啦算啦，越闹越复杂。"

皎刚正忽地站起来说："不怕！我什么也不想了。"走出门来，他却觉得脖子发硬，好像那儿勒着一条绳子似的。但是又弄不清这条绳子的结在哪里……

4

走一步　看一步

　　白光斗不是焚尸案的制造者，但是他和惨案的制造者一样心惊肉跳。郑树民帮他运送的那车货物丢失、损坏，甚至被人抢走都不要紧，要紧的是郑树民不能出半点儿差错。一车货物丢失了还会再来，郑树民丢失了就带走了他的魂灵。这些年来，他就是靠贩卖假烟和走私烟发了大财的，但是在他开设的那些门店里，绝不出售半条假烟，甚至不和国家专卖的烟草沾上边。他是小心了再小心，谨慎了再谨慎，为了自己也为了别人。前几年烟草管理混乱时，他的买卖还可以在城市里做，这几年，他就只能把不易得到的货物运往僻远的山区小城镇了。本来，按他的资金积累，他完全可以就此止步，坐吃山空也能吃香喝辣一辈子。可是人的欲望总是没有个限度，那些空有门面的据点也不断地需要资金的填补。到手的钱财又不愿意抛撒出去，就这样亦步亦趋地再往前走。

　　在往北寻觅的路途上，他一再谴责自己说，全是被一张脸面子害苦了。钱多了人就想要强，钱多了心就飞到了天上，如果每年没有百十万元的进账，似乎一下子就变成了穷人！连一个徒有其名的门店也不敢撤，似乎撤销一个，都会招来众多人的笑话和议论。现在，现在假若郑树民真出了事，就不仅仅是一个大笑话了！在他雇用过的人中间，只有郑树民知道他的根根底底，追查出来就会涉及他的老账，老账新账一起算，那他的下场就可想而知。或者倾家荡产，或者坐几年监牢，也都是丢失了一点儿面子，可是对他的哑巴媳妇和他的老母亲来说，说不定会付出生命的代价的。在这两个亲爱的人面前，他绝不敢有半点儿闪失。

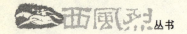

他越来越强烈地预感到：这样的闪失终于落到他的头上了。

他没有再给郑树民之妻赵群打电话，引起任何人的怀疑和猜想都无异于自我暴露，自投罗网。因为郑树民和他的雇佣关系只有他们两人知道，多年来，他一直相信郑树民的忠诚和可靠。

白光斗驾车驶入黄土高原的纵深时，已是第二天黎明时分。姗姗来迟，是因为他一边走还要一边问路。这个叫黄为祥的收货货主，他是年初才间接地拉上关系的。人只见过一次，家里却从来没来过。郑树民给他送货，也才是第三次。快进镇子时，白光斗却突然把车停下了。他觉得这个时候打听黄为祥不好，黄为祥在这里也肯定是引人注目的角色，天未亮就有人找，首先是黄为祥要对他生疑了。他转悠到一个加油站里给车加油，再在一个小饭店里用了早点，一直消磨到太阳出山，才打听黄为祥是哪一户。

黄为祥的老婆揉着惺忪的睡眼拉开门时，白光斗心里差点儿发笑了。刚才看见街上的行人也都是木木讷讷的，就觉得在这里的担惊受怕是不是多余了？可是当他弄清黄为祥的踪迹时，才知道这家伙也是狡兔三窟。黄为祥的老婆几乎是毫不介意地说，那狗东西在县城还养着两个女人，谁能摸清他现在在哪儿。

白光斗问他总有个联系的办法吧？

这个窝窝囊囊的老婆这才问白光斗找黄为祥有什么事？

白光斗说："我是外地来的，找他还不是谈生意。"

黄为祥的老婆让白光斗进屋说，白光斗不敢落座，一踏进院子又急切地追问黄为祥怎么能见人？黄为祥的老婆仍是打量了白光斗好一阵子，好像要从他的衣着举止中弄清他的身份，似乎终于放下心来，才吆喝出一个孩子说："找你爸哩。"说完这句话就觉得她已经完成了任务，伸着懒腰又进屋睡觉了。

白光斗差点儿骂出声来，想了想又觉得连这样的懒婆娘都知道对生人刨根问底，黄为祥可能更是百般的警惕了。他轻松了一下问孩子："你爸出去几天了？"

这孩子也就是十多岁的样子，却是一副大人的口气说："这个家算他家也不算他家，你能找他还能不知他的电话？"

一句话就把白光斗训斥灵醒了，身上的小本本上不就记着黄为祥的几个电话号码吗？但是孩子的前一句话却让他犯糊涂了，算他家又不算他家怎么解释？退出门后他才恍然大悟，有几个"家"的黄为祥住在哪儿也都是"算家也不算家"了。这个秘密他丝毫都不嫉妒，只操心黄为祥这样下去迟早要栽跟头。

他的车就停在街道外边，钻进车后就拨起黄为祥的手机号码。

黄为祥的声音好一阵子才过来说："谁呀？"

白光斗说："姓白，我想赶过来见见面呀。"

黄为祥似有不悦地说："姓白的多了！噢，不太方便……我媳妇有点儿病，我正带她去医院哩。"

白光斗挑明说："我是河东市的白光斗，现在就在你家门口。"

黄为祥哼哼了几声说："白大老板呀，稀客稀客。"又沉吟了半晌说，"实在对不起，我现在也在外地哩。"

白光斗差点儿没昏过去。如果不是郑树民失踪，八抬大轿抬他，他也不会溜到这个鬼地方，好不容易溜来了，狗东西却和他打起了埋伏。黄为祥越是不想见他，他就越着急，从来不乞求人的他，几乎是拉着哭腔说："黄老板，这就太不够朋友了吧？"

黄为祥确有为难地说："岂敢岂敢，我确实……不瞒你说，我是和几个领导在一起，"好像离开了一间屋子，过了一会儿又发话说，"你来没有紧要事吧？要不你先找个地方住下来，晚上我一定和你联系。对了，一切钱由我掏！"

白光斗不敢久留地说："我也是路过，顺便就想见见你。"

"哟，你可是盼都盼不来呢！那就一定不能走！"

白光斗听他的态度还算诚意，这才挑明了真正的来意说："停是不停了，我只是再问问郑树民那天来的事？"

"是不是你那个郑师傅出什么事了？"黄为祥也有些慌乱地说，"他可是拴在咱们两个人腿上的一条绳子，出了事对谁都不好。"

"出事……倒没出什么事，我只是想证实他是和几个人来的。"

"不是说过了吗？两个。……咦，也许是三个，郑师傅说他肚子疼根本没有下车，好像……好像他旁边蹲着一个人还给他揉肚子。你知道咱们办事都是在晚上，我那个放货的地方又在深沟里的窑洞里，黑灯瞎火的也看球不清。"

"你把钱交给谁了？"

"下边的一个人说是你雇的保镖，可是收条是郑树民写的。喂喂，五十万元我可是一分不少，一手交货一手交钱这可是咱们定下的规矩。你是不是信不过我了？"

一切都无需再问了，郑树民一定是被人劫持后又遭到杀害。白光斗冷汗淋漓。

"喂，白老板，是不是他们把钱私分了？"

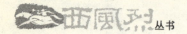

　　白光斗一时不知该说什么好，支吾了半天说："我不是计较钱不钱的事，只是有些事情得弄明白……这样吧，这批货你先不要往出发，如果有损失我以后全认都可以。"

　　黄为祥听出了问题的严重性，立即说："你等着，我马上过来！"

　　白光斗倒觉得没有见面的必要了，还再说什么呢？假如郑树民真出了事，黄为祥这儿就也是皎刚正他们的一个突破口。自己的慌乱已难压抑，再传染到黄为祥身上，岂不是又捅开了一个火山口？不管黄为祥是和什么领导在一起还是和他的小蜜在一起，他这么匆匆离开都会让人觉得蹊跷。尔后再知道黄为祥匆匆见面的是一个姓白的，这不是自我暴露了吗？他坐端坐正，口气十分沉静地说："你忙你的，我们这些朋友都会互相理解，有时候的应酬比见朋友更加重要。"

　　黄为祥却不安地说："你那边到底出了什么事？"

　　白光斗尽量轻松地说："也不算什么大事情，噢，主要是一时还说不准。"想了想又说，"即使有事也全在我那边，为了朋友我也会全部顶着。"

　　黄为祥大为感动地说："百闻不如一见，今天我才真正认识白大老板了。你够朋友我也会够朋友，有你这句话，我先把这批货全部烧了，五十万元是个球呀！"

　　"这样更好，留得青山在不愁没柴烧么。你的货放在……"

　　"万无一失！"

　　"山沟沟里还能万无一失？"

　　"这你就不知道了。好几个点，都是过去军队开挖的战备坑道，前些年部队移防，我就把它们买了下来，用做种蘑菇和养殖业的生产基地了。"

　　"咱们可要管住自己的嘴呀。"

　　"你笑话我？在这方圆几十里，我可是以憨厚老实著称的！再说，我也知道管不好自己的嘴就管不住自己的头了。"

　　"那我就走了。"

　　"放心放心。你们那边有人来，我也绝对是一问三不知……白光斗是谁呀？我从来不认识！"黄为祥说完这些后，又为今天不能款待道歉说，"看来今天以后，咱们是好久好久都不能通话了？"

　　白光斗这才觉得不虚此行，这家伙不但颇有心计，而且可以称得上狡猾了。最后，他又安慰了一句说："你的损失我以后会加倍补偿的。"

　　黄为祥坚决地说："不用！你一个人担风险，我还不知该怎么报答呢。"

白光斗把佝偻的腰直起来时，已是满脸的泪水，他说不清自己是开始害怕了还是对黄为祥两肋插刀的感激。车子驶上公路后，他才知道不经意间流出的泪水，多一半是对母亲和哑巴媳妇的歉意。有那么多钱好好过日子比什么都好，为什么还要和别人较劲，为什么还要和白金明争个高低？

白光斗刚刚加速，又迟疑地把车停下了。

从同济县城东侧的岔道上穿入国道时，他并没有看见皎刚正和孙维孝，但他琢磨了一阵，还是想不要从原路返回。不防一万但防万一，那段公路可是市上的要员常来常往的地段，如果有人看见他的车从国道的北边而来，又成了说不清的话柄。他还给陶成华说他要赶回去看媳妇，就是县上的谁发现了他，也成为一桩包不住的谎言了。好在他的媳妇是哑巴，他一离开家门就把全部的嘴巴带走了。

这就得从另一条路绕回去。

那一条路几乎跨越了两个省的省界，而且要退过去从县城经过，为了不留下一点蛛丝马迹，白光斗在一处无人处停下车换了车牌。别看他这辆车毫不起眼，但是车里却是应有尽有，就是遇上几个歹徒也有足以防身的装备。一路急行，他突然又想起郑树民的车里也带着防身之物，而且每当运送这样的货物时就会挂上军车牌，连覆盖在车上的帆布都是效仿军用的颜色，一两个歹徒怎么就把他制服了？想不明白的还有，如果皎刚正他们发现的那具焦尸真是郑树民的，那么郑树民的卡车现在在哪里？得了巨款又杀人灭尸的歹徒们，绝对都是早有预谋的高手，总不会再开着那辆卡车四处张扬吧？

心存侥幸的白光斗不能不怀疑自己是不是虚惊了一场。现在的人谁不是见钱眼开，见利忘义，何况郑树民买车的贷款还没有还完呢。听说他的妻子赵群也下了岗。郑树民的父母都在农村，兄弟姐妹三四个，城里的屋里又守着年轻的赵群，谁不向他伸手要钱呀？也许是他和他的朋友串通一气，卷五十万巨款远走高飞了。这几年发生的这种事情还少吗？要真是这样也就是折了一笔财，郑树民自己也成了作案人，还担心他出卖自己吗？这样的结局有两种可能性，一是郑树民用这些本钱挣多了钱，涎着脸给他赔罪认错归还本钱；一是这些钱被他们挥霍一空，郑树民编出一套被人远远挟持了的谎言。

有了这样的推断，白光斗悬着的心放松了一点儿，只在心里骂了一句说："狗日的！我也有把人看错的时候。"打开收录机听了一段音乐后，他又不禁为郑树民祈祷地想：树民呀，你可别出事，如果真是为了钱的事，你打个电话过

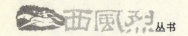

来，我会毫不犹豫地答应把这些钱全给你！默默地祈祷了几句又扑哧笑了——他知道他的祷告只仅仅局限在不引发别的案子，不被公安抓捕，不把他出卖了。他们如能在遥远的外地车毁人亡，被烧成谁也认不出的焦尸，那就不关他的事了。因为他和郑树民都是单线联系，就是这次出车，任何人都不应该知道。

那条公路直接通向省城，到省城时又是黎明，白光斗没有惊动任何朋友，下榻于一个他没有住过的宾馆，好好吃了一顿饭，洗了个热水澡，就埋头睡了一觉。下午，他给母亲和妻子买了几样礼物，就光明正大地溜进了河东市。

白光斗的招牌挂在一个写字楼的大厅外，三楼的办公室也仅是一大间。除了设在别处的门店需要雇人外，他的身边没有秘书没有科室没有什么部。不是为了和皮包公司有所区别，这样的招牌这样的办公地点他也是不要的。不显山不露水，辉辉煌煌做事，平平常常做人，是他一开始就给自己定下的戒律。他在公司的部下也就是一个人，这个叫陈根娃的青年男子是母亲的远房侄子，白光斗一直以"哥哥"尊称。在这个世界上，白光斗觉得除了母亲和哑巴媳妇之外，陈根娃就是第三个最可靠的人了。陈根娃农村的房子是他出资盖的，媳妇是他出钱娶进门的。陈根娃是年近三十才娶上媳妇的。没有白光斗，他也许会打一生光棍。少言寡语的陈根娃每当拿到白光斗发的一千元月工资时，总是眼含热泪说："光斗，你……你让我死我都愿意。我给你能干个啥事嘛？看个房子守个门，咋能要这么多钱？"白光斗总是说："这不是工资，这是弟弟给哥哥的钱。"白光斗说这话时也总是眼睛潮湿，他跟母亲回到农村的那些年，年纪还小，不就是陈根娃这个勤快而老实的人帮他们担水，帮他们种地，帮他和母亲度过最难熬的岁月吗？

白光斗的车一停在楼下，陈根娃就一溜风地跑下来了。手里还拿着一块抹布，龇牙笑了一声就开始擦车。陈根娃的见面礼总是这样，他觉得干活就是最好的问候了。

"哥，没人找我吧？"白光斗也是亲切地一笑说。

"没。"

白光斗知道不用再问什么，打开车厢的后盖取出一个随身携带的皮箱，陈根娃无言地接过又向楼上跑去。白光斗也跟了上来，半道上遇见陈根娃又往下跑，白光斗温和地拦住说："我先给你说几句话。"

"我把车擦完吧？"

"擦车不急。"

"嗯。"

进了屋子，不用白光斗示意，陈根娃就非常习惯地把门带紧。

白光斗稍坐片刻，就直率地说："哥，我可能遇到了一点儿小事情，看来必须麻烦你一次了。"

陈根娃眼睛发光地说："你说！就是断胳膊断腿也交给哥。"

白光斗话到口边又三思而行，他只对陈根娃说："没有那么严重，也就是给咱们拉货的一辆卡车突然不见了。当然还有司机。"

"郑树民？"

"不不不，另一个。你不认识。"

"你给我派活吧！"陈根娃暗暗地咬牙切齿。

白光斗取出一万多元说："你先买一辆新摩托车。"

陈根娃说："你不是给我买了一辆吗？"

"要新的。"

"嗯。"陈根娃接过了钱。

尽管陈根娃可以赴汤蹈火，但是白光斗还是不愿意让他受到半点儿惊吓，站起来踱着步说："也许出了车祸，也许是别的事情，总之是要找到那辆车。"他这才认真郑重地把陈根娃拉到角落的沙发上坐下来交代说："让你干的活也就是骑着新摩托到外边找车，噢，先在同济县的所有村子旮旮旯旯沟沟岔岔找一找。如果没有再到周围的县继续扩大范围。如果发现什么丢弃的车也不用你管，你带上手机立即给我说清地点。假如已经有人发现，你也赶紧给我汇报。"

"知道了。"陈根娃比白光斗还要着急，好像他的命运也和那辆车紧紧地联系着。

白光斗又严肃地叮咛说："换上一身你在农村穿的衣服，摩托车后边也要架上两个筐子，有人问你就说是收鸡的。"

木讷的陈根娃并不愚蠢，甚至提议说："我一进哪个村子先买几只鸡装进筐子里。"

"更好更好。"白光斗这才取出了一个新手机教陈根娃怎么使用。

陈根娃紧紧张张地就要出发了。

"没事没事，确实是个小事情。"白光斗努出一脸笑容说。

陈根娃会意地松弛下来，跑下楼后还尽心尽力地擦完了那辆小车。

又走完一步，白光斗稍坐片刻，拿起电话想再打给郑树民家。犹疑了一阵

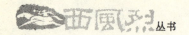

他就毅然决然地把电话扣上了。既然认准郑树民出了问题，再惊动赵群，不就是把一个地雷拉响了？哪个女人丢失了丈夫能坐得住，一引起她的疑心说不定她就首先报案了。好在司机一出门就身不由己，别说四天五天，就是十天半月不回家也是平常的事。如果郑树民是卷款而飞，那么赵群很可能是合伙人之一，她就是知道丈夫的下落也会反过来向他要人。还是等一等再说吧。

可是无论如何要摸一摸赵群的底，首先要弄清这个女人是什么样的人。派谁去呢？百般无奈地想了一阵，也想不出一个合适的人选，打听女人需要女人，自己的哑巴媳妇不能出面，白光斗这时候才遗憾身边没有个女人。他不得不叫来一个市区门店的女经理说："我在同济县那边也租下了几间门面房，你帮我物色一个合适的人选。"

这位女经理并不年轻，她知道白光斗的用人准则说："你要的人人才市场可难找，那儿的人一是不可靠，二是太年轻的男女居多。"

白光斗一语道破说："我听说了一个人，还没见过。你先打听一下吧。别正面谈，只是侧面了解一下。"接着他就说清了赵群的住址，叮咛女经理只摸底不见面。

这位女经理似乎还从来没有得到过这样的信任，临出门又看着冷冷清清的办公室说："白总，你总是……和自己过不去。"

白光斗一笑说："我怎么和自己过不去了？"

"是个经理都会潇洒，是个经理身边都……"女经理吞吞吐吐地说。

白光斗又有了一个想法，故意很放肆地说："我可不敢惹那些黄毛女子，就是想招惹也就是你这般三十多岁的少妇。"

女经理一下子就依偎过来说："你……你能看上我……"

白光斗也不是没有过潇洒，只是他记着不吃窝边草，何况今天还揪心着赵群，赶紧正经地提醒女经理说："你先把赵群打听出来。"

女经理有了醋意说："那个赵群很漂亮吗？"

白光斗一笑说："我见过还用你打听？"

女经理还是不想走："那你着急个啥嘛。"一手已搭上白光斗的肩膀，撒娇地摇晃着。

白光斗也顺势抓住了她的手说："快办正事，过几天我想派你到同济县的摊子筹备开张，具体搞什么业务你也先筹划着。"

女经理大喜，重任在肩似的跳跃了一下。她知道白光斗把这样的重任交给谁就是对谁最高的奖赏，如果是一个女性，这个女性就成了他的贴身嫡系。她

一把抱住白光斗亲了一口说："那我……人生地不熟的，也难见到你。"

白光斗脸上是温和的样子，心里却激不起一丝兴致，他突然想应该给陶成华打个电话，一直远离官场的他，现在却觉得必须和陶成华保持热线联系。如果那具焦尸真是郑树民，那么案子发在同济县则是他不幸中的万幸了。他一手推开了女经理一手拨着陶成华的手机：

"喂，陶书记吗？我是光斗。"

陶成华好像受宠若惊地"呀"了一声。白光斗寒暄了几句，就当着女经理的面说："我能干什么，除了做生意什么都不会。喂，我那门店的手续办好了吧？……那好，那我明天就派人过去。她叫王花晨，是一个很会办事的女同志，你得多多关照呀！噢，经营什么你也出个点子……什么？你不好出面？你只当后台老板出什么面呀！别在我面前装清白，钱多了不咬手。开张的钱由我出，跑腿的事情有王花晨，她过去就是你的……你的人了吧？一定会和你好好合作的。我这几天有点儿事，就不过去了。"

王花晨的脸上早已泛起红晕，却佯装不悦地说："狗屁书记，他也会做生意？"

白光斗瞪了王花晨一眼说："同济县的大老板，人也长得很帅气呢。"见王花晨仍然撅着嘴，又激将地说："你不想去小县城，那就再物色个人吧。"

王花晨赶紧说："你的话可是最高指示，就是想把我卖了我也不敢不去。"说着话已经向门口走去，好像害怕白光斗再变卦了似的，拉开门又回头说，"那这边是不是交给那个赵群了？"

白光斗挥挥手，另一只手又拨着电话了。陶成华好像在那边等着，电话一通就接着问："话没说完怎么就把电话挂了？"

白光斗嘻嘻一笑说："我可是给你供应了一个好女人，是不是这也叫高风亮节？"陶成华害牙疼似的咝咝了几声，开了一个什么玩笑后，白光斗立即脸一沉说，"我从来不把吃过的剩饭推给别人！"陶成华要王花晨亲自和他说几句话，白光斗也开了一句玩笑说："你们俩一个比一个着急呀？可惜她已经出门给你买见面礼去了。"陶成华心花怒放地笑出声来。

这样的即兴发挥白光斗还是第一次，严峻的现实使他不得不尽快地改变自己。

"光斗，再没有别的事了吧？"陶成华辞别地问。

白光斗顿了一下又说："王乾坤年龄大了，公安局长的位子你不想竞争一下？"

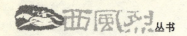丛书

陶成华更来劲地说："若不是皎刚正那天捣乱，这事我正要求你帮忙呢。"

白光斗指点迷津地说："想当公安局长就要在一方平安上轰动一下，搞一个破破烂烂的轻工市场能掀起多大的风浪？"

陶成华深得要领地说："高人高人，我立即在同济县拉一次大网，想上什么山就该唱一唱什么歌啊。"

白光斗知道这一出戏到此该完了，说了句"祝你好运"挂了电话。下楼时他才彻底恢复了镇静，黄为祥那里看来不会留下什么漏洞，陈根娃的出外也是继续消灭隐患，如果作案的歹徒出在同济县，那么陶成华张开的这张网就堵住了最后的关口。有陶成华在，就是捕获的歹徒供出牵连到他的事，陶成华不但会及时向他通报，而且会竭尽全力帮助到底。好鼓不用重槌敲，又是金钱又是女人，陶成华应该知道他的意图。何况他们的交情并不是从今天开始。要等待的就是赵群那边的动静了。

白光斗和哑巴媳妇的家也安在一座普通的商品楼里。这个叫唐凤仙的哑巴女子长得可是十分的标致，小巧玲珑的身段，白白皙皙的面容，一头黑油油的头发披肩而下，走到哪里，都是人见人爱的角色。如果她不开口，谁也不敢把她和聋哑人联想在一起。当然白光斗疼她爱她不仅仅是因为这些，除了母命难违之外，他总觉得和她有着难分难舍的心理感应。

车子还没停稳，唐凤仙就一阵风地扑下楼来，就好像她时刻在窗口等待着似的。白光斗一下车，唐凤仙又双手搭在了他的肩膀上，甜甜的嘴唇就贴在他的脸上了。他们之间很少用比画式的哑语，一个眼神或者嘴唇一动就会明白对方在说什么了。当然他们还有特定的对话方式，唐凤仙亲吻的动作有时候就如同窃窃私语。

唐凤仙用嘴唇在白光斗的耳轮上磨蹭了几下，白光斗立即点头说："对，去看看妈妈。"

白光斗要上楼去锁好门，唐凤仙的嘴唇又在他的手背上摁了一下，白光斗就知道她不让他多跑一步路，在车里等着就行了。他从来不违抗妻子的指令，因为妻子的每一个指令都是对他体贴入微的疼爱。唐凤仙噔噔噔地跑上楼，很快又噔噔噔地跑下来，身上换了新衣服，手上也提着一个包袱了，满脸的喜悦就好像女儿回娘家一样。

唐凤仙没有娘家。在她那个无声的心灵世界里，白光斗的母亲既是她的母亲也是她的婆婆，而白光斗，当然既是她的哥哥又是她的丈夫了。白光斗的母

亲叫唐英凡，唐凤仙的姓氏跟着母亲，名字也是母亲替她取的。唐英凡从村边的碾盘子上把唐凤仙捡回时，她还是襁褓中的一个婴儿。那时候唐英凡已经和白金明离婚，也就是有了唐凤仙之后，唐英凡突然间就皈依了基督教门。还是少妇的一个女人，从此就清心寡欲地拉扯着两个孩子。白金明有了新欢问心有愧，唐英凡答应离婚时，他还主动提出过，在她未成新家之前，可以仍然住在他农村的家里。可是固执的唐英凡除了儿子以外什么也不要，提着一个小小的包袱卷就回了娘家。农村的风俗习惯是，嫁出去的女人不能久在娘家住，尤其是春节一定要离开娘家门。那些年唐英凡真是东躲西藏呀。后来才在娘家的村边盖了一间小屋，有了自己的栖身住所。

白光斗终于可以报答母亲的养育之恩了，可是母亲仍然把城市看做她的禁区。没有办法，白光斗只得在郊区购买了一块远离喧嚣的地皮，按照母亲的意愿给她盖了屋子。心如止水的母亲再不想受尘世的干扰了。

快到母亲的住所时，唐凤仙哇的惊叫了一声，白光斗一愣，立即意会地说："忘了忘了。"说着话就停下车往后退去。他知道母亲见不得儿子有任何张扬的举止，每次开车而来，都要把车停放在很远的地方。今天的疏忽都是因为他几天的奔波和奔波之后的疲劳，而且还有，一股浓重的阴影笼罩在心头。

唐凤仙挽着白光斗走到母亲的家门口时，悄悄地就把手放下了。又对着白光斗嚅动着嘴唇，白光斗默默地点点头。

清爽整洁的院子，一块花坛中的鲜花正在开放。

白光斗和唐凤仙轻步跨进屋子时，跪坐着的母亲正在吟唱着基督教徒的"赞美诗"。她的面前供放着香炉，香炉中烟雾缭绕。唐凤仙一进门就跪坐在母亲一旁，嘴唇也在随着母亲的吟唱嚅动。白光斗无声地退到一边，脸上禁不住一阵抽搐。

母亲的吟唱已到尾声：

……欢愉何能言传，天家相亲，

欢愉何能言传，天家相亲。

——阿门。

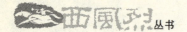

5
浮 出 水 面

自焚尸案发生已经五天过去了，不但同济县那边毫无动静，连放在市中心医院太平间里的那具焦尸也一直没有人来认领。

王乾坤确定这个案子由皎刚正挂帅，皎刚正也是头比斗大，究竟从哪儿入手呢？案子没有个眉目，几乎连一条线索也找不到，皎刚正的助手就仅仅是一个孙维孝。孙维孝又到同济县去了几次，每次回来，都是唉声叹气。县局那边就好像不关他们什么事似的，孙维孝一问，他们就说，市局都无能为力，他们还能有什么高招。

皎刚正今天进了一趟省城，他请求省厅向河东市附近的友邻地市发出提供线索的通报。返回的路上，却接到孙维孝的电话说，让他立即赶到杜马乡去。皎刚正一阵兴奋，问他发现了什么？孙维孝只是平静地说，过来再说。皎刚正再问，需要不需要多带几个人？孙维孝甚至有些神秘地说："你一个人来，悄悄地行动。"

小谭的车跟着孙维孝，皎刚正回到支队部是想把司机留下来。一到大门口，却发现郭淑红焦急地在这儿张望着。

"淑红，你怎么在这儿？"皎刚正让司机停了车，摇下车窗问。

一身便装的郭淑红说："我……想见见你。"声音有些哽咽。

皎刚正看出她遇到了伤心事，想到他还要赶到杜马乡去，当下向司机要了车钥匙，只说他要办一件私事。刑侦科长邢举牢兼任着刑警支队的教导员，这几天对皎刚正的行踪格外关心，为了增加他们之间的信任度和透明度，司机小谭不在，皎刚正今天就故意坐了邢举牢的专车。一想到邢举牢那天给他设的陷阱，皎刚正不得不小心翼翼。平时的普通案件简报都是只送给白金明，而焚尸案刚刚案发，邢举牢一下子就上升到鲁书记那儿去了。事后说起来仅是印发文件人员的疏忽，可是这样的"疏忽"对皎刚正来说，就引起了连锁反应：鲁书记的批示；白金明的训斥；陶成华的忌恨；王乾坤也不得不把他推进这个很难脱身的案子里。

司机还没离开，皎刚正又觉得刚才的话不对，又喊住司机说："这位女同志是同济县局的，她可能要给我说一说案子的事。"

司机一笑说："公事私事都得办嘛。"说完就扬长而去。

皎刚正不愿再解释，有些事情真是越抹越黑的。回头再看郭淑红时，郭淑红也是嘲讽地笑。

"淑红，你来是……"皎刚正想在这儿把话说清。

"算啦，也许我根本不该来找你。"郭淑红冷冷地说。

"出了什么事？"

"算啦，不必说了。"郭淑红掉头走去。

"我还忙得很呢，没时间看你使性子！"皎刚正大声喊了一句，就钻进车去。

走到远处的郭淑红回头说："那我们就算最后告别了。"

皎刚正以为郭淑红来市上办完什么事要回去，驱车追上了她说："告什么别呢？正好我也是去杜马乡，快上车，有话车上说。"

郭淑红犹犹豫豫地上了车，坐下来后却一言不发。

皎刚正开着车问："今天不是星期天嘛，怎么有时间来市上？"

郭淑红抽抽噎噎地说："够了……我真是受够了。"

皎刚正越发奇怪地问："出了什么事你把话说清？"

郭淑红突然又把头扬起说："我还是堂堂正正的一个大学生，哪儿找不到一碗饭吃，哪儿找不到一条出路？何必这样忍辱负重！真是寄人篱下三分低呀！"

"你……"皎刚正听不得这些啰唆话，焦躁地瞪了她一眼说，"像你这么婆婆妈妈的样子，走到哪儿都不吃香！大学生怎么了？大学生就不能吃苦？大学生就应该丢下工作乱跑？大学生就应该绕来绕去的说不清话？"

郭淑红愣怔了一下说："我是不想给你再添麻烦了。"

"知道麻烦就别找我嘛！"

"好，你让我下车。"

皎刚正减慢了车速，当郭淑红推开车门真要下车时，他却一把抓住她说：

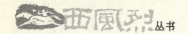

"手续都办进去了，就不能再忍一忍等一等！"

"我已拿定主意，这个铁饭碗我不要了。……以前我太单纯了，只知道铁饭碗是国家的，只知道学了知识就要报效祖国。现在才知道，就是国家的铁饭碗也由某些个人控制着……我不怕吃苦不怕受气，但是怕软刀子杀人呀！"郭淑红平静了一些说。

皎刚正听出她遇到了难以承受的打击，头皮发炸地不知该怎么安慰。

郭淑红似乎想到了皎刚正的忌讳，顺手抓过皎刚正的大盖帽戴在自己头上又说："我本来是什么都不管不顾了，但是为了你的荣誉和前途，还是暂时遮掩一下吧。"

皎刚正脸一红，忽一下加快了车速。在人多眼稠的街道上，身边坐一个年轻女性确实容易惹是生非。

车子上了公路，郭淑红才说清了找皎刚正的原因。昨天下午她突然接到了分配工作的通知，局办通知她，三天之内，必须去一个乡的派出所报到。那个乡在僻远的山区里，来往一趟就是一百多里路。别说那个派出所没有一个女警察，就是男同志也寻情钻眼地想换一个好地方。郭淑红找了局领导，局长们都是一口腔调地说，这是上边来的指示，凡是新进的人都要去最艰苦的地方锻炼的！郭淑红求情说，就是换一个较近的乡镇也可以。局长不好说出老底，只说会议定了的事情不好再变。"这半年我就像公安局的一个勤杂工，上班最早下班最迟，院子的地是我自觉地扫，各个办公室的开水都是我替他们提，我真想不到把哪个要人得罪了！前几天让我去那个焚尸案的现场，我还高兴了好一阵子，心想这才算接受考验，心想以后就是真正的人民警官了。没想到考验之后竟然是流放了！"郭淑红说着又抽泣起来。

皎刚正心一沉说："知道了。我也想不到一顿饭竟吃出了你的灾难。"

"吃饭？这和吃饭有什么关系？"郭淑红当然蒙在鼓里。

皎刚正不好解释，只说："一句话也说不清楚，以后你就慢慢知道了。"

"没有以后了！我已经给一个同学打了电话，明天就去省城的一家民营企业当公关小姐。"郭淑红坚定地说。

"这也叫勇敢，这也叫豪迈，这也叫当代的大学生吗?！"皎刚正几乎是吼出来的。

"刚正哥，如果是昨天我还会无条件地接受你的训斥和指责，可是今天，我突然觉得我心中的一个形象也不是那么的巍然屹立。"郭淑红说完又补充道，"我爸一直为有你这样的学生而得意，似乎还有人说过你是硬汉子，但是在我看

来，你这个硬汉已经被什么东西软化了。"

"你是说刚才我在大门口的态度？"

"不是态度，确切地说，应该是演戏！"

皎刚正避开这个话题说："无论如何你也不能走！"

"你是说我应该去那个穷山沟？"

"拖几天再说。"

"怎么个拖法？我已经拖了半年了。"

皎刚正琢磨了好一阵子才果断地说："孙维孝可能发现了什么情况，如果真是焚尸案有了线索，我就借调你到刑警支队去。"

"还是临时工呀？"

"对，临时工。在市局那边我更没有人事上的调动权。可是，我真想让你这个大学生增加一点儿胆量增长一点儿见识。当然案子一完你又要离开，但是有了这一次经历，你可能就真正长大成人了！那时候你想到哪里去我都不拦你，在案子上闯荡一次，顶得上你在社会上的十年阅历！"

"这话是你说还是我说？"

"给谁都不说！"

"可是我还得吃饭还得要工资？"

皎刚正自嘲地一笑说："我那里养的闲人多了，他们抓一回赌，还不够给你开工资。"

郭淑红却认真地说："行！就算我从你那儿认识社会再走向社会吧。最后落到什么地步我不后悔，怕就怕因为你我又……"

皎刚正说："不怕了！有时候你大胆地后退一步，别人还反而怕你哩。"

车子到了国道和进县城的那个三岔路口，皎刚正要郭淑红拦一辆公共汽车先回去，郭淑红却说她今天就想开始当临时工。皎刚正害怕把孙维孝的什么计划打乱了，硬是劝说郭淑红下了车。

公路上不见孙维孝，皎刚正就想先到乡派出所看一看，车头还没拐过弯来，他的手机就响了。是孙维孝打过来的。

孙维孝问他现在在哪里？皎刚正说他已在杜马乡的地盘上了。

孙维孝沉默了片刻说："你沿着国道一直向北走，我会在前面等你。"

皎刚正觉得蹊跷，却不敢怠慢地飞驰而去。一直开出二十多里路，他才看见了小谭开的那辆车。孙维孝和小谭也肯定看见了他，但是车子不停，始终保

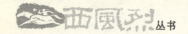

持着几百米的距离。前边有一道峁梁，翻过峁梁是一条河。皎刚正越上峁梁时，忽然不见了小谭的车，缓缓地从坡道上溜下来后，才发现小谭的车离开了公路，在河滩的一个隐蔽处停下了。

"我怎么觉得你们成了地下工作者。"皎刚正走下车说。

"和地下工作者差不多。"孙维孝淡淡地说。

皎刚正知道孙维孝不是跑冤枉路的人，没停步就在四周察看着问："说说你发现的情况吧。"

孙维孝指着河滩边的草地说："这儿留下过几道车印。"

皎刚正再三看过，草地上并没有汽车碾过的车辙。当他蹲下身子注目着一片腐烂的蒿草时，才点着头说："不细看实在是看不出来了。能判断出是什么车吗？"

孙维孝拨开腐烂的蒿草，指着地皮说："只能认定是卡车。"

"还可以认定是空车！"皎刚正补充说。

"对！载重的车根本进不了这片松软的河滩地，即使进来，留下的车辙也是两条深沟了。"

"照过相了吗？"

孙维孝不语，好像皎刚正的问话纯属多余。

回到车旁，皎刚正又对四周的环境打量了一阵。这儿距离公路二三百米，低洼的河床也是天然的屏障，北边和西边都是高耸的黄土高坡，夜间把车开到这里，是很难被人发现的。就是被人发现也能找出充足的说辞——可以说要在河里洗澡，也可以说要给汽车加水。

"只是……这儿距离杜马乡少说也有三十多华里吧？"皎刚正转过身去，遥望着杜马乡的方向说。

"现代化的交通工具可以使作案的地点拉开很大的距离。"孙维孝说。

"但是，我们还没有充分的证据说明，焚尸案和这儿的车印有着必然的联系。"

"当然，我也仅仅把这儿推断为作案的第一地点。"

"仅凭这一点车印？"

"不，还有我的感觉。"

司机小谭不甘寂寞地过来插话说："皎支队，孙大队这几天可是恨不得把同济县的每一块土疙瘩都拿起来看一看。"

皎刚正感动地捅了孙维孝一拳，说："我敢肯定，你还有了另外的发现！"

小谭高兴地说："对，重大的发现还在杜马乡那边。"

皎刚正一惊说："孙维孝可以进保密局了？"

孙维孝仍是漠然地说："水没烧开揭了壶盖就把气跑了。"

"快说说那边的情况！"

"边走边说吧。"

上车时，孙维孝要小谭把车直接开回去，这边留一辆车就行了。小谭说多一个人多一点势，谁要用车也不在乎这一会儿。

皎刚正突然想起什么，说："对，小谭还是回去好。"他交过自己开来的车钥匙说，"在外边时间长了，邢举牢还不知我干了什么事呢。"

小谭换了车钥匙要上车，孙维孝又上前叮咛说："这边的一切对谁也不要说。"

皎刚正说："不怕！他想提前报喜就让他去报好了！"

已经上车的小谭知心知己地说："还是不说好，他蹲在家里只知道请示汇报，评功领赏。"说完就启动车子提前走了。

皎刚正率先坐在驾驶座上，孙维孝从另一侧上来后，一直注视着皎刚正。他们的车子也上路后，皎刚正才顾上问："你这样看我是不是不认识了？"

孙维孝呲噜了一声说："真有点儿不认识，好像今天才像个高尚的样子。"

皎刚正气愤难平地说："屁大一点儿事，陶成华竟然把郭淑红当人质似的向我叫阵！不是郭淑红当面告诉我，我简直不敢相信！"

孙维孝想了想说："事情没有这么简单吧？"

"我也觉得奇怪。"

"所以你要弃暗投明，轻装上阵？"

"说焚尸案吧！"

孙维孝的嘴里还念叨着"奇怪奇怪"。

皎刚正说："其实一点儿都不奇怪。权力欲太强的人都把权力看得比金子还要珍贵，从而引发的虚荣心也会不断地膨胀起来。在他心里，他就是太上皇，他就是土地爷，别人也许无意地碰撞了他脚下的一棵草，在他看来，就是大不恭大不敬了……"

孙维孝打断他的话说："别给我上课，我说的奇怪不是这个。"不等皎刚正再问，他就接着说，"昨天我过来，杜马乡派出所还是积极地配合，可是今天过来，所里竟找不到一个人了。"

"是不是他们接了新案子？"

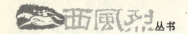

"不可能！第一，如果新案子是个大案，咱们那边应该得到消息；第二，如果新案子是个小案，他们不敢丢下焚尸案不管。"

说得皎刚正也一时糊涂了。

孙维孝进一步推断说："我只能怀疑县上又和咱们争抢这一案子了。"

皎刚正也同意地说："我又想起了一个人，只有这个人才能改变或者动摇同济县大老板的决心。"

孙维孝建议说："是不是先盯上白光斗？"

"不行！"皎刚正立即否决说，"他的关系网你摸都摸不透，身边的眼睛比星星还多。弄不好就把一切都搞砸了。"

"包括你当副局长的美梦？"

"王八蛋——"皎刚正破口骂了一句说，"谁再说这事我抽谁的脸！"

"好，我自己抽。"孙维孝自抽了一下耳光说，"好你个没记性的，人家刚刚才说过要轻装上阵嘛。哎哎，过了过了。"侧目一看，他又指着车后的一个村子惊叫说。

"没过，再抽！"

孙维孝拉住方向盘说："我是说发现情况的那个人就住在这个村子。"

皎刚正一脚踩了刹车，又向后急退。

更奇怪的事情还是在这个村子里。

这个村子靠近公路，穿过两垄玉米地就到了。当皎刚正开来的警车驶进村头时，村民们全都是惊惶失措的神情。孙维孝示意先把车停下来，皎刚正刚刚把车停稳，村民们却似乎鼓起了什么勇气，纷纷跑过来围住了车。

孙维孝连忙下车说："没事没事，我们只是找一个人。"

一个老汉说："找什么人？你们先把老金锁放回来再说！"

孙维孝不解地说："谁把老金锁带走了？"

村民们七嘴八舌地说："还给我们装腔作势呀？""老金锁那么好的一个人，让你们一看怎么就成了怀疑对象了？""抓不住杀人犯也不能乱抓人吧！"……

皎刚正知道弄出了误会，走下车说："不会不会，肯定是你们弄错了，就是把老金同志带走，也只是问一问情况。"

"你一个开车的知道什么！"一个中年妇女训斥皎刚正说。

孙维孝介绍说："他是我们领导。"

这句话又把火苗子引到了皎刚正身上，十几个人围住了皎刚正，有的耻笑他太官僚，下边的人已经把老金锁带走了还在这儿找；有的则要求他快放人，说是农村人胆子小，就是没有事进一次公安局也说不清了；其他人干脆呐喊助威地大呼小叫。

皎刚正只能退让地说："好，我们先去县上，让他们把人放回来。"

再回到公路上，皎刚正问孙维孝到底是怎么一回事？

孙维孝无奈地说："这真是成事不足败事有余呀！"

车子开出了一段路，孙维孝才详细地汇报了从老金锁口中得到的一点儿线索。

这几天孙维孝和杜马乡派出所的同志开始走访群众，昨天晚上到了这个村子后，有一个村民就让他们去问一问那个叫柴金锁的人。说是柴金锁在焚尸案发的前一天晚上受了惊吓，差点儿耽搁了小孙子的病。老金锁其实并不老，也就是五十岁出头的样子，孙维孝他们找到他时，他还惊魂未定地躺在炕上。孙维孝问老金锁那天晚上看见了什么？一开始老金锁一再摇头说："瞎说瞎说，也许是我老眼昏花了。"在孙维孝耐心的劝说下，老金锁才回忆了他的遭遇。

那天晚上，夜已经很深了，柴金锁的小孙子突然患了重病，一直持续的高烧使孩子的神志都不太清醒了。儿子又在城里的建筑工地上打工，儿媳哭哭啼啼地要公公赶紧请医生。老金锁心急如焚，抓了一根护身的打狗棍就出了村。他没有抱孩子，只想把医生请进门。县医院不可能去，乡上的卫生院也太远，他知道公路对面的一个村子有一个四处行医的老中医。那天晚上没有月亮，加上到处都是玉米地，一个人在夜里行走本来就让他有些害怕。身上还带着请医生的钱，开始他只是担心不要被坏人打了劫，把钱抢走还会耽误孙子的病。这样，他就避开了村边的大路，沿着田间的田埂快速地钻进钻出。村子离公路也不远，一会儿工夫他就看见了公路。正当他要跳出玉米地跨上公路时，忽然就听见有人高喊了一声："谁?!"猝不及防的一声呐喊，把他的魂都吓丢了。他下意识地趴在那里，一动不动。也不敢看是什么人，只听好像有两个人说话，一个低了声说："狗吧?"一个立即说："换一个地方。"老金锁这才悄悄抬起了头，看见公路边停着一辆大汽车，有两个人影上了车后，汽车又沿着公路向南开去，但是一直没开灯。……老金锁跌跌撞撞地请来了医生，他自己也后怕地躺倒在炕上了。

"现在看来那个河滩地确实是案发的第一现场。"皎刚正说。

"可是焚尸案的现场周围怎么找不到卡车碾过的车印？"孙维孝说。

"走吧，再和老金锁证实一下。"

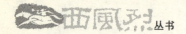

"只怕咱们过去见不到人。"

"他敢!"皎刚正瞪圆了眼说,"这个案子我负责,凡是牵扯到焚尸案的人和事我都有权过问!"

皎刚正的车还没拐向通往同济县的岔道口,县局的一辆警车就迎面而来。两辆车对峙了一下都停了下来。

皎刚正和孙维孝横眉冷对地站在县局的车前面。

走下车的高时兴愕然稍许说:"你们……也过来了?"

皎刚正生硬地说:"这是添乱还是破案?仅仅是一个提供线索的老汉,就非得把人带走吗?"

高时兴也好像困窘地说:"这话你不该对我说,我也是执行任务。"

孙维孝问:"人呢?"

高时兴走到车旁,打开车门扶出了老金锁。老金锁看看这个看看那个,十分恼怒地说:"糟蹋人哩糟蹋人哩,别人不知道,还以为我犯了什么法呢。"

高时兴安慰说:"我不是亲自把您送回来了吗?谁还敢说啥。"

老金锁一边走一边摇头说:"别送别送,坐你们的车进村都让人笑话呢。"

皎刚正笑盈盈地拦住老金锁说:"大叔,我还想知道您看见的车是啥样的车。"

老金锁不停步地说:"说不清……我啥都说不清了。"

"能想一想是半夜几点钟吗?"皎刚正再问。

高时兴很不高兴地说:"孙维孝昨天问了一次,在县上他们又问了一次,你再问还不把人家问烦了。"说着话又摇手让他的车开过来,再劝说老金锁说,"还是让车把你送回去好,要不然村上人笑话你也笑话我们。回去也不要害怕,有派出所暗地保护你哩。"

老金锁想了想,苦笑了一声上了车。

高时兴没有走,礼节性地说:"过来了也不打声招呼?"

孙维孝没好气地说:"都好像出神弄鬼的,和谁打招呼?"

高时兴也不见外地说:"都忙都忙,真是忙得不可开交。"

孙维孝说:"'七一三'大案虽然由市局搞,但是县上这边还决定由你来配合吗?"

高时兴说:"从今天起变了,我们大队的人是哪里紧张往哪里跑啊。"又呀呀地叫了一声说,"在这边可别提'七一三',我们这边只叫焚尸案。"看着皎刚正,揶揄地笑。

"你们这边……好像不对劲儿。"皎刚正琢磨不透地问。

"没什么不对劲儿，很正常啊。"高时兴打着哈哈说，"一年一度的秋收快到了，县上又搞了个轻工市场，县委就要求全体政法机关都行动起来，搞一次既轰轰烈烈又扎扎实实的严打斗争，昨天下午陶成华书记亲自作了动员报告，他还亲自挂了帅哩。这还不够忙活一阵子？"

皎刚正恍然大悟地说："陶成华怎么是一天三变脸呀？既想把一个案子推出去，又伸开大手想抓一切了。"

高时兴稀里糊涂地说："像我们这些人，也只能是跟着人家的指挥棒胡球转了。哎，官场的事你应该比我清楚吧？有时候不是工作的需要，而是……什么什么的需要了。"

皎刚正头脑发木，真弄不清陶成华的葫芦里卖的什么药。

孙维孝还关心着老金锁的事情，问："那也没有必要把老金锁带到县上去吧？"

高时兴说："焚尸案把市上的几个领导都惊动了，陶成华能不知道这个轻重？昨天动员时他就几次点到了这个案子，这边发现了新情况，我们的头儿能坐得住？今天一大早，局长就让我把老金锁带进城里了。"

皎刚正不好再发火，只问柴金锁还说了什么新情况？高时兴卖关子地说，他只负责接人送人，还说了什么他也不知道。

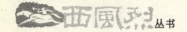

6 顿 生 枝 节

　　皎刚正和孙维孝没有去同济县，他们知道去了也会碰钉子，人家正在大张旗鼓地搞"严打"，于情于理都无可挑剔。尽管已经确定焚尸大案由市局抓，但是任何案子都应该是分工不分家呀。何况因为这个案子已经使陶成华装上了气，这么紧三火地追踪过去不就又无端地引起了矛盾。

　　回到市上，孙维孝仍使着性子说："前怕狼后怕鬼什么事情都干不成了！这不是把刚刚到手的线索掐断了吗？"

　　皎刚正一声不吭，却突然抓起了电话。他叫通了王乾坤问："同济县那边的事情你知道吗？"

　　王乾坤不明不白地说："噢，听说一个农村老汉说了点儿情况，我正要找你们通通气哩。"

　　皎刚正说："那个老汉我和孙维孝都见过了，我是说同济县声势浩大地搞严打……"

　　"这……没见他们报上来嘛。"

　　"他们这是什么意思？"

　　"这个这个……很好嘛，说不定这一网拉过去，'七一三'焚尸案也告破了。"

　　"你不觉得怪怪的吗？"

　　王乾坤顿了一下说："刚正呀，我倒觉得你的神经出了问题。人家县委主动支持咱们的工作有什么不好，有什么奇怪的了？这样的好事盼都盼不来哩！有

的县上不但不支持公安机关的工作，还多加指责，处处阻挠，如今的地方保护主义严重得很哩！比如，咱们的人要抓卖淫嫖娼，有的县上领导就说，不开放就不能搞活，甚至还说妓女就是摇钱树，妓女就是……"

皎刚正打断他的话说："就是搞严打也该给市局打个招呼吧？"

"说了说了，要不然我怎么能知道那个农村老汉提供了情况。"

"按常规他们必须提前汇报！"

"看看，我说你过于敏感你还不信！计较这些小事情干啥呀？人家是县委作出的决定，公安局敢不执行能不执行？再说他们的行动也真是雷厉风行，昨天下午开动员会，晚上就开始行动，今天给咱们通气也不迟吧？噢，我看你还是和陶成华书记在斗气，发生了一次小小的不愉快，不能总记在心里吧？有了隔阂就有了偏见，有了偏见就觉得一切都不顺心都不对劲。"

"按你的意思，这个案子是不是也交给县上去？"

"不不，我没有这么说！县局好像也没有这个意思。"

"那他们怎么把一个提供线索的人抓得那么紧？"

王乾坤想了想哈哈一笑说："到手的功劳谁不要啊？算啦算啦，不必在乎不必计较，不管哪一家破了案子都是为了一个共同的目的，为民除害呀。"

皎刚正放下电话也没了脾气。

孙维孝一拍桌子说："不行！我没黑没白地跑了好多次，眼看案子有了眉目，却好像没有咱们的事了。"

皎刚正却镇静地说："心急吃不了热豆腐，你坐下来，咱们先把案情分析一下。"

河滩的草地上留下了一辆卡车轧过的痕迹，让柴金锁受到惊吓的也是从一辆卡车上走下的人，这就足以说明这两个地方的发现有着必然的联系。再说，卡车上下来的那两个人，为什么一有风吹草动就惊慌失措呢？显然，一是他们刚刚在河滩上杀了人，二是那辆车上还放着一具尸体。那儿的公路旁，也是一大块玉米地，这又可以说明，作案者从那儿就开始选择焚烧尸体的地方。

"可是发现焚尸案的那个地方距离公路很远呀，作案者竟然如此从容？"孙维孝说。

"这只能说作案者都是反侦破的高手，很可能他们一开始就做好了周密的计划。"

"问题是焚尸案的案发地并没留下卡车轧过的痕迹。"

"夜深人静，他们完全可以采取另外的办法把尸体搬运过去。"

51

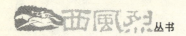

"但是，那辆卡车到哪里去了呢？我想他们不会带着卡车负案在逃。"

"看来下一步我们必须扩大寻找卡车的范围，如果是在外地外省发现了被丢弃的卡车，作案者就肯定远走高飞了。"

"跑了和尚跑不了庙，假若作案者的老窝真在同济县，那么，同济县拉开的这一张大网……起码就会排查出可疑的目标。"

"老孙，王局有一点是说对了，我们不必和谁争什么功劳。只是……只是我总觉得陶成华的醉翁之意不在酒，他突如其来地拉这么一次大网会不会有别的企图？"

"你问我我问谁呀！"孙维孝耿耿于怀地说，"在刑侦上干了几十年，还没见过有人想用死人的幽魂给脸上贴金！算啦，不争了不抢了，你我立过的几个功也够享用一辈子。"

皎刚正一笑说："说着说着怎么就谈功论赏了？老孙，这样吧，他们拉他们的大网，咱们搞咱们的焚尸案，殊途同归了当然更好，如果生出另外的枝节，我们仍然很主动。"

"被人牵着鼻子走，还怎么主动？"

皎刚正说："焚尸案的受害者还在我们手里呀。我想陶成华迫不及待地拉大网，很可能是他觉得走错了一步棋。"

"陶成华总不是杀人犯的后台老板吧？"孙维孝说完又噢了一声，"明白明白。我知道你又想起那个大能量的人了。可是……那具焦尸连认领的人都没有。"

皎刚正果断地说："今天晚上再在电视台打出寻领尸体的广告！有了卡车就缩小了范围，凡是家中有司机外出不归的人家，不会不着急吧？"

孙维孝也赞同地说："对！初步可以确定，受害人是一个汽车司机。"

"要快，把尸体的认领者抓到手，我们就主动了！"

尽管白光斗已经打听到了赵群，但他并没有急于和赵群见面。

赵群原来的工作单位是市纺织厂，厂子破产后她也没有一个固定的单位。据王花晨得到的消息，赵群当过餐厅的领班，当过宾馆的大堂经理，但都因为她那水性杨花的性格，不是被炒了鱿鱼，就是自己先跳槽了。近一年来，赵群索性什么都不干了，有丈夫郑树民开车挣钱，她的野性才收敛了一些。三十岁刚出头的赵群还没有生孩子，以前是她一直看不起郑树民，总是对别人扬言说，她和郑树民说不定哪一天就离婚了，生了孩子就有了累赘。郑树民贷款买了车

后，她对郑树民的态度才有所改变。郑树民又乞求她生个孩子，可是她又有了理由说，买车的贷款还没还完，有了孩子就多了一份开销。郑树民为此很生气，两人动不动就是一场大争吵。没有工作的赵群，也不是经常待在家里，她从小爱唱戏，这几年学会跳舞后，歌厅舞厅又是她常去的地方了。有的自乐班晚上在街头巷尾唱坐台子戏，赵群看见后也好爱过去吼两嗓子，所以赵群在她的厂子周围也算一个小名人了。郑树民见她总是不安分守己，平时对她就是一副冷漠的脸色，即使是两人和好的时候，也很少出双入对。像这样貌合神离的夫妻，谁把谁都不放在眼里，不管是谁外出了一些日子，就没有人觉得是奇怪的事。

白光斗听王花晨这么一说，身上就起了一层鸡皮疙瘩。他想，这不是屋漏偏逢连阴雨嘛，别说把这样的女人笼络到手，就是让她到自己的公司来一次，也会招惹出风言风语。焚尸案掩藏不住，一场风流韵事的传说又会扑面而来了。他在心里说，看来还得走一步看一步，好在赵群对郑树民的几天未归毫不在乎，似乎有没有郑树民她都一样地过日子。白光斗还断定，赵群根本不可能和郑树民共同谋划什么阴谋，如果郑树民是卷了钱财出走，赵群也不会得到一句话的流露。

王花晨打探来的情况同时也让白光斗放宽了一点儿心，他觉得让他时时提心吊胆的那个导火索起码不会在赵群身上首先点燃了。一直有着裂痕闹着矛盾的夫妻，在他看来倒成了难得的好处，郑树民如果真的死亡，一是赵群不会急于找人，二是赵群哪一天知道了也不会暴跳如雷。

现在，白光斗只是等待着陈根娃的消息和陶成华那边的行动。

陈根娃出去两天了，电话倒是不时地打过来，可就是找不到郑树民那辆卡车的踪影。这就使白光斗的心一直悬着，一会儿平静一会儿忐忑。平静的是只要郑树民的车没有丢失就存在着郑树民仍然活着的一线希望，郑树民只要活着其他事情都好办了。忐忑的是皎刚正他们好像已经获得了什么新的线索，尽管那个线索还不能说明任何问题，但是卡车的出现显然又是郑树民被人劫持了的一个佐证。还好，他们听说的那辆卡车仅仅是一辆空车，而且还是从北边返回的方向，这样，对皎刚正他们来说，仍然是从一个谜团出来，又陷入另一个困惑中去了。

皎刚正发现线索的消息是陶成华亲口告诉他的，当然不是汇报，而是无意间透露出来的。昨天晚上，陶成华亲临第一线完成了总指挥的使命后，就喜滋滋地向白光斗通气了。

"光斗呀，高参高参，关键时候来这么一家伙比请客送礼的效果还好。"陶

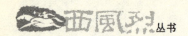
成华兴奋地打电话说。

白光斗故意心不在焉地问："王花晨到了没有？我只关心你们能不能很好地配合。"

"到了到了，昨天上午我招待了一下，先把吃住的问题安排好了。"陶成华保持着应有的谨慎说。

"人没问题吧？"

"你……指的什么？"

"各个方面。"

陶成华矜持了一下说："相府里的丫环七品官，白大老板身边的人也没有一个次品吧。"

白光斗挑逗地说："你在那边是一头沉，王花晨过去也成了独身女人，这样就工作生活两不误了。"

陶成华嘎嘎嘎地笑了。

白光斗这才切入了正题说："你刚才说关键时候干什么了？"

陶成华埋怨说："真是贵人多忘事，你出的主意你忘了！"

"啊，我心想你没有这么快。"

"不快不行啊。前天我还见了……见了白书记，他向我要求说……"

"你又扯远了！"

"噢，他也说让我赶快干出些成绩。再有你一指点，我还等啥呢？"

"可别虚晃一枪，成绩可不是吹出来的。"

"光斗，"陶成华亲昵地叫了一声说，"老哥我越来越把官场看透了，可是人在江湖身不由己呀。有时候不搞一些大呼隆确实不行，其实好些人的大呼隆都是做给别人看的。比如前些日子我搞的那个大市场，平心而论也出了大力，可是到头来能对经济发展起多大作用？能瞒过别人瞒不过你吧？成千万元陷进去，至现在才收回投资的三分之一。心想不搞又不行，在其位就得谋其政。这么一弄就弄得山摇地动的，这几天不但市上的大员们纷纷视察，省上的记者们也好像盯住了一块肥肉。驴粪蛋儿面上光的事情心里发虚呀，你这么一指点不是让我正好把重心转移一下？说起来也是名正言顺理直气壮，有了大市场，就得有好环境，这么一搞就是成龙配套嘛！官场的事情有时候是很奇怪的，你黑水汗流埋头苦干，说不定还出力不讨好，你仅仅是扎了一个架势，反而会赢得满堂喝彩。这也和舞台上的演戏一样，观众每每鼓掌的，都是突然吼出的那么一声彩腔彩调，都是高高地撂了那么几个跟头。俗话说，不打勤不打懒，只打你个

不长眼，也是一样的道理……咦，光斗，扯远了扯远了，这心里一高兴，嘴上就没有把门的了！"

白光斗心里烦躁嘴里却不间断地唔唔着，这样的耐心是他要等着陶成华下边的话。哑巴媳妇端来了一盆热水给他洗着脚，他没有昏睡过去也是心里涌动着滚烫的热流。哑巴媳妇给他洗脚的习惯由来已久，难以拒绝。她坐在一个小凳上，先是把白光斗的双脚按进水里浸泡着，浸泡一会儿就抱到怀里一寸一寸地按摩，每一个趾头缝都不放过。白光斗飘飘欲仙地对着手机说："工作还是扎实一些好吧？"

哑巴媳妇只管忙自己的事，除了时而鼓起嘴唇在白光斗的脚背上吻几下外，从不打扰丈夫的工作。

陶成华似乎听出了这边的动静，开玩笑说："你好像嘴里说话下面也没闲着？"

白光斗说："喂，说正事。"

陶成华滋哑了一声，好像有人在身边给他倒酒，叫了声"光斗老弟"情绪就更加亢奋了："皎刚正算什么东西？竟然和我较上劲了！"

白光斗连忙说："你是醉意朦胧还是兴奋过度？如果净说些婆婆妈妈的事情，我就挂电话了！"

"我没醉，我是高兴。"陶成华口齿有点儿不清地说，"我……我要把皎刚正当猴耍一回！喂，你还记得那天说的那个焚尸案吗？"

白光斗警觉地坐直了身子，哑巴媳妇没有提防，白光斗的双腿一拉，她就栽爬进水盆里了。哗哗的水声连陶成华都听见了，他在那边问白光斗是不是正洗桑拿浴，白光斗顾不上和他说话，先把媳妇扶了起来，抱在怀里安慰了一阵才又拿起手机说："噢，焚尸案？焚尸案怎么了？"

陶成华以为白光斗和哪个女人正在玩耍，犹豫了一下说："如果不方便我明天再说吧？"

白光斗不敢耽误地说："你说你说，我在家里呢。"

陶成华半信半疑地说："皎刚正太不像话了，他派了那个姓孙的不停点地在杜马乡转悠，连我们县的公安局都绕开了。不是我立马布置了这一场严打计划，还不知道他们也真的发现了情况。这下好了，我已责令我们的公安局长亲自插手，如果在严打中破了焚尸案，那才叫抱了一个金狮娃！"

白光斗说："好哇，看来你离公安局长的位子越来越近了，有了这份见面礼，我父亲白某人给你说话都硬气了。可是听说那个皎刚正也不好惹，他能轻

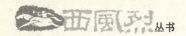

而易举地把焚尸案再交给你们？"

"不要！"陶成华意味深长地笑了一声说，"拦腰砍断才叫本事。他背着案子却破不了，我没背案子却破掉了，这就叫尿泡打人——骚气难闻！"

"是不是案犯已经全部交代了？"

陶成华这才把那个农村老汉提供的线索说了一遍。

"八字才见了一撇你就以为是功劳了。"白光斗扫兴地说。

"我想明天或者后天就见分晓了！"陶成华很自信地说，"今天晚上，大行动已在全县铺开，看来焚尸案的案犯一是会开车，二是很可能就是杜马乡的人，就是浪里淘沙也把他们淘出来了。"

白光斗心想明天又该溜进同济县去了，只有待在陶成华身边他才会放心。适时地打了招呼说："你忙着严打，可是我还要忙着经商。这样吧，我明天过来，先帮王花晨把咱们的摊子撑起来。"

"不不不，我忙啥呀？不就是用用耳朵动动嘴吗？当然当然，你过来也好，几天没见就想你哩。"陶成华有点儿语无伦次地说。

白光斗已经挂了电话。他知道陶成华绝无不欢迎他的意思，只是刚刚和王花晨搭上伙，就害怕别人打扰了。

哑巴媳女还抱着他的双脚，见他终于放下了电话，起身倒了水，再过来就扑到他的怀里了。他热烈地和哑巴媳妇亲吻了一会儿，突然又把她拦腰抱起，在屋里转了一圈才放到床上。只要白光斗在家住，这就是他们临睡之前的游戏过程。

现在，他们的对话就很奇特了。

哑巴媳妇的嘴唇在白光斗的耳朵轮上磨蹭了几下。

"我也爱你，永远爱你。"白光斗说。

哑巴媳妇又把嘴唇移到白光斗的脸上唖了几口。

"没事。刚才我是和一个朋友打电话。"白光斗说。

哑巴媳妇再把嘴唇贴在白光斗的胸脯上。

"好，睡觉。"白光斗说。

哑巴媳妇这才开始替白光斗脱着衣服。只要回到家里，哑巴媳妇干什么也不让白光斗动手，白光斗知道这是她埋在内心世界的一份真情，早已顺从了她的这种表达方式。时而也有心情不好忘却的时候，立即就会撞到哑巴媳妇十分敏感的神经。哑巴媳妇生起气来也只是低垂着自我反省的头，有时还跪倒在白光斗身前，似乎在进行无尽的忏悔。她不敢也不愿意对白光斗发脾气，在她的

意识中，好像任何一个错误都是因她而引发，因她而带来的。白光斗也深知，任何的惯例都可以打破，但是对哑巴媳妇只能是顺从。

当哑巴媳妇退后一步解着白光斗的裤腰带时，放在床头柜上的手机又响了。如果是往常，白光斗这时候就会关了手机。哑巴媳妇听不见声响，他的家里就没有必要装电话。可是这几天白光斗的手机时刻也不敢关，他知道每一个电话都像索命一样的紧迫。

白光斗把哑巴媳妇的头揽在自己的怀里取过了手机。

"喂，谁?"白光斗问。

"你急死我了。"陈根娃的声音。

"你在哪里?"

"你快过来!"

白光斗不由得哆嗦了一下，就打破惯例地推开了哑巴媳妇。哑巴媳妇呆呆地坐在床上，看着白光斗又穿着衣服，伤心的泪水就刷刷地流下来了。白光斗顾不上说话，把衣服穿好后才走过去在哑巴媳妇的脸上亲了一下比画说："我一会儿就回来。"说完他就扭头走了。走到门口，白光斗又觉得哑巴媳妇也是索他命的一个精灵，笑容满面地跑过来再次亲吻了几下后才匆匆地离开。

容易受惊又容易满足的哑巴媳妇，目送着白光斗出门后，就端过一把椅子坐在了夜色黑暗的窗口。

陈根娃也打破了一个惯例，当白光斗的车子驶到楼下时，他没有像以往那样奔跑着下来迎接。

白光斗气喘吁吁地进了门问："你……什么时候回来的?"

陈根娃说："急死我了，你的手机总也打不进去。"

"说事!"

"车找到了。"

"在哪里?"

"在一条深沟里。"

"那条沟在哪里?"

"在在……"陈根娃结巴得说不下去。

"哥，来，坐下来，慢慢说。"

"嗯。"

他们的开场谈话也打破了一个惯例，一旦打破了惯例，都觉得不对劲了。

白光斗叫了一声"哥"后，陈根娃才止住了突突的心跳，才恢复了以前的老成持重。白光斗取出一瓶纯净水，拧开盖子递给了陈根娃，陈根娃猛灌了几口，僵硬的脸上才泛起了通红的血色。他回来后还没有喝半口水，放纯净水的箱子就在屋子一角，但陈根娃知道那是招待客人的，不管白光斗在或不在，他都不会随意动用。

"哥，不急，你先歇一歇。"白光斗拉陈根娃坐到沙发上，又抽出一支香烟给他点燃说。

陈根娃松弛下来说："我把路跑扎了。"

白光斗尽力让自己呈现着笑意说："辛苦哥了，噢，慢慢说。"

陈根娃不禁又犹豫地说："可是我看见的那辆车不是别人的，就是郑树民的。"

白光斗惊诧地说："哦，郑树民也出了事，好些日子我都没用过他的车了。"

陈根娃沮丧地说："那我的路就是白跑了，我……这就走，我……再出去找。"屁股一抬就要出发。

白光斗轻轻地按住了他说："哥，先把事情说清。"

陈根娃说，他是在北山里的一个深沟中看见郑树民那辆东风大卡车的。那个地方远离了同济县，听说还是另一个地区管辖的地面。车是从半山坡的公路上翻下去的，摔得都不像个车样子了。好像还着了一阵火，车箱的木板都烧光了。他问路边看热闹的群众，这个车出了事故怎么没有人处理呢？有人说，当地的交警也看了几次，可是既没有车主又没有牌照，找谁处理呀？再说，那辆车并不是和别的车相撞翻下去的，也没有对过路的人造成伤害，谁还愿意刨根问底。一辆无人过问的破车翻滚在那里，车上能拆卸的东西都被附近村子的群众拆卸走了。

白光斗心里明白，却故意装糊涂地问："牌照没有，也没见郑树民的人，你怎么断定是他的车？"

"我、我只是觉得有点儿眼熟。"

"哥是火眼金睛吗？一辆摔得不成样子……"

"噢，还有还有，"陈根娃忽然又想起了什么说，"郑树民喜欢在他的前面挂一个布娃娃，我看见那辆车里也有一个布娃娃，和郑树民挂的那个一样。"

白光斗失口地说："布娃娃呢？"

陈根娃说："我没敢动。"

白光斗这才焦急地站起来踱着步："你怎么不及时打电话？给你带的手机是

做样子的吗？"

陈根娃不敢见白光斗训斥，白光斗稍有不悦他就成了哑巴。

白光斗赶紧缓和了态度说："哥，问你话哩。"

陈根娃结巴了一下说："我……我在那儿总打不通。后来再打又没电了。"

白光斗走到窗前看着深沉的夜色，似乎是自言自语地说："郑树民不可能出事吧？这些日子他究竟给谁拉货呢？唉，不好，还是不好……"

陈根娃心领神会地说："你让我干什么？快说。"

白光斗知道陈根娃外憨内秀，也不作解释地说："哥，看来你还得跑一次。"

"嗯。"

"现在就走。"

"嗯。"

白光斗拉开抽屉，取出了早已准备好的一张图表说："哥，你过来。"陈根娃趴到了图表一旁，白光斗详细地圈点着说："你看，这些零部件上都轧着汽车厂家出厂的钢印，你去的事情很简单，就是把这些钢印一一消掉。当然，如果车上还有郑树民的什么东西，都要全部销毁。"

"砸那些钢印，我害怕别人听见了。"陈根娃理智清晰地说。

"不用砸。"白光斗又取来一瓶硫酸说，"用硫酸一浇立即就不见了。"

陈根娃看看表说："天亮前我就赶到了。"

"唉，我本来应该和你一块儿去，只是仙凤她……"

"胡说啥嘛！这些事咋能让你出面。"

"那你就……走吧。"白光斗紧紧抓住陈根娃的双手摇了摇。

"我想再带些汽油，最后把那车再烧一次。"陈根娃颇有心计地说。

"更好。"

陈根娃临出门时又说："光斗，这几天我才觉得像个给你上班的样子了，总吃你的拿你的，我这心里真不好受。"说着就差点儿掉下眼泪。

白光斗也哽咽着说："哥，这都是为了咱们的日子呀。你命苦我也命苦，不是害怕连累到母亲和哑巴媳妇……"

"别说了，我……心里明白。"

两人几乎是挥泪分手的。

白光斗再开车回到他那一片住宅区时，哑巴媳妇已经跑下楼迎接他了。他紧紧搂着哑巴媳妇说："回，睡觉，今天晚上我哪儿都不会再去了。"哑巴媳妇的脸上还挂着泪水，抽抽噎噎的样子似乎在说："我不信，不信，我看得出来你

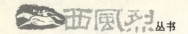

遇上大麻烦了。"白光斗一只手悄悄插在腰里想把手机关掉，手指刚刚摸到开关又像碰到电流似的丢离了。今晚的手机还是不能关，陈根娃的出走和陶成华的夜战都绷着他的心弦呀！

望着深沉的夜空，在白光斗的幻觉中，母亲吟唱"赞美诗"的歌声又随风飘进了他的耳朵：

常将快乐平安，鼓励安慰我中心，

导我脱离疑惑，拯我避免惊扰……

7 陷入疑团

　　实际上，当皎刚正和孙维孝在老金锁的村子受到挫折的时候，白光斗已经到了同济县城。他是在皎刚正和孙维孝查看河滩地车印的那一段时间过去的。那时候已是下午了。

　　本来，白光斗还会去得更早一点儿，因为他要等待陈根娃的归来，天刚麻麻亮，他就赶到办公室了。太阳一出来，他又趴到了窗口，街道上每一辆摩托车驶过，他都在心里欢呼一声，但是摩托车过后又是失望。后来，他就半躺在沙发上一眼不眨地盯着手机，好像手机的荧屏上映现着陈根娃的身影，稍稍疏忽，陈根娃就会从他眼前消失了。手机没响，桌子上的电话却响了几次，电话都是王花晨打来的，王花晨问他怎么还不过去？他不能告诉王花晨这边的事，只能强颜欢笑地说他肯定要过去。一直到中午时分，王花晨再打电话催问时，他才发现发给陈根娃的那个手机还在墙角的插座上充着电，这样他更不敢离开半步了。

　　陈根娃一进门就浑身瘫软地扑倒在沙发上起不来了。

　　白光斗惊慌失措地向门外和楼下张望了一下，才走过去问："哥，是不是事情没办成？"

　　陈根娃喘息着说："完……完了。"

　　"谁完完了？"白光斗心头一颤。

　　"我是说都办完了！"陈根娃第一次这么理直气壮，不用白光斗提醒，他自己就过去拿了一瓶纯净水，咕嘟咕嘟地一口气喝完。

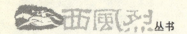

白光斗高兴地张罗说:"哥,你行! 噢,还没吃饭吧? 走,我陪你吃饭! 对对,我打电话叫两个盒饭上来。"

"别!"陈根娃一摇手说,"我们从来不在一起吃饭,像我这样的人也承受不起让人送盒饭呀。"

白光斗突然觉得有一种说不出的后怕,他过去一直认为陈根娃是一个缺心眼儿的老实疙瘩,现在才看出他完全是装出来的。有了这两次出行,陈根娃就觉得把什么摆平了一些,尽管还不是趾高气扬,但是已经快速地改变着卑微的心理。也好,他既然办完了这件事,就无疑把他也捆在郑树民的魂灵上了,真正的老实疙瘩才不管这些呢。

"哥,"白光斗仍然是这样叫着说,"是不是遇到了一点儿麻烦,你这一趟可是十几个小时呢?"

陈根娃说:"有麻烦但麻烦不大,收拾那个破车时也没人看见,可是我把车轰地点燃后,远处的公路上就有司机停下来观望。还好,我把摩托车放在一片树林子里,从树林子骑出来后就到了公路上。回来迟是我多绕了一百多里路,我怕那几个观望的司机把我认下了,也怕他们报了警,追到咱们这边来。"

陈根娃说得扬扬得意,白光斗却听得毛骨悚然,他再证实地问:"你看清后边真没有人跟过来?"

"没有,绝对没有! 后来我就上了高速公路,如果有人跟,在收费站就卡住了。"陈根娃说着从插座上拔下了手机,先笑说忙着走竟忘了带上这家伙,然后留恋的目光就一直盯着手机了。

白光斗想收回又不好意思开口,试探地说:"那个太大,过几天我给你换一个小的。"

陈根娃倒很知趣地把手机交回说:"我拿这劳什子有啥用? 浪费哩。"

白光斗见陈根娃悠闲自得的样子,心想车的事情算办完了。他让陈根娃好好睡一觉,再有什么电话直接打他的手机。他没有告诉陈根娃他要去同济县,陈根娃对此也从不过问。

下了楼,他见陈根娃新买的摩托车还放在院子里,又觉得这辆摩托车不能在这儿存在。迟疑着陈根娃也走了下来,似乎心里也想起了这辆多余的摩托车,陈根娃主动悄声地说:"卖了吧?"白光斗先上了小车,然后才对伸进头来的陈根娃说:"骑回村子去,给你弟弟留着。"陈根娃愕然地问:"那得要多少钱?"白光斗生气地说:"总是钱钱钱的,我和你谁和谁呀!"说着再掏出一千多元钱说,"你帮他把手续也办好吧。"

陈根娃久久地看着白光斗开走的车，神情又变得木木讷讷了。

一路上，白光斗一会儿面色冷峻，一会儿又精神放松地哼着小调。严酷的焚尸案不能不使他处处小心，可是他总觉得一到关键时刻就有神来之笔。比如这个根娃哥不就是养兵千日用兵一时了；再比如那个王花晨不就是及时地派上了用场；还有同济县租下的门面房，那一天他仅仅是心血来潮，可是现在出出进进就是名正言顺的经商者了。

王花晨也是一个称职的部门经理。她再三地催促白光斗过来，除了秉承陶成华的旨意之外，还有一个用意是，要让白总看一看她的处事能力。

白光斗心里的目标是冲陶成华而来，可是进城后还是先去了轻工市场。他必须在他的新据点里露露面，必须让陶成华和王花晨看出，他的心总是操在生意上。

车子一驶过来，王花晨就上前迎接了。

"白总好！"王花晨一旦在光天化日之下，就真是文质彬彬的淑女情态了。

"你好。"白光斗也用文质彬彬的神情对应说。

王花晨转过身去，一路碎步地在前面带路，白光斗慢慢地驱车跟在身后。那个门面店并不起眼，几乎在轻工市场的最里边。

"白总请。"王花晨等白光斗停好车，深深地鞠了一个躬说。

白光斗开玩笑说："哟，王花晨怎么变成日本女郎了。"

"多谢老板的栽培。"王花晨存心惹他高兴地说。

进了屋子，白光斗也放肆地说："你现在的老板不仅仅是我了吧？"

王花晨反唇相讥说："你白总看不上我么。哎，那个赵群怎么样？我还以为她已经坐在你的身边了。"

白光斗惊愣了一下，心里又忽上忽下地发毛了。不是王花晨点到赵群，他几乎把这一个女人都忘了。一想到赵群，他就知道面临的危机还远远没有过去，赵群那儿甚至是更大的漏洞。心里一走神，王花晨的问话他都忘记了答应。

"看把白总美的，陶醉了一夜吧？"王花晨不依不饶地说。

"不错不错，这么快就搞起来了，真出乎我的预料。"白光斗不是有意打岔，而是诚心诚意地赞扬说。这个门面房是四大间连在一起，虽然只是草草地装修了一下，但是里边已经摆上了沙发、席梦思、写字台等家具。

王花晨以为白光斗还是要端架子，也暂且丢开了赵群的话题说："走了一路，先喝口水吧。"

白光斗说："对，先看看你的办公室。"

各处站着的三四个女店员先以为白光斗是买家具的主顾，看见王花晨这么熟悉，又是白总白总地叫，才拘谨而腼腆地走过来了。

王花晨适时地介绍说："认识一下，这就是咱们的白老总。"

几个女店员也像王花晨一样地鞠着躬说："白老总好！"

白光斗礼貌地说："大家好。"然后王花晨又小张小李地介绍了一遍，白光斗一一握了手就向后边的屋子走去了。

王花晨的办公室布置得很典雅，可是白光斗对这些都熟视无睹，一进屋就目不斜视地在沙发上坐了下来。有一个女青年进来提水泡茶，王花晨接过茶杯就把女青年支了出去。

白光斗小口抿着茶水说："我还以为你正筹备，没想到你这么快就开张了。"

王花晨说："有陶成华在什么事情不好干。"忽然觉出了失口，连忙改正说，"是陶书记建议开家具店的。"

"唔，他的想法不错。"

"当然不错，从县上的木器厂拉货可以赊账，销售的事情更不用操心，只要我稍稍暗示一下，各宾馆各饭店就巴不得从这儿买货呢。"

"你别把陶成华搞得很被动。"

"被动啥呀！他在这方面的经验比谁都丰富。昨天晚上他还说，忙过这几天，他就要来这儿视察工作，他说他只要在咱们的家具店多站一会儿，和我多说几句话，有眼色的人就知道把钱往这儿甩。"

"噢，一到晚上你们就研究工作。"白光斗认真地点着头说。

王花晨半天才醒过神来，扑到白光斗身上吻了一下说："你坏死了，把我哄着卖了现在又来挖苦我。"

白光斗推开王花晨说："正经些吧，现在可是在陶成华的眼皮子底下。"

"你白总怕过谁？"王花晨嘴里这么说。身子却一摇一摆地坐到对面了。

"强龙难压地头蛇嘛，再说也为了咱们的生意。"白光斗说。

王花晨又问起赵群说："哎，白总，说正经的，你见过那个赵群没有？"

白光斗心里烦闷，却故作平静地说："我只是偶尔听人提起，急着见她干什么？"

王花晨咧了咧嘴说："我还是觉得那个女人不能用，那天我搭眼一望，就是一个风情万种的货色。不过她的舞确实跳得好，倒是搞公关的好手。"

白光斗想，越是这样的女人越要提防，就给自己留了退路说："噢——那我

可真正要认识一下，让她扫扫我这个舞盲也是收获呀。"

王花晨正色说："白总，不是我嫉妒她，而是我觉得你和她黏在一起就失了你的身份。你白总是什么人？如果想要的话，纯情少女都是随便挑！"

"你不说这好不好？没完没了啦！"白光斗严厉地说。

王花晨一下子成了木桩。

"走，再看看你住的地方吧！"白光斗站起来说。

"我……还住在宾馆里，是一个套房。噢，钱不用咱们掏，陶……陶书记说将来由他结账。"王花晨和刚才判若两人，惶惶悚悚地低着头说。

白光斗默默地走了出来，拉开车门先坐了上去。跟在后边的王花晨不敢上车，嗫嚅地问："白总现在到哪里去？"

白光斗哈哈一笑说："都成了陶书记的情人了，还这么没出息。快上车，给你找一个好住处！"

钻进车来的王花晨长出一口气说："你吓死我了。"说着又顽皮地拧了白光斗一把。

白光斗一手开车一手打开了手机。不一会儿他就和陶成华通上了话："我，光斗老弟呀。啊，刚刚过来。别别，先别说吃饭，我得赶紧给花晨找一个好窝呀。屁话！总住在宾馆里不怕有人瞄上你？行了行了，别在我面前打哈哈，以后就永远把这一套收起来吧！花晨现在就在我的车上，你是不是还要让她给你亲自说话呀？"说着把手机交给王花晨，王花晨窃窃一笑说："真的，总住在宾馆我都不好意思了。"白光斗又把手机夺过去说："据我听说的经验，像你们这些人，最好在那一片商品楼上选择一个住室，那儿人员混杂，大多住的都是经商户，出来进去也没有几个人能认出你。"陶成华不知说了些什么，白光斗打断他的话说："快说一个地点吧！再啰唆我就把花晨带走了！"陶成华嘻嘻哈哈了一阵，说出了一个什么地点。白光斗立即赞同地说："对对，你打个招呼我过去办手续。"

天黑时，王花晨就换了一个新"窝"。这儿是同济县的招商区，住户们大都是外地来的客商，有的临时带来了眷属，有的身边住的女人就不一定是媳妇了。看了这里的一切，白光斗就觉得自己的仔细纯属多余，陶成华能一口报出这个地方，说明他已经把这个地方号上了。有了陶成华的"招呼"，住房的租金还大大优惠了，只是那个办手续的物管人员把租房的主人看成了白光斗，一句一个"欢迎光临"。白光斗让王花晨填了她的姓名，随即又拉来了一应俱全的家具。

陶成华赶过来时，不由得讶然惊叫道："光斗办任何事都是干脆利索呀！"

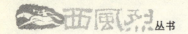

　　白光斗一指王花晨说："该表彰的是花晨，我仅仅是现场指挥。"

　　王花晨一激动就有点儿忘乎所以，以女主人的口气说："都坐都坐，我弄几个简单的菜，你们二位……叫什么来着？都叫老板吧？二位老板喝几杯。"

　　白光斗说："我今天晚上可不是老板，而是一个月下老的角色。"

　　陶成华红了脸说："这……这就有点儿太那个了吧？我、我坐一会儿就要走，百事缠身哩。"

　　王花晨立即嗔怪地说："你们男人咋都是这样?! 一个个面寡心欲的样子，在这儿做给谁看呀？怪不得现在是阴盛阳衰。"

　　陶成华连忙说："司机还在下边等着呢。"

　　白光斗牵挂着他的事情，更是坐立不安地说："酒就不喝了，花晨先把屋子收拾一下，我还要找个地方住呢。"

　　王花晨失望地说："说走都走呀，那我也得陪白总转一转吧？"

　　陶成华有了醋意说："看看，王花晨心里还是只有白总嘛。"

　　王花晨娇声娇声地说："没有白总我也认识不了你。"

　　陶成华还想说什么，白光斗不耐烦地截住话头说："都别弯弯绕了！没有一点儿意思嘛！走，我和陶书记还有别的事，花晨先休息!"

　　王花晨一下子就屏声敛气了。

　　陶成华随白光斗走到门口，又害怕丢下王花晨生气，再回头安慰说："明天我搞台电视机搬过来，要不然花晨真是独守闺房了。"

　　白光斗故意提醒说："以后你过来或自己开车或打出租，别弄得满城风雨的。"

　　"那是那是，今晚我是还忙着公务哩。"陶成华说完就发觉这就等于把一切都承认了，也就过去公开地和王花晨拥抱了一下说，"暂且委屈一下，我和光斗说说话就过来。"

　　王花晨缠绵地说："这才像个男人。"

　　"光斗，你可别……"陶成华转过身想和白光斗开个玩笑，没想到白光斗早已从门口消失了。

　　回到宾馆那间套房，陶成华似乎有些留恋地看着这儿的一切，白光斗冷着脸说："还看啥哩？那边没有这边好吗？那边就像个家了，你们把天玩塌也不会有人知道。"陶成华只是个笑。

　　稍坐一会儿，陶成华又说："家具店你也看了，你只管把心放在肚子里，不出一个月，我就给你整出几十万回去！以后再在旁边搞一个餐厅，每月还是好

几万吧？"

白光斗躺在床上说："我要那么多钱干啥呀？还是老话，名我背着，财由你发。"

陶成华亢奋地说："唉，一看到你洒洒脱脱的样子，我真是越来越觉得官场没有什么意思。起早贪黑的干啥呀！"

"好！"白光斗一骨碌坐起来说，"这还不容易，是你写辞职报告，还是我给老头子搭一句话？"

"你你，"陶成华一时不知说什么好，憋了半天说，"可是现在是官钱不分家嘛。像我这样沾着你的名义捞一把，简直可以说是清正廉洁了。"

"美得你！这些年你敢说一身清白？"白光斗又刺了一句。

陶成华哼哼了几声说："和你比，我们这些人都是小巫见大巫了。"

白光斗总想把话题引到焚尸案上说："昨天晚上还给我打电话说，这几天你在坐镇严打，我看你还是一个闲人嘛？"

"这就叫领导水平，这就叫挂帅的不出征。"

"你不是要抱一个金狮娃吗？那个焚尸案进展如何？"

"他妈的，都是一群吃干饭的！把一个老汉叫来问了问，下面就等不到下文了。下午我还亲自参加了他们的案情分析会，分析的结果是，要首先找到老汉看见的那辆大卡车。可是，"陶成华懊丧地摇着头说，"可是那个老汉连什么车型都说不清，更别说记下车的牌号了。"

"你还想看皎刚正的笑话呢，这不是要皎刚正用屁股笑话你吗？"

"案发在同济县的地皮上，我就让我们的公安局抓到底了！昨天夜里，一网就收了一百多个，今天下来还会抓一些。已经查出几个嫌疑犯会开车，说不定劫车杀人的歹徒就在其中了。"

"现在会开车的人可是很多哩。"

"问题是抓来的人不是有前科就是各个派出所布控的对象。焚尸案的发案时间也不长，真正杀了人的人能不心慌？凭我的笨想，把他们在看守所关几天，他们自己恐怕就招认了。"

白光斗心里发笑说，你也真是笨想，这么容易招认，也就不是杀人犯了。

"净扯这些闲淡干啥，你该休息了吧？"陶成华看看表又惊叫了一声，"呀！都下一点钟了。"

白光斗知道他欲火中烧，甩过自己的车钥匙说："开着我的车，能给你背一次冤名就背一次冤名吧。"

67

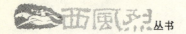

“你这是——”陶成华明知故问。

“为朋友两肋插刀!”

陶成华重重地在白光斗的肩膀上拍了一掌说:“光斗,有你这样的朋友,真是我的终生荣幸啊!”

这时候,皎刚正和孙维孝正在前往焚车案案发现场的路上。省厅刑侦处打来电话说,友邻地区的一个县局报来了一个情况,说是在一个山沟里发现了一辆废弃的汽车,让他们和那个县局取得联系,看一看对他们的焚尸案有没有帮助。皎刚正和孙维孝一听就来了精神,当即就驱车前往了。

那个县局的同志就在案发现场等候着他们的到来,但是,当他们认真地看完了现场,又听了他们的情况介绍后,就有点儿大失所望了。这个县局的刑侦大队对这个焚车案几乎也是一无所知,不是省厅发了传真通报,他们现在也不会插手。因为,这个焚车案的开始,只是一辆汽车翻进了深沟,所以,根本引不起任何人的注意,交警部门也仅仅以为是普通的交通事故,荒山野岭的公路上翻一辆车,对他们来说确实不是大惊小怪的事情。

“你们是什么时候发现这起事故的?”皎刚正觉得应该首先在时间上作出推断。

一位交警同志说:“大概是三天之前吧。”

孙维孝急躁地说:“能不能说得具体一些,这对我们来说非常重要。”

另一个交警回忆了一下说:“四天以前。我作了现场记录,对,我们是七月十五日上午才接到报案的。”

“谁报的案?”皎刚正问。

“也没有正式的报案人,那天我们正在前边的公路上巡逻,有一个路过的司机只从驾驶室里探出头说,有一辆翻进沟里的车起了火,我们就过来看了一下。从当时的情况看,这辆车并没有和其他车发生碰撞,我们就以为是司机疲劳驾车或者酒后驾车。”

“司机呢?车上还有其他人吗?”

“没有,一个人也没有。我们起先以为司机是在车翻之前逃了出去,所以,只作了简单的现场记录后,也没往心里去。按常规,这样的事情由车主自行处理就完了,大不了我们也只是给保险公司出个证明。”

“这个车连车牌号也没有吗?”

“没有。除了车再没留下任何证据。”

"这辆车再次被人焚烧是什么时候?"

这时,这个县局的刑侦警员才插话说:"肯定是昨天夜里!"

"何以见得?"孙维孝问。

"因为我们是今天早上才接到地区公安处的通报的,向下边查问了一下,就收到交警大队的反映。"

那个当初看过现场的交警接着说:"没错,肯定是昨天晚上。我们昨天下午顺道过来时,破损的车还是照原样放着,我们几个人还奇怪地议论了一会儿说,这个车的主人真大方,十多万元的东西成了废铜烂铁,既不见找保险公司索赔,也不见找吊车把车吊上来。可是今天下午和局里的同志一块儿过来后,突然就觉得不对劲儿了,是哪个无聊的人又把车烧了一次呢?"

皎刚正不愿意使事情扩大,只和孙维孝把县局的两个同行拉到一边说:"这辆车不但被人焚烧过,而且烧车的人还刻意地对车上的一切标志和印记进行了销毁。"

孙维孝说:"销毁轧在车上的印记看来只能是硫酸了。"

这个县局的同行瞪圆了眼睛说:"是吗?!我们只是等着你们的到来,什么情况也不知道呀。"

另一个警员也道歉说:"怪我们太粗心,我们还以为是附近的农民盗走了车上的什么部件后又顺便放了一把火。"

一切的责怪都于事无补,好在还能认出焚毁的车辆是东风牌的加长大卡车,如果还有另外的收获,那就是从车翻下去的痕迹看,可以认定是从河东市的境内开过来的。至于其他,这个县局的交警再也提供不出一点儿线索了。

去县城吃过饭天就亮了。皎刚正和孙维孝告别了县局的同志,再从这儿经过时,又决定在附近的村子走访一下。可是这儿都是山区地带,没有一个像样的村子,就是距离毁车地点最近的人家,也住在深沟对面很远的地方。

"算了,我想再弄不到新情况了。"孙维孝说。

皎刚正也知道去哪个村子都没有什么意思了,只是觉得夜里用手电筒照着看不仔细,再来一趟不容易,放过一点蛛丝马迹都是重大的损失:"那就在车上再找找情况吧。"

那一堆"破烂"仍然使他们大失所望,皎刚正从坡上走上来时,从另一端勘察上来的孙维孝却兴奋地喊了一声说:"这边好像有情况!"

那儿是一片茂密的槐树林,槐树林外边就留下了一辆摩托车来回驶过的车印。他们走进了树林,看出摩托车只是在树林里拐了一个弯就从原地返回上边

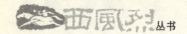

的公路了。围着摩托车停放的地方仔细看，还有一个人的足迹，那一行足迹跳下一个塄坎后，就一会儿打滑一会儿跳跃地去了焚烧过的汽车旁。再回到公路上，公路和那片树林只有一条人行小道连接，而且是陡峭的下坡路，很显然，骑摩托的人一是早就看好了这儿的地形，二是冒着风险驶进树林完全是为了逃避别人的注意。摩托车来回的方向也留下了痕迹，来的方向是从河东市那边，而走的方向却去了另一边。

"谈谈你的看法？"上车后，皎刚正问。

"我只能说这辆车就是柴金锁看见的那辆车。"孙维孝还是一副沉思状。

"还有呢？"

"还有……我暂时还难以判断。"

"你不觉得翻车的人和烧车的人不是一伙儿吗？"

"可是他们的目的是一样的啊。"

"不一样！"皎刚正作出自己的分析说，"如果一样，翻车的人在当天或者当晚就急不可耐地再来销赃毁证了，怎么可能等了三天再返回来？"

"因为他们要观察动静，要等待时机。"

"杀了人灭了尸的在逃犯还有如此的耐心？"

"那么烧车的人不是更有耐心吗？"孙维孝说完又补充道，"路途遥遥地四处找车，找到了还没有下手，看好了地形再来一次？"

"不一定是再来了一次，但是四处寻找是肯定的！"

"糊涂了，我真有点儿糊涂了。"

"看来这个案子谁想一时拔腿都不行了！"

"真是的，如果你的推断成立，这个烧车的人比咱们更着急更揪心。"

"还可以说这个烧车的人也是半个车主，或者说他和车主有着极大的利害关系。"

"你这么一说好像是案中还有案了？"

"对！案中案。而且后一个案子比前一个案子更复杂，更难以下手。"

"他妈的，弄了几十年案子了，还没有这一次这么头疼过！"

8

奇怪的女人

一个女人的出现使邢举牢突然对焚尸案变得热衷起来。

奔波了一天一夜的皎刚正和孙维孝屁股还没有坐稳，邢举牢就满脸放光地催促说："开会开会，看来必须加大力量，成立一个正式的破案小组了！"

皎刚正莫名其妙地说："怎么？你是得到了新情况还是上边有人催案了？"

"兼而有之吧，听王局说，白书记可是对咱们的进度很不满意呢！"邢举牢说。

孙维孝见不得邢举牢总爱用大帽子压人，顶了一句说："一个个都是站着说话不腰疼，让我们吃一顿热乎饭好不好！"

"这是什么话？谁也没有闲着吧？"邢举牢也不松火地说。

"噢，这边的情况是同济县来的还是你查出了什么？"皎刚正问。

邢举牢又不急于说了："你们先吃饭，等会儿在会上一块儿说。看来你们这次出去也好像有收获么，我通知人……"一边说一边就出去通知人了。

孙维孝茫然地看了看皎刚正说："咱们一路上还头疼这个头疼那个的，瞧邢举牢这喜眉笑眼的样子，好像只等着最后抓人了？"

皎刚正也被邢举牢弄懵懂了，只能说："破了好啊，谁也不愿意在一棵歪脖子树上不死不活地吊着！先吃饭，咋说也要把肚子填饱！"

"他妈的，邢举牢昨天还是躲之不及的样子，今天倒好像由他坐镇指挥了！"孙维孝一边走还一边不干不净地骂着。

吃了饭，来到局那边的会议室，皎刚正一眼就看见高时兴和他们的一个局

71

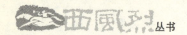

长也过来了，大有三方会审之势。在座的还有市局的几个领导，皎刚正想从王乾坤脸上看出激动或者兴奋，但是王乾坤总是保持着他惯有的平静。

"哟，就等你们二位了，快坐快坐。"邢举牢以会议主持者的口气说完又看着王乾坤说，"王局长，该来的都来了，您是不是先作指示？"

等皎刚正和孙维孝坐定，王乾坤才清了清嗓子说："'七·一三'焚尸案至今快一个礼拜过去了，大家都很辛苦。尤其是同济县的同志，在县委、县政府的正确领导下，抓住焚尸案这个重点，不失时机地开展了深入细致的严打活动，不但整顿了社会治安，而且对侦破焚尸案起了非常重要的作用！我们已经会同政法委发出了向同济县学习的通知，这种上下一条心全县一盘棋的经验很值得推广呢。当然，今天我们几个方面坐在一起，主要是研究一下焚尸案的先期进展和下一步的行动，也算是三方会审的联席会议吧？你们谁先说？"

皎刚正不解地说："哪儿又多出了一方？"

邢举牢抢过话头说："玩笑玩笑，王局是想让气氛轻松一下。其实也可以这样说，我这儿有情况，你那儿有情况，县局那边也有情况，这不是三方了？言归正传吧，谁先说？"

孙维孝想说什么，被身边的皎刚正悄悄制止了。

高时兴也想说什么，同样被他身边的局领导悄悄制止了。

王乾坤有点儿纳闷地说："这不是一盘棋的态度吧？不管是市局还是县局，咱们可都是一家人，没有什么事情需要掖着藏着吧？"

邢举牢只得打了头炮说："我这儿很可能是一个契合点，那就由我先说吧。今天上午刚上班，我就接待了一个女人，噢，需要说明一下，刚正和维孝同志去了外地，科里和支队两边都需要我两头跑呀。……那个女人是看了认领焚尸案的尸体电视广告找来的，据她反映的情况，我觉得，那个被焚烧了的死者，很可能就是她的丈夫。弄清了死者的身份，才能进一步弄清犯罪者的动机。所以说这个情况最重要，我就把它称作契合点了。"

皎刚正问："这个女人叫什么名字？职业、年龄？"

邢举牢说："她说她叫赵群，今年正好三十岁，以前曾是纺织厂的工人，几年前下岗后再没有固定的职业。"

"这么说她已经确认死者是她的丈夫了？"

"如果是那么简单我就不会建议王局召集这么一个联席会了。"

孙维孝差点儿笑出声来："我还以为邢科长已经发现了罪犯呢。"

高时兴这才插话说："你们的广告打出后，我们那边也有几个人要认领尸体

呢。可是稍一细问，就一个个地摇头了，有的说找儿子，有的说找哥哥，有的说找父亲，也有几个找丈夫的……就是集中在汽车司机这一职业上，也是很难判断出真假的。"

邢举牢说："可是这一个赵群说的情况和咱们掌握的情况八九不离十，虽然她还不敢确认那具焦尸就是她丈夫，但是从她丈夫出走的时间和她丈夫开的车辆来看，我觉得应该把调查重点放在她的身上。第一，赵群的丈夫离开家也是八九天的时间了；第二，赵群的丈夫正好开的是东风大卡车；第三，他们两口子一直关系不太好，她丈夫出走前没有告诉她他的去向也说得过去；第四，赵群的丈夫是一个运输个体户，行踪不定同样也是可想而知的。"

皎刚正琢磨了一阵，兴趣大增地问："赵群的丈夫叫什么名字？"

"郑树民。"

"郑树民这次出车受雇于何人？"

"遗憾的是赵群对这个最关键的问题一直说不清楚，噢，我刚才说了，他们关系不好，以前郑树民出车她就很少过问。"

"郑树民的年龄呢？"

"三十二岁，比赵群大两岁。"

"郑树民的其他家庭情况呢？"

"老家在农村，至于其他情况我不好细问。"

皎刚正不得不赞成说："我同意对赵群和郑树民的情况进行重点调查！"

王乾坤点头说："下来县上那边和皎刚正这里再说一说你们最新的情况吧。"

皎刚正对车祸的汇报又引起了长时间的争论。邢举牢承认这起车祸和郑树民的失踪有着必然的联系，但却对案中案的说法产生怀疑。他提出反问说，那个雇用郑树民的人肯定对郑树民十分的信任，甚至是不错的朋友关系，郑树民突然失踪了，他是应该首先报案的，为什么发案这么长时间，这个人却一直不出现？

孙维孝说："如果这个人能及时报案也就不是案中案了！"

"有人烧了车就成了案中案，是不是有点儿牵强附会？"邢举牢说完又肯定地说，"这边是焚尸那边是焚车，从作案的手段看，我以为，仍然是同一伙歹徒所为！"

"那么，你怎么解释他对车上的一切印记和标志都进行了销毁？"

"非常简单，他们企图把一切线索掐断！"

"如果要销毁，他们在制造翻车假象之前就销毁了，为什么在事隔多日

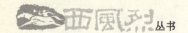

之后？”

"这……也许他们事后又有了担心，凡是歹徒都会留下一点儿尾巴的，我们不应该把他们想象得太高明！"

孙维孝还要说什么，皎刚正用眼神制止了他。这时候，皎刚正的全身心都想着那个简直有点儿神秘色彩的人物赵群了。

县局那边除了重复柴金锁提供的发现之外，再没有深入的发现和进展。那个坐在高时兴身边的张副局长等高时兴说完也发言说："我想提醒大家注意，我们发现的仅仅是一辆空车，而且从事发的方向看，也是自北向南开来。这样，那辆空车本身仍是一个谜，劫车的人不会为一辆空车而颇费周折吧？所以，我以为，不管是柴金锁的发现还是皎支队长的发现，都很难和焚尸案画上等号。明确地说，就是焚尸案不一定和我们发现的情况有必然的联系。"

高时兴补充说："对！我们对杜马乡的可疑人员几乎过了一遍筛子，至今也没有找到一个重点的布控对象。"

邢举牢见皎刚正和孙维孝都一言不发，不满地催促他们说："喂，再谈谈你们的高见？"

皎刚正冷漠地说："要说的都说了。"

邢举牢激将地说："你不会突然间否定了自己吧？"

皎刚正说："有时候否定实际上也是前进！"

王乾坤知道他们又打起了肚皮官司，摆出一副和事老的态度说："这样吧，时间也不早了，把意见集中一下，各个方面提供的情况都很重要，但是必须要有一个关键环节吧？我觉得，嗯，"他的目光盯在了皎刚正和孙维孝身上，"还是要从赵群身上寻找突破口，如果证实死者就是赵群的丈夫，也许一切都迎刃而解了。"

邢举牢立即拿出唱主角的口气说："那就先定下来吧？赵群那儿由我继续摸清底子；刚正和维孝同志继续对那辆焚毁的车进行勘察；当然县局那边仍然是重点，一有新的情况必须快速地通气。"

会议还没散伙儿，门房就有人进来说，有一个叫赵群的女人要找局领导。王乾坤一听是赵群，又来了精神："说曹操，曹操就到了！正好正好，大家都认识一下，看一看能不能确定死者就是她的丈夫。"

赵群的神情完全出乎大家的预料，没有急切没有忧伤，一进门甚至还嘻嘻地笑了一下。她的衣着很时髦，脸上的妆也画得很地道，不等别人开口她先认出了邢举牢说："我也不知谁是领导，我来就是要和这位领导说几句话。"

邢举牢无奈地说："坐吧坐吧，我们也就是研究你的事情。"

赵群这才羞涩地红了脸说："那就给你们添麻烦了。不坐不坐，我来只是说那个死人和我没有什么关系了。"说完就退到了门口。

邢举牢大惊失色地说："你丈夫回来了？"

"没有没有，但是他已经有了消息。"

"他现在在哪里？"

"在南方挣钱哩。狗东西，平时和我怄气三天五天也就回来了，这一次倒好，屁股一颠竟远远地飞走了。不管他，你们也不用为他操心了！他那个丑样子，也不是什么稀罕货！"赵群说着就想抬腿出门了。

大家的目光都落在邢举牢身上，要不是还在会场，肯定已经爆发出嘲弄的笑声了。

邢举牢恼怒地喊道："你先别走！公安局可不是开玩笑的地方吧？"

赵群反驳说："这怎么是开玩笑呢？谁家丢了人能不着急？谁家人没死还盼着人死了？我来就是怕给你们添麻烦，好心还挨你的训斥了？"

邢举牢自找台阶地说："你把你的住址留下，有情况我们还会找你的！"

"你看你这个领导，就好像我丈夫真正死了你才高兴！"赵群也很生气地离去了。

邢举牢尴尬地坐在那儿久久未动。

最棘手的问题终于摆在白光斗的面前了，不是他待在陶成华身边，这一个漏洞就无法收拾。尽管还不是化险为夷，但他却赢得了宝贵的时间，有了回旋的余地。

今天上午，赵群去市公安局认领郑树民的尸体时，白光斗一点儿都不知道。他错误地把最危险的地方选定在同济县，所以还待在同济县没有动窝。中午陶成华陪他吃饭时，他还转弯抹角地探听消息说："怎么样，昨天夜里有没有收获？"

陶成华陶醉在和王花晨的甜情蜜意中，一提夜晚，就颠三倒四地说："什么收获？我还敢让王花晨给我生个孩子吗？生孩子也没有那么快吧？"

白光斗见他已经这么肆无忌惮，真想把心中的煎熬心中的苦衷一股脑儿向陶成华和盘托出。但是他不能，他知道陶成华的手脚还没有被他牢牢捆住，陶成华还是为官一方的县委书记，而且陶成华对他的巴结逢迎除了金钱的诱惑之外，还有新的目标求他促成。想到陶成华新的目标，他才郑重其事地说："我是

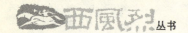

问焚尸案的侦破有没有眉目。"

陶成华似乎不愿再说焚尸案了，讪笑了一下说："唉，原以为是一个金狮娃，没想到是一个泥娃娃。弄得满身脏不说，现在简直是骑虎难下了。"

"再找不到一点点线索？"

"没有么。这不，白老爷子说是今天还要来视察呢，你想想我拿什么向他汇报？"陶成华焦虑地说。

白光斗不得不安慰他说："一丁点小事也值得发愁了？公安上这样的事情多了，杀了几个十几个人的大案要案好些都是一拖再拖，死了一个不明不白的人算什么呀。"

"话是这么说，可我……不是想调进市公安局吗？再说白老爷子这几天也是不停地催问呢。"

"他有能耐让他就蹲在这儿好了！"

"这话你敢说我不敢说。"陶成华说着掏出了手机，一连串地布置着对白金明的接待工作，再向公安局长询问汇报材料的事情时，公安局长就说了市局通知的一个会议。"什么会议，非得你们去人吗？"陶成华警觉地问。

公安局长说："他们说是焚尸案的联席会，原来点名让我去，我说这边离不开，他们才答应去一个副局长也行。"

"是皎刚正通知的吗？"

"不，是一个姓邢的科长，听他的口气，皎刚正还在外边跑着呢。"

"你知道会议的实际内容吗？可别是故意涮我们呀！"

"不是涮，但是我们确实有点儿被动了，所以我已给张副局长交代了，少说多听。"

"你说得详细一点好不好！"

"陶书记，是这么一回事，邢科长和我关系不错，他不会给我打埋伏。他说上午，噢，就是今天上午，有一个姓赵的女人找市局要认领那个尸体，从那个女人说的年龄身份看，和皎刚正他们掌握的差不多，可是对那样的尸体，她还是不敢确认。邢科长也只是觉得有了一个突破口，就让几个方面坐在一起研究一下。"

陶成华放下手机，当时就把这一情况告诉了白光斗。

白光斗浑身一颤，赶紧站起来说他要上一趟卫生间。在卫生间里，他又拨赵群的电话，还好，赵群大概是时刻等候着公安局的通知，今天中午竟老老实实地待在家里

赵群拿起电话"喂喂"了好几声，白光斗还理不清头绪地没有开口。

"喂，你是不是公安局？我是赵群，你们能不能快点儿弄清呀？我还不敢给郑树民家里说清哩。"赵群的声音也在发抖。

白光斗拿定了主意，捏着南方人的腔调说："我不是公安局，我是郑先生的朋友，您是郑太太吧？"

"我是我是，你是谁，你在哪里？"

"我是南方人哪，咱们没有见过面，但是郑先生每天都在挂牵你。"

"你是说郑树民还活着，还在你那儿？这个狼心狗肺的东西，你让他自己和我说话！"

"郑太太，你不要着急嘛……"

"我还不着急！这边的公安局都到处找他呢！"

"有那么严重吗？郑先生说你和他关系不好，但是在我看来都是你的错，郑先生可是大大的好人，他和你赌气都是为了多挣钱……"

"他人呢？他怎么还不敢和我说话？"赵群的情绪已经渐渐地平静了。

白光斗最后说："郑先生在这边揽了好多活，可能一下子还回不去，他每天都是早出晚归的，住的地方也不固定，电话不好打，但是他让我告诉你，他一切都好，还会给你很快捎钱回去。你就放心吧。"

"哼，他再不寄钱我还要让公安局找他！"赵群说完又骂了一句，"狗东西，害得我还要去公安局给人家回话哩！"放下电话连一句道谢的话都顾不上说。

白光斗熄了赵群的火，回到餐厅仍是心神不定的样子。

陶成华以为他是不愿和父亲白金明碰面，执意挽留说："光斗，为了我你也必须屈驾一次吧？再说你们父子遇到一起也不容易，就在我这儿见见面吧？"

白光斗借机生气地说："一想起我那可怜的母亲，我就永远不想见他！"

陶成华劝解说："不值乎不值乎，上一代人的感情纠葛一句话也说不清。你走南闯北多少年了，可是思想还这么守旧。他们一个个都成了老人，再这么僵下去让别人笑话的倒是你了。"

要是以往，白光斗早就发了脾气。可是今天，他却想和父亲见见面了，父亲不就是负责焚尸案的最高首脑吗？假如这个案子有了难以阻挡的深入，父亲这里也是一个必须堵塞的关口。想到这里，白光斗就默许地说："由你安排吧。"

白金明是下午上班时莅临同济县城的。这时候白光斗正好躲在宾馆里给赵群再次打了电话，他问赵群怎么还没有去公安局？好像刚睡了一觉的赵群迷迷

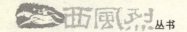

瞪瞪地又问他是谁？白光斗说他已经代替郑树民把钱寄出去了，受朋友之托可不敢出差错呀。赵群仍然不放心地问寄了多少钱？白光斗脱口说寄了五千元。赵群这才真的激动了说这就去这就去！还不厌其烦地解释说，北方人都有午休时间的，就是上班也不准点，再说只要郑树民在南方挣钱，说不说也不是什么大问题。白光斗急忙催促说，还是赶紧说一声好，惹恼了公安局，是要受治安处罚的！赵群"呀"了一声就说她立即去。

刚刚躺在床上想休息一会儿，王花晨又打电话过来问白光斗过不过去？白光斗烦躁地问又出了什么事？王花晨说事倒没有，就是陶成华打过招呼说，有一个领导来了县上，他要陪着视察轻工市场，他们的家具店可是重点要看一看了。白光斗说，难道要他过去搞接待吗？王花晨习惯地说，她只是问一问白总有没有什么重要指示，比如发不发红包，送不送纪念品，招呼不招呼吃饭？白光斗知道陶成华没有把话给王花晨说清，扑哧一笑说："你连一杯水也不用给他们倒！"

白光斗心急如焚，白金明却不知都在什么地方下车伊始，哇哇啦啦高谈阔论。

一直等到天快黑的时候，陶成华才抽闲打来电话说："我刚刚告诉了老头子，老头子本来是要立即走的，听说你在就先把别人打发走了。"

白光斗真是和父亲很少见面，即使见面也都是秘密地进行。不是他们坐不到一起，而是都要背着相互的家人。如果还有戒备的话，那就是白光斗不愿以这样的身份连累父亲，白金明也是不想让更多的人知道他和前妻的儿子竟然成了威震一方的大款。其实，白光斗的"发迹"有父亲的"功绩"，但不全是。十年前，当白光斗高中毕业成为二十岁的大小伙子时，白金明就千方百计地承担了抚养的责任，骨肉难分，他真害怕信了宗教的前妻唐英凡把儿子也熏陶成不食人间烟火的小教民或小和尚。特别是知道唐英凡竟然给儿子收养了一个几乎是童养媳的哑巴媳妇时，他真是沉重得抬不起头了。可是明着帮助儿子，唐英凡肯定不答应，他只能"曲线"把儿子救出了苦海。先是让乡上的领导把儿子借调到乡上当了合同制干部，然后又调到县上一家银行变成了正式的干部身份。听儿子说他的母亲已经默认了他们的父子情分后，再把儿子转到了市上。那时候白金明还是市人事局长，办这些事对他来说真是小菜一碟。好在白光斗走到哪里都反映不错，可是当他想暗示银行给儿子弄一个副科长或者科长时，白光斗却突然辞职"下海"了。……后来的白光斗又很少找他这个父亲了。白金明百思不得其解，只有白光斗明白，在县上在市上，他已经凭着父亲的荫庇拉上

了不少关系，尤其是依靠着银行的有利地形攒足了大展宏图的资本，接下来又该为可怜的母亲和可爱的哑巴媳妇创造享一辈子清福的福地了。这时候的白光斗还看清了父亲时常的危机和内心的破绽，一旦和政敌们钩心斗角，政敌们就会抓住他抛弃糟糠之妻和为儿子搞不正之风的把柄相要挟。与其坐以待毙，不如急流勇退，"退"下来的白光斗倒是左右逢源了。父亲的朋友和下级不管是巴结也好同情也好，依然对他伸出了援助之手；父亲的政敌们也把他看成了一个砝码，似乎他和母亲都是高悬在白金明头上的一把利剑，不必砍杀，只要那么悬着就会使白金明时时揪心委靡不振。白光斗开始还是小心翼翼地徘徊在两个阵营里，后来长硬了翅膀，就成为一路诸侯一路天神。

白金明在儿子白光斗面前永远有一种负罪感，由陶成华陪着进门后，一下子就丢掉了市委副书记的架势，摘下了墨镜松开了领带，甚至有点儿慌乱的不知该在哪张沙发上落座了。

白光斗没有叫他，只是说："坐吧。"

白金明发僵的脸上终于露出一丝笑容说："都坐都坐。"

陶成华忙着冲茶倒水，在这两个人物面前，他只能是服务员了。因为他知道现在谁也不能进来打扰了。他能充当这一角色，实际上是他的荣幸。

"都好吧？"白金明问得含糊其辞，但又意味深长。

"都好。"白光斗同样以含糊其辞对答。

陶成华见他们难受的样子，想激活气氛说："白书记，我和光斗陪您去游泳吧？我们的那个游泳池可是室内的。"

白光斗放纵地一笑说："如果我不在，你是不是该让白书记洗桑拿了？"

"这孩子，"白金明也纵情地笑了说，"总是没大没小的！"然后又冲陶成华一挥手，"不去！我们父子俩坐在一起也不容易，再说我也是旱鸭子。"

白光斗说："爸，陶书记有这么一个巴结恭维的机会也不容易，可别让我这个闲人把他的前途耽误了。"

陶成华红了脸说："胡说胡说，白书记可是两袖清风一尘不染。"

白光斗说："爸，我怎么觉得陶书记拍马屁拍在你的伤口上了？"随即又说，"唉，这些年我也想通了，常在河边走咋能不湿鞋，要说思想解放你可算解放的先驱了。"

陶成华自知惹下了祸，但不知该讨好哪一个了。

白金明很会掩饰地说："我斗不过你们两个年轻人行不行？不过，和你们在一起，我真是很高兴的。"说着话他包里的手机不停地鸣叫，他掏出手机看了

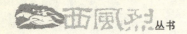

看，赶紧起身走到一角说，"回来，我一定回来。"再坐到沙发上时，就是一脸的窘态。

白光斗冷冷一笑说："是不是你的领导又开始查岗查哨了？"

白金明真是坐不住地说："再没有什么事了吧？"

白光斗说："你这么一问倒好像是我把你叫来的似的。我能有什么事？"

白金明临别嘱咐地说："光斗呀，以前是错是对我想都不应该再记在心上了，成华在这儿我也不见外。但是有几句话爸还是要告诉你，爸给了你生命，就要对你的一切负责到底。家庭关系尽管改变了，我们的父子关系却永远改变不了！这份亲情无时无刻不压在爸的心上呀！有时候我为你……为你的成就而高兴，有时候又不禁为你担心，你别打断爸爸说话，爸这是掏心窝子往出端呀！你这些年都在干什么爸无法干涉，也不好过问，但是有一句话却希望你牢牢记在心里——用官话大话说，就是要规范在法律的圈子里；用私话小话说，就是要为所有的亲人着想。人生难免犯错误，犯一点错误也不要紧，问题是再不能也不敢超出了错误的范围。"

"你……就放心吧。"白光斗打了一个激灵说。

白金明继续说："我想听的也就是这句话。光斗，我也是五十好几的人了，是不是人一老就有了多余的担心？我也不仅仅是从我考虑，当然，一点儿不考虑也不现实。但是我主要是替你母亲着想，像她那样把自己的清白看得比生命还重要的人，可是连一点儿风吹草动都不敢灌进她的耳朵里。你是她唯一的精神支柱，稍有不慎，就会摧垮她的生命。噢，还有凤仙，我不敢以公公自居，但那份惦念之情也是撕扯着我的心哩！"

"你就……放心吧。"白光斗只能重复着这一句话。

"那好，爸该走了。"白金明站起来又感谢陶成华说，"成华，有你和光斗时常在一起我也放心了。"

陶成华感动地说："白书记，你对光斗的叮咛其实也是对我的教诲。"

白光斗打起精神说："爸，你今天的视察也不给陶书记总结几句话。"

"不错不错，一手抓经济一手抓治理，成华的工作很全面呀！我会在常委会上替成华说话的。当然，还应该更上一层楼……对了，"白金明转向陶成华说，"那个焚尸案还要抓紧侦破，不要再分以谁为主，上下都应该是一盘棋嘛！"

送走了白金明，陶成华返回来时，白光斗已经收拾好自己的行李说："我也该走了。"

陶成华一把抓住他的提包说："不行不行，这两天咱们还没有好好说说

话哩！"

白光斗又抬出他的哑巴媳妇说："我那哑巴媳妇又不能通电话，一出来总是操心着她哩。"

陶成华无奈地说："我总也想不通，你为什么不给家里雇一个小保姆？一个聋哑人，总不会和小保姆争风吃醋吧？"

白光斗说："我不想打破家里的平静。"

白光斗回到市上已是静夜，他昏头涨脑地把车开到了公安局门口，目光凝重地望着公安局的招牌，耳旁却传来了母亲的诵经声，急速地把车开走后，眼前还映现着母亲、哑巴媳妇和父亲白金明的身影……

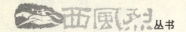

9
骑 虎 难 下

　　这一夜，白光斗失眠了。怀抱着乖顺而又小鸟依人的哑巴媳妇，满身心里却全是赵群。现在，他才觉得有一个可以倾心交谈的媳妇是多么的重要，可是哑巴媳妇除了一味地对他疼爱对他体贴，再也不能分担他的忧愁了。唐仙凤这个全聋全哑的女人似乎已经看出了丈夫的忧心如焚，当白光斗的车到楼下时，她没有像以往那样扑下来迎接，白光斗步入屋子后，她也没有热烈地亲吻。这样的情景这样的变化又使白光斗不寒而栗心慌意乱了，他用他们惯常的对话方式问哑巴媳妇家里没有什么事吧？哑巴媳妇闭着嘴唇摇了摇头。然后他才把哑巴媳妇双手举起，满屋旋转着完成了见面的礼节。

　　由白光斗主动拥抱哑巴媳妇对他们来说也是一个改变，哑巴媳妇的激动只是一会儿的时间，白光斗再和她拥坐在沙发上时，哑巴媳妇的神色又有点儿恍惚了。白光斗不敢再打破常规，柔情地继续亲吻了一会儿后，就指着自己的双脚示意哑巴媳妇该进行下一个工作了。哑巴媳妇端来了热水，抱起白光斗的双脚却不由得轻声地啜泣。

　　"你怎么了？"白光斗捧起她的脸庞问。

　　哑巴媳妇嘴唇嚅动了两下。

　　"你怕？"

　　哑巴媳妇点点头。

　　"你怕什么呢？"白光斗惊诧地问。

　　哑巴媳妇又摇摇头。

"平白无故的害怕什么？没事，什么事都没有！我还会爱你，永远爱你！"

哑巴媳妇却似懂非懂地眨巴着眼睛。

有了复杂的话题，白光斗就不得不借助纸笔了，他们的桌子上床头柜上大小茶几上，随处都放着一叠叠的硬纸片，每叠纸片上还放着铅笔，白光斗顺手取过几片纸边写边念叨说："我在一个县上又开了门店，这几天真是十分地劳累，请我心爱的小仙凤多多原谅。"

哑巴媳妇看过后也写了什么话举给了白光斗。

白光斗看过后又写着说："我不会出什么事，永远不会。"

哑巴媳妇灿烂的笑容又挂在脸上了，丢开纸笔，又用嘴唇贴着白光斗的耳轮以心灵般的方式对话了。

白光斗迟疑了一下说："好，再忙过一年，我就让你生个孩子。"

哑巴媳妇羞涩地一笑，指了指自己的肚皮。

白光斗惊愕地问："你说你已经怀孕了?!"

哑巴媳妇认真地点点头。

"你你……"白光斗不知该说什么好了。

哑巴媳妇又扑向白光斗的耳朵。

白光斗不得不强装激动地说："高兴！我太高兴了！"

哑巴媳妇再写了些什么递给白光斗，白光斗看过后也回复说："这些年让你受委屈了，现在既然怀了孩子，咱们也就快有小宝宝了。这下你该同意雇一个保姆了吧？"

哑巴媳妇抢过笔就生气地写着什么，白光斗赶紧妥协地写着："对！不要，这个家只要你和我！"哑巴媳妇又抓过笔补充了一句话，白光斗立即说："当然，以后还有一个小人物，那就是咱们的小宝宝。"

哑巴媳妇这才彻底恢复了以往的活泼和可爱。

双双睡到了床上，白光斗却翻来覆去地睡不着，已入梦乡的哑巴媳妇突然开亮了床头灯，凝视白光斗的神情又是忧心忡忡了。白光斗赶紧摁灭了烟头，抚慰着她说："没事没事，我只是太高兴太激动了！"揿灭了床头灯后，双目圆睁的白光斗却不敢再弄出丝毫的响动了。

第二天早上，白光斗又带着哑巴媳妇去看望母亲，一进院子，就发现陈根娃已提前到了这里。这对白光斗来说并不意外，陈根娃是母亲的远房侄子，同样担当着照料母亲的重任。

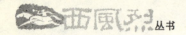

　　陈根娃不知从哪儿又弄来了几盆花木，正在把花木移栽在花坛里，听见白光斗和唐仙凤进了院子，仍是不转身地说："回来了？"

　　白光斗说："哥来得早。"

　　陈根娃"嗯"了一声说："姑姑在家哩。"

　　白光斗走近陈根娃想说什么，陈根娃看了唐仙凤一眼又看看里屋说："我这就回公司去。"

　　白光斗意会地说："等一会儿我就过去了。"

　　母亲的"晨诵"已进行完毕，听见白光斗在院子说话，先出门揽住了迎上前的唐仙凤，然后才招呼白光斗说："斗儿，让你根娃哥一块儿吃早饭。"

　　陈根娃连忙说："姑，我吃过了。"说着就把铁锨靠在墙角要离开。

　　母亲气力微弱地说："好不容易赶到一起，咋就说走就要走呢？"

　　陈根娃说："姑，我有事，真的有事。"一溜烟地出了门。

　　母亲神情不悦地数落白光斗说："你瞧你，真把自己当个什么经理了！一来就把你根娃哥吓跑了。"

　　白光斗尽力逗母亲高兴地说："妈冤枉我了，我和他可是不叫哥不说话。"

　　唐仙凤已忙着在屋里摆放着清素的早点，餐桌上只是一盘馒头，三碗稀饭，两碟咸菜。唐仙凤摆好早饭，又出来搀扶着母亲。母亲昵爱地看着唐仙凤又数落白光斗说："你瞧，一个个都比你孝顺。"

　　一家人围桌坐下来，白光斗开玩笑地问母亲："妈真修成正果了，这不是和神仙一样了吗？我和仙凤还没过来就给我们把饭做好了。"

　　母亲说："不是根娃早早地过来，我咋能知道你回来了。"

　　白光斗心里奇怪，他昨天夜里回来陈根娃也不应该知道呀？嘴里却附和着说："我根娃哥真是个勤快人。"

　　唐仙凤低头吃着饭，忽然就想起什么似的看着白光斗，白光斗知道她要说什么，一指唐仙凤告诉母亲："仙凤说她要给你抱上孙子了。"

　　母亲一把拉住了唐仙凤的双手，仔细地端详着她的脸色说："好，好，妈整天求神保佑也是为了仙凤呀。好，好，斗儿呀，妈今天看见你们才像个过日子的样子。人嘛，该满足时就要满足。"说着又情不自禁地吟诵道，"有平安在我心/非世界所能赐/无人能夺去这平安/虽试炼与艰难/犹如愁云环绕/我心里永远有这平安。"

　　白光斗的脸上掠过一丝阴云，随即又故作神情庄重地看着母亲。

　　唐仙凤不知母亲在说些什么，见白光斗脸色沉重，以为母亲还在数落他，

赶紧比画着要白光斗给母亲说清。

白光斗只好向母亲"翻译"说:"仙凤说我爱她,对她很好。"

母亲慈祥地看看这个看看那个说:"这平安的日子可不容易,妈盼星星盼月亮总算把你们盼得长大成人了,熬到头了,妈总算熬到头了,求主龙恩呀!"又一把拉住仙凤说,"仙凤再给妈生个小孙孙或小孙女,妈这一生什么都满足了!"

唐仙凤早已陶醉在无限的甜蜜中。

吃过饭,仙凤要在母亲这里待一天,白光斗慢步离开了屋子,一出院门,却是快步向远处停放的车跑去。

白光斗驾车一到那座写字楼的楼下,陈根娃一手提着水桶一手拿着抹布就来擦车了。白光斗疑惑地盯着陈根娃想说什么,话到口边却只是点了点头就擦肩而过。陈根娃稍稍一愣,立即恢复了镇静擦起了车。

陈根娃擦完车上来时,白光斗还发呆地盯着电话不知该干什么。

"你今天还出去吗?"陈根娃小心地问。

"怎么,你有什么事吗?"白光斗反问说。

"没。"

"噢,哥,你怎么知道我昨天晚上回来了?"白光斗又问。

陈根娃吭哧了一下说:"郑树民的事情不知完没完,……我……我觉得你不应该再到处跑了。"

"我是问你你怎么知道我昨天晚上回来了?"白光斗声音低沉地强调说。

陈根娃低下头说:"我心里老是为你……着急,就总急着找你……在那边就看见了你的车。"

白光斗这才稳稳地坐在沙发上说:"郑树民出事不出事和我,噢,和咱们有什么关系?"

陈根娃专注地盯着白光斗说:"光斗,我……我不是傻子。"

白光斗也是一眼不眨地和陈根娃对视着,突然就目光发软地奔拉下眼皮说:"哥,你是听说什么了吗?还是你自己胡思乱想?"

陈根娃声音颤抖地说:"这还用想嘛,前几天电视报纸上要人领尸体,这几天又说那个死人就是汽车司机。不说别的,就是郑树民的媳妇怕也是个麻烦事呢。"

白光斗更加吃惊地问:"你什么时候变得爱看报纸了?"

"我闲得干啥呀?"陈根娃早有准备地说。

"哥,那你说该怎么办?"

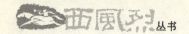

　　"我想你该和郑树民的媳妇见见面吧。就是这一次你没用郑树民的车,可是以前你和郑树民经常有用车关系,郑树民的嘴再严实,也难说他不向他的三朋四友流露出去。郑树民没出事当然好,如果有个三长两短,他媳妇还不追到你的头上了?到那时候,你就是长五张嘴,也难以说清了。别说把你牵扯进去,就是不牵扯,姑姑和仙凤也经不起一个女人的混闹吧?"陈根娃好像是经过了反复的琢磨,说得头头是道。

　　白光斗不是惊诧,而是极度地恐惧了。四五年了,陈根娃一直在他的鞍前马后跑,要说知根知底,他不是比郑树民更抓着他的命脉吗?重要的错误还在于,他一直把陈根娃看成凡事不上心的乡巴佬,但是现在看来,陈根娃心细得简直近乎于阴险了。何况陈根娃已经直接参与了找车毁车的事情,还有什么事情可以对他隐瞒呢?只是白光斗突然从心底冒出一个令他心惊胆战的推测,郑树民的失踪和陈根娃有没有关系呢?想到这里,他就试探地问:"这么说你也认识郑树民的媳妇?"

　　"不。"

　　"你知道郑树民的媳妇叫啥名字吧?"白光斗连珠炮似的发问。

　　"不知道。"

　　"那你就是听说了她的脾气?"

　　"没听说。"

　　"那你为什么忽然对郑树民的媳妇操心起来了?"

　　陈根娃面露不满的神情,顿了稍许才说:"光斗,你总是把我当木头人!你把王花晨调去了同济县,可是市里的服装店还没有人管,你自己急糊涂了,我为你多想一点能有啥错?这几天服装店的店员都打电话询问呢,他们还说你已经物色了一个女人在这边当门店经理,可是总是不见人过去。光斗,郑树民既然不关你的事,你的生意不是还要好好做哩吧?"

　　这么一说,倒使白光斗悬着的心又缓缓放下来,他想有了毁车"功劳"的陈根娃已经不满足于提茶倒水接电话看门,而是蠢蠢欲动地也想给头上弄一顶"官衔"了。"哥,我原来总是不想让你离开我,这里可不能有外人呀。现在看来你也想找一个实事干,那你就先去服装店招呼着,过几天我正式宣布一下你就是经理了。"

　　"不!"陈根娃坚定地说,"你又把哥看错了。"

　　"为什么?"

　　"现在你这里,才真正离不开我呢。"

白光斗双手一摊说："这里，你说这里是怎么一回事？"

陈根娃不愿意再打哑谜地说："我想你心里比我更清楚吧？你能在这里坐得住？我得在这儿替你顶着啊。"

"你一时操心商店一时又操心这里，都把我捣糊涂了！"

"听说你给服装店物色的经理就是郑树民的媳妇。"

"谁说的?!"白光斗愤怒地喊。

陈根娃想了想说："光斗，什么都不要追查什么都不要责怪了，人家王花晨只知道物色部门经理是很正常的事，临走时能不给这边的店员说一声。"

白光斗心乱如麻，一下子觉得危机不打一处来，刚刚堵了那边的口子忽然这边又留下了漏洞，真是越想填补漏洞越多。又不能让陈根娃看出他的惊慌失措，只能强作平静地说："哥，你先去服装店招呼一下，就算是两头跑吧。"

"嗯，我去。"陈根娃不但恢复了以前的温顺，走起路来也是以往的低头哈腰了。

送走了陈根娃，白光斗喃喃自语地在心里说："赵群可是等着给她寄钱哩，这钱……怎么个寄法？"颤巍巍地站起来又轰然地倒在了沙发上。抽完了一支烟，他才挣扎着站了起来。

白光斗没有开自己的车，而是乘了一辆出租车去了纺织厂家属区。还没有下车打听赵群的住室，一辆警车就进入了他的视线。这是一个杂乱的院落，除了最里边的一座楼还像个家属楼的样子外，其他的不是筒子楼就是陈旧的小平房了。那辆警车没有进院子，就停放在大门一侧。

司机问白光斗是不是在这儿下车？呆愣的白光斗忽然说，先在这儿停一会，他要等一个人出来。司机说等人是要加钱的，白光斗看出这个司机并不认识他这个"名人"，放了心说，那当然。司机就把车退到一旁了。

白光斗以为来这儿的警察一定是皎刚正，结果一个少妇陪着两个警察出来时，却没有皎刚正的人。白光斗由不得多想，只是侧耳细听着他们能说什么话。

"邢科长，麻烦你们又跑了一回。"送行的女人说。

"小赵，客套话就不必说了，如果没有钱寄过来你还得告诉我们一声。"邢科长说。

"没问题没问题，你们都是为我好嘛。"小赵说。

三言两语地说完之后，警车就开出门走了。

白光斗知道这个女人就是赵群，那个邢科长就是邢举牢。虽然他对邢举牢

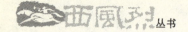

并不熟悉，但是邢举牢和皎刚正的不和却早有所闻。特别是面临竞争副局长的关键时刻，他们肯定又在明争暗斗了。这样就使白光斗有点儿窃喜，他觉得起码给他留下了游刃的空隙。但是，皎刚正和邢举牢怎么都共同热衷起焚尸案来了？是不是他们都认定了这个案子是升迁的资本？或者是父亲白金明指令他们团结一心共同对敌？还有赵群那个轻松的神情也不是什么好消息，她现在的平静仅仅是等着郑树民的"朋友"寄回五千元呀！一切的一切都不容许再犹豫再等待，一是赵群等不到寄来的钱就很快要四处张罗，二是说不定皎刚正下午或者晚上也会来赵群这儿查问。……夜长梦多，看来还是陈根娃说得对，一定要快速地把赵群的口封住，只要赵群安宁下来，后边的事情再想办法吧。

出租车司机见白光斗一直闭着眼睛，催问他等的人来不来？白光斗付了钱说他还是进去看一看。下车后白光斗又改变了主意——自己亲自出面到底不妥，陈根娃既然明白了一切，何不让他继续扮演穿针引线的角色，从而也就把另一张危险的口封住了。

拿定了主意，白光斗立即转乘另一辆出租车去找陈根娃了。

这一个服装店在闹市区，招牌是"仙凤服装城"，白光斗是以哑巴媳妇的名字命名的。到了这里，白光斗才看出陈根娃的担心不是多余，周围的门店都是进进出出的人流不断，唯有这里却是冷冷落落的情景。陈根娃正在给店员们训话，一见白光斗进来更是抬高了声音说："白总是考验你们的自觉性！你们以为就没人管了吗？人要凭良心工作呀，不用打听你们也明白，白总给你们定的工资不算低，而且从来也没有拖欠过吧？可是你们一个个都是懒洋洋的，账目也有些不对劲！好，白总来了，谁不愿意干可以给白总当面辞职！"

白光斗哪有心思顾这些了，但是陈根娃把球踢给了他，他也得煞有介事地表示一下态度："啊，这几天的事情就既往不咎了。还是我以前说过的一句老话，这个锅里有饭，大家都能吃饱，这个锅里饭少了，大家就都要饿肚子……"除了这样的宽容和抚慰，他实在不知该说什么了。

陈根娃见他卡了壳，赶紧接了话荐说："像白总这样善良的老总你们到哪儿找去？"

白光斗顺便宣布说："这儿先由陈根娃先生代理经理，当然，总公司那边也离不开他，他得两头跑，又回到一句老话——要靠大家的自觉性。"然后又问陈根娃，"这儿的账你结完了吗？"

陈根娃指着桌子的抽屉说："留下两万元的周转金，剩下的钱是不是存

银行？"

白光斗大度地一笑说："每人发一百元，我来就得给大家发个小红包吧！"说完他先出了门。

店员们感激地看着白光斗的背影，纷纷跑向了自己的柜台。

白光斗沿着街道步履蹒跚地走着，陈根娃就追上来了。

"光斗，你……"陈根娃想问什么，好像又改变了话题说，"你太心软了。"

白光斗冷不丁地说："哥，我越来越不认识你了！"

"你……你咋说这话？"陈根娃下意识地向后退了一步说。

"我以前真是把你错看了！"白光斗又说。

"噢，你是说我刚才对他们的态度？这，跟着你好几年了，学也学会了一点门道。"陈根娃憨憨一笑说。

"你刚才的态度很好呀！没当过经理就这么快地学会了。"

"光斗，我听出来了，我今天已经好几次地听出来了。你还希望我永远是一棍子打不出三个屁的闷桶。好，从现在开始，我就什么都不过问什么都不知道了，你就把我看成半聋半哑的人吧！"

"哥，开个玩笑你怎么当真了？"

"可是咱们在一起是从来不开玩笑的。"

"走，我今天还要和哥吃顿饭呢。"

进了一家餐馆的雅间，不等白光斗说话，陈根娃就掏出了肺腑之言说："光斗，人都是会变的。这些日子的你和以前的你一样吗？看着你成天熬煎的样子我能不着急不难受？这样下去你这些摊摊不是一个接一个都要散伙了吗？不说你把事情搞这么大有多么不容易，我也是为我自己着想啊！你哪一天不行了，我不是也就回了农村。人有时候也真奇怪，一想到自己忽然就灵醒起来了。"

白光斗苦愁着脸一直不说话，眼睛却死死地盯着陈根娃。

陈根娃毫不回避白光斗的目光，他把右手的食指慢慢放到了嘴里，突然就听见咔嚓一声脆响。

"哥，你你你这是干什么？"白光斗脸色苍白地问。

陈根娃从嘴里抽出血肉模糊的手指，忍受着钻心的疼痛说："我……我恨不得把舌头咬掉让自己……变成哑巴！连你都信不过我，我还活个什么意思。"

白光斗不仅仅是吓坏了，而是被陈根娃的忠诚彻底征服。他掏出手绢亲手给陈根娃包裹着手指说："哥，你这是何苦呢？我怎么能信不过你哩？现在，我能说说知心话的人也就是你了。"

陈根娃不再说话，眼角却滚出了两颗热泪。

白光斗再由不得迟疑了，长声叹了一口气，就万分焦虑地说："哥，其他事情就不用说了，你先说说这个赵群怎么办？"

"你要我说？"

白光斗深深地点点头。

"躲来躲去不是个长法子！要我说，你必须和赵群很快见面，我想你说的赵群就是郑树民的媳妇吧？"见白光斗无声地默认了，陈根娃又接着说，"一个靠丈夫生活的女人哪能不爱钱，只要把她的心紧紧地笼络在你这里，还愁以后没有别的办法想。拖他个三月五月半年一年，凭你在社会上的关系，一切也许又有了新的变化。"

白光斗这才下定了决心说："也只能这样办了！"又把赵群等着郑树民寄钱来的事情告诉了陈根娃。

陈根娃说："你让谁往过寄钱呀？就是托一个南方的朋友，不说这个朋友会不会对你怀疑，如果真的查过去，你不是把人家也连累了吗？光斗，算啦，不要把事情越弄越复杂，就让我把钱给赵群送过去！"

"可是赵群能不问我们为什么给她送钱？"

"好说！我就说郑树民去南方挣钱也是由你白总介绍过去的，郑树民的那个朋友给她打了电话也给你打了电话，怕赵群等得急，就让咱们先把郑树民寄来的钱先垫付着。"

"过几天赵群还收不到寄来的钱呢？噢，还有以后怎么办？"

"这个费你得破到底了，赵群能经常得到可观的收入，还不乐得屁颠屁颠的。"

白光斗沉思了好一会儿，这样，就把他从幕后推到前台了，而且赵群这个女人也永远黏上了他。事已至此，还有另外的选择吗？没有，任何的选择都没有了！前边是火坑也好悬崖也好，他只能先走一步再看一步。

"光斗，有钱使得鬼推磨哩，你还怕什么？"

白光斗艰难地说："那你立即去找赵群，先交给她五千元吧！"

陈根娃忽一下站了起来。

10

父 催 子 命

那一天的联席会议之后，皎刚正和孙维孝就几乎被排除在焚尸案之外了，同济县那边再听不到一点儿消息，邢举牢调查那个赵群也不和他们通气。闲得他只能和孙维孝下棋。孙维孝颓丧了两天，又戳着皎刚正的心病说："这下好了，这下你就可以全力以赴地跑官买官了。"

皎刚正知道他又在发牢骚，也故意正经地顺着话题说："你敢借我五万元吗？听说现在的行情又看涨了。"

"你让我倾家荡产呀！别说没有，有也不借。"

"看看，连最好的朋友都不帮忙，我还能找谁呢？"

"我还害怕你把钱花在女人的身上了。"

"这你就是无中生有吧？邢举牢盯得那么紧，我还敢去见那个赵群吗？再说，乘人之危的事情连邢举牢也不敢干。"

"可是这几天不是总有女人给你打电话吗？"

皎刚正举起棋子砸在孙维孝头上说："我撕了你的嘴！那是郭淑红催问她的工作问题哩，她可是我老师的女儿啊。"

"哟，对不起，忘了。"

"原来我给她答应先借到这边参与焚尸案，可是现在，咱们都成了闲人，还敢让她过来吗？本来，赵群一出现，我还想正好让郭淑红过来盯住赵群，女人做女人的工作比咱们方便一点儿。"

"真够你操心的。"

91

　　"那边把工资都给她停发了，我再不管，她就要出外打工了。把一个女大学生扫地出门，陶成华也真做得出来。"

　　"你不觉得陶成华突然搞的这场'严打'更加令人奇怪吗？"

　　"听说了，他和白光斗的关系不但更加火热，而且有点儿神秘。据说白光斗的那个商店和那个女人也是送给陶成华的礼物。"

　　"这么说白书记那天视察也是给他们壮胆助威了？"

　　"这倒不好说，白金明很可能还蒙在鼓里。"

　　"你老实告诉我，这个焚尸案你还想不想从邢举牢的手里抓过来？"

　　"不说别的，连郭淑红都会笑话我一辈子呢。"

　　"那好，今天晚上我带你去一个地方领一把上方宝剑！先别问，去了你就知道了。"

　　孙维孝不知什么时候知道白金明爱打乒乓球，而且连地方也弄清了。吃过晚饭，孙维孝就领着皎刚正去了市委大院的老干部活动室，他们来到时，白金明已经和一个小伙子开打了，那小伙子是白金明的秘书。皎刚正一见白金明，才知道中了孙维孝的圈套了。容不得他回避，白金明就扔下拍子走过来问："怎么找到这儿来了？"

　　孙维孝抢先说："不是找您，我们也是玩一玩。"

　　白金明讥笑说："挺悠闲嘛，我还以为你们给我汇报案子哩！"

　　孙维孝一拉皎刚正说："你先占一个案子，我去找拍子。"说完他就跑出去丢下皎刚正不管了。

　　皎刚正支支吾吾地说："白书记，我……真不知道你在这儿……"

　　白金明发了脾气说："如果我不在这儿你们就可以放心大胆悠闲自得地玩了吗？那么大的案子毫无进展，你这个刑警队长是吃干饭的吗？"

　　皎刚正低声说："各吹各的调，我还怎么搞。"

　　"怎么就各吹各的调了？你叫王乾坤来给我说！"

　　躲在门外边的孙维孝又一步跨进来说："白书记，你有火就朝我发吧！虽然我知道我没有在你面前说话的资格，可是皎刚正是我拉他来的。"

　　白金明说："你把这种仗义劲儿用在工作上，可能焚尸案已经告破了！"

　　孙维孝不卑不亢地说："我一个仗义不行吧？你出面说说话，让大家都仗义一点儿，什么事情都好办了！"

　　白金明终于看出了什么，也拿出事不过夜的作风指示秘书说："回办公室！立即通知王乾坤他们过来开会！"

皎刚正和孙维孝随白金明来到办公室，秘书打着电话，白金明就让皎刚正把他们掌握的情况先汇报一下。皎刚正一五一十地从焚尸案发开始说到赵群的出现又沉入水底。白金明认真地倾听着，却一直保持着沉默。

王乾坤、邢举牢和几位副局长到齐后，白金明不愿意再听汇报地说："你们不觉得太无聊太荒唐太乏味了吗？破一个案子还要分出个你的我的！像这样下去，我看该定你们个渎职罪！"

邢举牢颤声说："白书记，没……没有人分得那么清吧。"

"我说的就是你！"白金明指着邢举牢的鼻子说，"你不是抓了个赵群吗？可是到底弄清了什么情况？！本来是一盘棋的事情，非得把水往浑里搅嘛！"

"这……这我可不敢当，我悄悄往赵群那里跑，只是……只是害怕有人封口焊眼，我每次去还带着司机，司机在当面嘛。"邢举牢吓得脸都煞白了。

"谁封口焊眼，有个对象吗？"白金明态度缓和了问。

"我只是有这个担心。"

王乾坤知道皎刚正给白金明装了一肚子火，不满地瞅着皎刚正说："刚正，你不该打扰白书记的休息时间，总有个组织原则性嘛！"

皎刚正知道自己成了众矢之的，又不好把责任推给孙维孝。

王乾坤再看着白金明说："白书记，我把总体情况汇报一下吧？"

"不用了！我没有那么官僚。"白金明习惯地伸出手指说，"我可以给你们总结三条，第一，整个案子还仅仅停留在对死者身份的寻找上；第二，怀疑有人从中作梗但又拿不出有力的证据；第三，有人把目前的线索分成三个方面，就使整个案子有点儿脱节了！"

王乾坤说："那具尸体没人认领确实是一个关键问题。"

白金明不屑地说："我觉得你们把重心定位错了。怎么能一个心眼儿等待着有人来认尸，而让歹徒逍遥法外呢？"

"不，皎刚正他们就是不停地在外边奔波。"王乾坤辩解说。

"算了，多余的话就不说了！"白金明作出最后的决断说，"我叫你们来不是想听案例分析，如果我什么都事无巨细，还要你这个公安局长干什么！我只能定一个大原则，第一，要配备强有力的力量，具体怎么分工，你们下去研究；第二，要赏罚分明，你王乾坤工作不力，可别怪我把你拉下来。噢，还有皎刚正和邢举牢，你们都是后备干部，这个案子可是对你们最好的考验呀！此案不破，你们什么都不要想了！公安局的班子调整暂时也要停下来。"

皎刚正适时地要了"上方宝剑"说："白书记，据我和孙维孝反复分析，这

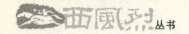

个案子很可能还有案中案，如果牵扯到……经济领域，再往下进展就困难了。"

"这倒是个新发现，能简单地说一说吗？"白金明一惊说。

皎刚正说："我们只是从毁车的那个地方得出了这样的结论，目前还仅仅停留在判断上。"

"大胆地查下去！不管牵扯到哪个领域牵扯到哪个人都要坚决地查下去！"白金明说过又转向王乾坤说，"看来皎刚正同志的焦急不无道理，他掌握的线索更全面一些，像这样的大案他也更有经验。"

王乾坤领会地说："刚正一开始就担着这个案子的重任了。这个重头戏还要他往下演哩。"

回到局里，王乾坤又不敢怠慢地作了部署，他把这个皮球一下子踢给了皎刚正说，这个帅他还得挂着，可是全盘的案情就交给皎刚正负责了。

邢举牢脸都气歪了，王乾坤刚一说完他就扬长而去。

皎刚正狠狠地掐了孙维孝一把说："你把我搞得里外不是人了！"

孙维孝却扯住也要离开的王乾坤说："你给我们再调配一个女同志，看来还要和那个赵群继续打交道呢。"

王乾坤不解地说："以前给你们，你们也不要，现在我从哪儿给你们调啊！"

皎刚正说："临时抽一个也行。"

王乾坤为难地说："局机关也就是三两个女同志，可是她们放的清闲不清闲，没人愿意跟着你们跑啊。"

皎刚正说："如果我们从哪个县上找一个呢？"

王乾坤烦乱地说："我也管不了那么细，但要把握住两条原则，一是调人要上党组会；二是临时人员局里可不发工资。"

孙维孝又甘愿抹黑脸地说："只要你能保证这个案子的破案经费就行了。"

"刚正，维孝，你们辛苦我知道，但是这样搞确实不好！不只是对我不好，对你们也不好。你们和邢举牢搞得这么僵，以后还怎么合作共事？刚才你们也看见了，局里的其他领导谁不生你们的气？黑天半夜的，弄的什么名堂嘛！"临出门时，王乾坤又发泄着愤懑说。

孙维孝大大咧咧地说："你这鞭打的倒是快牛了！"

"不，不是这个意思，我是说你们再这样演下去，就把自己演成独角戏了。"王乾坤在门外回头说。

"哎哎，你他妈的真是让我难堪了！"人都走完了，皎刚正这才愤愤地骂了一句孙维孝说。

孙维孝嬉皮笑脸地说："有得就有失，不是我帮你演出这一折戏，你能大权在握，你能把郭淑红抽调过来吗？"

"你别高兴得太早了，真正的好戏还在后头哩！"

"我这人一生爱红火，越热闹越带劲儿！"

"假如真有白光斗的事，白金明想撤退都来不及了。"

"这才是在下的真正本意！"

翌日早上，郭淑红又来了电话。皎刚正让她先过来上班。可是郭淑红说她已经在省城的同学那儿了。皎刚正问她是什么意思？郭淑红说，她一个弱女子，也不想受那样的惊吓了。皎刚正一阵内疚又一阵松弛地说："那好，祝你多多地发财吧！"无奈而懊恼地扔了电话。

"喂喂，好消息！"孙维孝从外边冲进来说。

"从你嘴里出来还有好消息！"皎刚正一指电话说，"费了九牛二虎之力，可是郭淑红又说她不来了。"

"这女子，这不是把她的师哥当猴耍吗？"孙维孝又毫不惋惜地说，"她不来更好，有她还真是一个累赘呢！实际上你也是尽个人情，说到底还是以公谋私哩。快走快走，毁车的那个县又来电话了。"

"噢——没说是什么事？"皎刚正兴奋地问。

"说是在毁车附近的地方发现了两只装鸡的竹筐子。"

"喊，我还以为发现了死人呢。"

"就是几只死鸡也得去！"

"当然当然，只是你和小谭去就行了吧，要不再给你派一个人？"

"哟，刚刚一抓权就牛皮成这个样子？算啦算啦，你也别派人了，龙多了不治水，我劝你也不要张张罗罗地成立什么领导小组或者什么指挥部。"

"我还想设个灵堂烧纸哩！"皎刚正急火攻心地说，"烦不烦？你把邢举牢气得窝了回去，赵群这边就不管了吗？！"

孙维孝做了个鬼脸就出去了。

邢举牢在两边都有办公室，可是今天早上，他就不过这边来了。皎刚正向那边打了几次电话，邢举牢都是一句话说："刑侦科可要统筹全市各县的刑事案子，有能耐你再把我这边的科长下了！"皎刚正知道昨天晚上对邢举牢伤害太重了，就主动过去登门道歉说："不管是谁错了都不要计较，一个锅里吃饭，勺子还不碰锅沿了。"

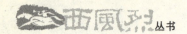

邢举牢待理不理地说："你都要把这个锅砸破了，还来见我这个勺子干什么？"

"不说气话了，咱们再把这个案子商量一下。"

"皎支队，"邢举牢奚落地抬起头说，"其实这几天我也是给你帮忙，按业务范围，我们科的责任只是督促只是检查，还可以说，你要随时向我汇报。"

"你不是还兼任着支队的教导员嘛！"皎刚正忍着气说。

"所以说我这个'勺子'很难当呀！"

皎刚正也嘲弄地说："那么我就再给您汇报一遍，然后再听从您的指示吧！"

邢举牢又低头看着什么文件。

皎刚正稳稳地坐在他的对面说："邢科长邢教导，请您做好记录，我这就开始汇报了，而且，你必须给我发出最新的指示，我保证绝对服从！"说着，他就清了清嗓子说，"本年七月十三日……"

邢举牢受不了这样的折磨，无奈地一笑说："你到底要我干什么？我还能干什么呢？！"

皎刚正也宽容地笑了说："我只求你不要再较劲，不管是什么事情，一起内讧就难办了。你可以把精力放在这边，但是，该研究该支持的事情我们还要心平气和地坐在一起。"

"这不成问题吧？"邢举牢还记着白金明的训斥说，"何况我和你已经是两败俱伤了，焚尸案系着你我共同的前途和命运，荣辱与共啊。"

"那么赵群那里……"

"我继续盯着！只是我觉得，已经不是一个疑点了。"

皎刚正再不想说什么，和邢举牢求和似的握了握手，就出了门。

整整一个上午，皎刚正都把自己关在屋子里。他要拿出一个详细的侦破方案，但是想来想去也找不到一个新的突破口。他把所有记录和材料放在一起，企图激活自己的灵感，找出哪怕是一丁点可用的东西。但是除了郑树民的影子依稀可见，其他就都是一团一团的烟雾了。实际上连郑树民的影子也仅仅是忽隐忽现的一个幽灵，他长的什么样子也不知道呢。忽然，他一拍桌子骂了自己一声"笨蛋"，死者的血型不是已经化验出来了吗，为什么不可以再从赵群那儿问一问她丈夫的血型？如果郑树民的血型和死者的血型相同，那么即是赵群被人蒙骗，她也会从骗局中脱身而出。

皎刚正当即给邢举牢打了电话，邢举牢的办公室已没有人了。一看时间，他才知道早已下班了。再打邢举牢的手机，邢举牢的手机却关着。心急也没用，只能等到下午再说，血型又不会长翅膀，不像金钱似的谁都可以寄。当他刚想离开屋子回家吃饭，自己的电话倒响了。

"啊，就回来就回来！"他心想是妻子催他回家。

电话里却是郭淑红的声音说："刚正哥，我再回来你还要吗？"

皎刚正恼火地说："不要！我这个小庙放不下你这个大神了。"说完就把电话挂了。

但是当皎刚正走到大门外时，突然发现郭淑红就站在不远处的电话亭一旁。

"你怎么又回来了？"皎刚正板着脸走过去问。

郭淑红环顾左右说："就在这儿说话吗？"

皎刚正掉头走着说："好，我为你设宴庆贺！"

皎刚正随便找了个小餐馆走了进去。

郭淑红却立在门外说："这样的饭店也算设宴吗？"

"行了，我可是靠工资吃饭的人。"

郭淑红悄声说："我只想找一个僻静的地方。"

皎刚正说："一人一碗面条，有话去办公室说。"

回到办公室，皎刚正让郭淑红自己倒水喝，他又紧紧迫迫地拨着邢举牢的手机了。邢举牢不知是进入了午休还是去了什么地方，手机总是关着，传呼也不回。

郭淑红纳闷地说："我远远地跑回来，你连我一句话都不想听了吗？"

"想在这儿干，我现在就给你分配任务，如果仅是诉苦，我一句都不想听！"

"要干可以，你得提前支付我的工资。"

"没有钱，你一天都不能活了吗？"

"是的，我连返回省城的路费都没有了。"

"你不是找到好工作了？你不是可以挣大钱了？"

郭淑红紧咬嘴唇，不让眼泪流下来。

皎刚正终于起了恻隐之心说："我最怕和你们这些女孩子打交道，动不动就流眼泪使性子。好像全天下的人都对不起你们，受不得半点委屈。这样，我还敢用你吗？我这儿可是恶水桶，用一句脏话说，就是人嫌狗不爱。坏人怕我们恨我们，把我们看成眼中钉、肉中刺；真正的好人也不愿意找我们做朋友。尤其是社会风气不好的今天，连好些老百姓都骂我们是警匪一家，欺软怕硬哩！何况我们内部也不是清水一潭，为当官，为发财，为这样那样的事情窝里斗。

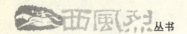

说实话，当初如果我还有别的办法，真不想把你一个女孩子女大学生放在公安系统。这不，我和陶成华闹了一点点不愉快，立即就把灾难转嫁到你头上了。"

郭淑红说："我也是看到了这些才决心自找门路。"

"那你怎么又反悔了？"

"我心不甘啊，刚正哥。你知道我那个同学给我找的什么工作？昨天晚上她还说得我心花怒放，可是上午带我去培训，我才知道她是让我搞传销。我和她分开才半年多的时间，没想到她自己受骗上当，而且还要拉我入伙再去骗别人。"

"你入伙了？"

"没有。可是租房子买床板把所带的钱全花光了。我真怕他们把我软禁了，什么都没退就跑出来了。"

"我不是说好让你再等几天吗，怎么就差点上当受骗了？"

"同济县我也是一天都不能待了。待在家里，不但惹得父母亲愁眉不展，连村上人都怀疑我犯了什么错误。工资一停，我爸竟把我驱赶出门说，就是刀山火海也让我先去报到先去上班。我硬着头皮又去了局里，可是局里不再给我开介绍信，还要我等候除名处理。没办法，我也死心塌地了。我看到墙上贴了一张家具店的招工广告，去了一打听，又听说他们的老板是什么白总，我一下子就想起那个白光斗了。你不是说他和陶成华亲密得像一个人一样吗？我还敢去他那儿……"

"在家具店你还看到了什么？"皎刚正敏感地问。

"经理是一个年轻的女人，刚刚开张生意就十分的火爆。"

皎刚正不得不把郭淑红先安置下来。他打通了县局局长的手机直接说，他已经给王乾坤局长打了招呼，想把郭淑红借过来用一段时间。那个局长颇有为难地哼哈了好一会儿说，不是他不给皎刚正面子，而是这件事只有一个人说了算。皎刚正说王乾坤说话也不顶用吗？那个局长神秘地一笑说，恐怕用不了多长时间，他们共同的老板就要换成陶成华了。皎刚正一惊问他听谁说的？局长问皎刚正还看不出来吗？陶成华大张旗鼓地搞什么"严打"绝不是一时的心血来潮，不是白金明书记也过来临阵助威了？皎刚正呆愣了一会儿，又提起郭淑红的事情说，借用一个人也不会得罪谁吧？局长想了一下才中庸地说，他可以将关系暂且保留，将来真有人怪罪下来他可是什么都不知道。皎刚正知道这样的"耍滑"也算给他的面子了，道了声谢谢后就说那他就去找人了。

放下电话皎刚正又想，看来一切都得抓紧进行，如果陶成华过来的传闻是

真的，那就说明白光斗也在悄悄地采取着更大的行动。只有提前把证据抓到手，才能把白光斗的头摁在瓮里。

郭淑红见皎刚正神不守舍的样子，站起来说："求你借我一点儿钱，还是让我走吧。"

"噢噢，把你忘了，坐下坐下，我现在就给你分配工作了。"

郭淑红半是惊喜半是疑惑地坐了下来。

皎刚正严肃认真地说："你现在就去市纺织厂家属院找一个叫赵群的女人，别的什么都不说，只让她提供她丈夫郑树民的血型。如果她说不出来，再让她提供她丈夫都在哪些单位工作过。如果赵群不在家，你可以向她的邻居询问郑树民都在哪些单位工作过。不要等赵群回来，快去快回吧！"

"你说我真的上班了？"郭淑红高兴地问。

"上班！我也顾不上别人怎么说了。"

郭淑红跳跃着走到门口，忽然又一下子站住了。

"别害怕，赵群只是一个单身女人。"皎刚正提醒说。

"我……我是不是需要个证明。"

"哟，你不但需要证明还需要钱呢！"

郭淑红不好意思地说："后一条最重要，你总不能让我来回步行吧？"

皎刚正先从自己身上掏出二百元给了郭淑红，又安排了她的住处说："我给局办打声招呼，你暂时先住招待所吧。"

孙维孝是下午赶回来的，他把两只长方形的大竹筐提进皎刚正的办公室说："我和小谭顺便还在咱们市里转了一圈，有两家土产商店就出售这样的筐子。"

皎刚正说："你是说我们前次发现的那个摩托车的车印和这两个筐子同为一个人遗留下的？"

孙维孝指着联结筐子的两根棍子说："很显然嘛，这样的筐子本来就是给跑生意的小商小贩制造的，并且只能架在摩托车的后架上。"

"那么，为什么摩托车和筐子又分离两处呢？"

"从发现这两个筐子的地方看，它是被骑摩托的人后来才扔掉的。也就是说，骑摩托车的人在烧车毁车之前，还需要这两只筐子作掩护，办完了他应该办的事情就觉得这两个筐子已经不需要了。"

"不！他又想改头换面。"

"他妈的，怎么又冒出一个小商小贩呢？"

"还有什么发现呢？"

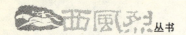

"筐子里装着几只死鸡，当然那几只死鸡也可能是后来才死掉的。啊，筐子里还放着一个手电筒，是那种四节电池的。"

"手电筒呢？"

"我已经让小谭过去提取指纹了。"

"这样就可以肯定这个骑摩托车的人就是毁车烧车者！"

"当然可以肯定。没有手电筒他怎么在夜晚那么详细地寻找大卡车上的数码和标记。"

"这两个筐子是谁发现的？"

"一个放羊的农民。筐子也是扔在公路旁的一条浅沟里的，这个农民正好是个复员军人，还算有一点儿头脑，他觉得奇怪，就报告公安局了。"

"那辆烧毁的汽车呢？"

"那边的交警部门已经送废品回收公司卖成钱了。"

"能不能追回来？"

"我去了，早不见影子了。说不定已经化成铁水了。"

"坏了坏了，咱们是抓了芝麻丢了西瓜，我想毁车的人再搞得仔细，也没有把机器全拆开嘛。那些机器零件里就不会留下出厂的日期和什么序列号码？"

"全是邢举牢他妈的搞乱了！他盯了个赵群，就好像一切的突破口都集中在赵群身上了，把咱们……"

"你再去追！就是一堆废铁疙瘩也要追回来！"

"根本不可能了。就是没化成铁水，也是压成铁坨坨了，你还能认出哪一坨是那辆东风大卡车？为这事我还和他们交警队吵了一架呢。"

"他们怎么能私自处理？"

"人家的理由很充分呀。一是咱们也不能认定那辆车就是咱们这边的；二是车翻在他们境内处理权就在他们。"

"这……这不是还牵扯着一个案子嘛！"

"别忘了人家是另一个地区，再说，人家以为咱们看过了现场就没有什么事情了。"

"他妈的！把一个最大的证据弄丢了。"

"如今这世事么，都是钱作怪，只要能换几个钱，什么不敢卖？！"孙维孝说完又问这边的情况。

皎刚正的目光却盯着那两只筐子说："一个女人的事情还没有查清，从哪儿又钻出一个倒卖鸡的商贩了？"

11
金钱的力量

邢举牢一个下午都坐在酒桌上。他是被赵群领去见白光斗的。本来，邢举牢到赵群那儿，只是想问一问她丈夫寄回的钱收到没有，没想到赵群不但收到了钱，而且还点出陈根娃说："没事了，什么事都没有了，我家那口子就是被咱们市上一个大老板派过去的。"

邢举牢不相信地问："哪个大老板？大老板还有我不认识的。"

赵群喜滋滋地说："说出来吓你一跳，白光斗嘛！白光斗你肯定认识？"

邢举牢大惊失色地说："他?！怎么是他呀？"

"看把你吓成什么样子了，我早听说郑树民那东西和白光斗关系不错，可是我那狗东西总是给我保密。现在想起来也不怪他，我打心眼儿里看不起他，时间长了，他还能给我说实话吗？"

"白光斗亲自给你送来的钱？"

"我哪能见上他呀。人家是大老板，是名人，噢，听说还是市委白书记的儿子哩！他是让他下边的人送钱给我的，姓陈，对，叫陈根娃。人家白老板用的人也老实，我想感谢地请他吃一顿饭，他也不吃。"赵群激动得眉飞色舞，一说话就断不了线似的。

说者无意，听者有心，邢举牢真想立即去会会白光斗了。

"你还有啥怀疑的？郑树民能给他干事真是烧了高香了！这二年我们的日子能慢慢过得像个样子，现在看起来都是白老板在后边暗暗地帮了我们的忙呢。"

"你能带我去见见白老总吗？"邢举牢惴惴心动地问，他觉得带着赵群去见

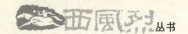

白光斗就是以工作出面，就不显得唐突和冒昧了。

"我去？"赵群既向往又怯畏地说，"我去好不好？人家白大老板是个大忙人，……不怕您笑话，我也很想见，但是一说去，还真有点儿害怕呢。"

"你把他吹成神了。"邢举牢不失尊严地说。

"他在我心里可真是神哩！那么一个大人物，听说走到哪儿都山摇地动的，可是我怎么就没见过呢？人家他爸是书记，可是人家就是不靠他爸发财，硬是凭着自己的本事把生意做大了，听说他下边的公司呀门店呀就有几百个，全国各地哪儿都有！这还不是神是什么？有的干部子女就不行，只想着趴在他老子的背上升个官，再有啥本事？"

一句话点到邢举牢的痒痒处，他更是急不可耐地站起来说："走吧，当面把你丈夫的事情对质一下我也就放心了。"

"你说我能去？"

"这是公务！可不是求他办什么事。"

"好好好，沾着你们公安同志的光我也能认识一下白老板了。"赵群就像要和谁相亲似的，快速地进里屋换上了刚买的西式套裙，又洗了脸喷洒了香水，才跟邢举牢出了门。

白光斗的集团公司虽然拥挤在普通的写字楼上，但是对好些人来说都不是什么秘密。邢举牢不用打听就直接来到这里，当他抬头望着三楼的窗户时，突然间又觉得不合时宜。这儿毕竟是白光斗办公的地方，人多眼杂的，带一个女人来和他对质，不说白光斗会不会发火，白书记知道了也会耿耿于怀的。

邢举牢有点儿后悔，但又拜见心切，他没敢下车，又问身旁的赵群知道不知道白光斗的电话或手机号码？这时候的赵群已经屏声敛气，轻轻摇摇头说，她不知道。邢举牢让司机把车往远处退了退，心想还是托门卫传个话，把白光斗约到别处好。正当他犹豫不决时，一直盯着车外的赵群却轻声惊叫着说："他来了！你看，他就是我说的陈根娃。"

不等邢举牢下车，陈根娃就径直来到车旁问："是找我们白总吗？"

邢举牢推着车门说："对对，白总在吗？"

陈根娃压住车门不让他下车，脸上却是温和地说："白总知道你们会来呢，但是他现在人不在。"

邢举牢连忙歉意地说："那我们再约时间，或者你把他的手机告诉我，一点点小事情，我和他通个电话就行了。"

陈根娃拉开后门坐了进去说："走，你们要问的事情我也知道。白总交代过，说是你们来先让我招呼好，再和他联系。"

邢举牢不好意思地说："这这这……太麻烦白总了吧。"然后一拍司机说，"去绿树林饭店，我请客！"

陈根娃却说："我们白总从来不进过于豪华的饭店，还是去红芙蓉吧，那儿是我们的定点饭店，我已经联系好了。"

"那就客随主便了。"车开了以后，邢举牢又觉得带着赵群不合适，试探地问陈根娃说，"那……小赵同志就不必去了吧？"

陈根娃平静地说："今天你们是谈公务，一见一说不是都清楚了吗？"

赵群连忙说："实际上已经清楚了，再别说郑树民！人好好地活着给我挣钱，让你们这样问来问去的，活人都说成死人了！你们公安局也真是的，不去抓坏人，总是在好人身上打转转。我……我跟着你邢科长来，也只是想见见白老总，不当面感谢真说不过去。"

邢举牢下不来台地说："我只是害怕对白总影响不好。"回身用征询的目光看着陈根娃。

陈根娃丝毫不在乎地说："去吧去吧，都一块儿去。"

赵群感激地说："你看白老总身边的人多有礼貌。"

进了一间宽敞的套房，邢举牢就是一脸的讶然了，没见过大世面的赵群更是慌乱得手足无措。这是一个两间相连的大雅间，外屋吃饭，里屋就是玩耍的地方，能唱歌，能跳舞，还支着一张麻将桌。里边的屋子还套着卫生间。

"白总不知能来不能来？"一落座，邢举牢又提醒陈根娃说。

"就是，白总不来就让我走吧。"赵群战战兢兢地说。

"我出去联系一下。"陈根娃走出门说。

邢举牢满怀希冀而耐心地坐了下来，还悄悄地把手机关了。在他看来，能和白光斗巧遇一起，再热热情情地吃一顿饭，这才是今天的大收获。

陈根娃不一会儿就走进来说："邢科长今天真是碰上好运气了，白总就在这里呢。他正招呼外地的几个客人，把客人送走就过来了。"

邢举牢连声叫好后，又想把司机打发走说："哎呀，你嫂子还不知回没回家，可别把孩子的饭耽误了。"

司机知趣地站起来说："我过去看一看，回去你打传呼吧。"

陈根娃客套地拦了拦说："那不行，我们白总可是一视同仁，无论如何你也不能走！"

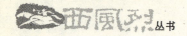

　　司机习惯地说："我等会儿再过来。"

　　陈根娃从里间取出两条好烟说："不吃饭就得带两条烟，这也是白总给我们定下的规矩哩。"这才把司机送了出去。

　　其实白光斗也是从外边赶来的，这几天他哪儿都不能去，刚才就在写字楼上的办公室里坐着。看见一辆警车驶到楼下时，弄不清来的是哪一个，就让陈根娃先下来把人引到饭店去。陈根娃打了电话说，来的是一个姓邢的科长，他就明白是邢举牢了。白光斗还不想和皎刚正尽快见面，一是不摸皎刚正的底牌，二是陶成华和皎刚正闹了不愉快后，他总怕皎刚正把问题看在他的头上。邢举牢插了手，白光斗又相信了自己曾经得意过的"有神相助"，尽管他和邢举牢也不是很熟悉，但他却知道邢举牢和皎刚正一直闹矛盾，这就足够了！只要把邢举牢紧紧牵到手，皎刚正也就只剩下唉声叹气的份儿了。

　　白光斗推门进来后，故意迟疑了一下说："这……都是哪一位，是不是先来个自报家门吧？"

　　陈根娃抢先介绍说："这就是我们白总。"

　　白光斗责怪地说："狗屁呀！我叫白光斗，平头百姓一个。"

　　邢举牢一把握住白光斗的手摇着说："幸会幸会，我是邢举牢，在百忙中打扰你真是不好意思。"

　　白光斗眼一亮说："邢科长嘛！知道知道，早听说了，一直没有机会坐到一起，也是咱人微言轻，高攀不上哟。"

　　"胡说胡说，今天能和你认识，我才是三生有幸呢！"邢举牢的脸上笑成了一朵花。

　　白光斗松开手又寻找着赵群说："咦，那一位漂亮的女士呢？"

　　赵群从白光斗的身后跳出来说："我……我是赵群，郑树民的……爱人。感谢你了，白老总。"说着深深地鞠了一躬。

　　白光斗不自觉地后退了一步，又一步上前握住了赵群的手开着玩笑说："白老总是谁？我怎么不认识？"

　　赵群嘴唇哆嗦了半天才说："白总，你这么平易近人，刚才我还不敢见你哩。"

　　白光斗拉她一同坐下说："邢科长你听听，又是平易近人又是白老总，我也不知我是老了还是在外边名声不好？"

　　不等邢举牢说话，赵群又惶恐地说："我……没有多少文化，你们是不是笑话我了？"

邢举牢接着说："是白总会搞气氛。你看，几句话一说，大家都好像是老朋友了。"

白光斗先对门口恭候的陈根娃说："上菜吧。简单一些，弄几个像样的就行了。"再转向邢举牢说，"一是人不多，二是你这句话才算说对了，真正的朋友可不在乎迟早。我从来不喜欢搞什么形式，也不喜欢装腔作势的人！"

赵群又引火烧身地说："我不是装腔作势，我是和你们在一起有点儿紧张。"

白光斗心里厌恶这个女人太爱说话，却不得不哈哈大笑着说："你是紧张郑树民吧？要不然我给你把人叫回来？"

"不不不，我才不稀罕他回来呢！回来也是吵架，我一人多舒服。再说，你白总好不容易……"

白光斗打断了她的话说："别容易不容易的，让邢科长开始谈公务吧。"

邢举牢双手一摊说："还谈什么？这不是一切都清楚了吗？全是一场误会嘛！其实连误会都谈不上。现在这人，常年在外边不回家的多了。不只是赵群弄错了，还有好些人一开始也觉得那个死者是他们的亲人。只是凑巧的是那个死者据推断也是一个开车的，而且在别的地方又发现了焚毁的车……这才差点儿闹出了大笑话。"

"我可以再说话吗？白总。"赵群问。

白兴斗皱起眉头说："你别问我，现在我们共同是邢科长的询问对象。"

邢举牢瞅着白光斗的脸色，也不悦地说："解释的话就不用说了吧。"

赵群说："我不是解释，我是要给白总赔罪。他这么忙，我还给他添了乱子。白总，对不起了！"

白光斗宽容地说："其实我也有责任，我只知道两口子嘛，谁还能不知道谁在干什么，没想到你们这个两口子竟然真是背靠背了。"

邢举牢很随意地说："白总真是生意兴隆通四海，在南方也有分公司。"

白光斗说："不不，我只是在朋友那儿凑份子，也算互相帮忙吧？"

"郑树民这一去需要多长时间？"邢举牢顺着话题问。

"说不准。"白光斗搪塞了一句，又极力岔开话题说，"邢科长问得很细致呀，是不是想到南方玩一玩？好，只要你有时间，我马上就给你安排一次机会！"

"白总，有你这句话我已经很幸福了。可是我们是身不由己呀。"邢举牢诚惶诚恐地说完又怕冷落了赵群说，"人家赵女士才应该去一趟呢。"

赵群甜蜜地看着白光斗，见白光斗的脸上掠过一丝阴影，连忙说："我去了

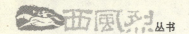

也不找他，白总的事情多要紧呀，我还敢给白总再添麻烦。"

白光斗说："不瞒你们说，我这儿真有个不好的规矩，当然仅仅是指做生意而言！那就是谁要给我干事，就不能受家庭的连累。不信你们问一问我身边的这位陈先生，他和我说起来还是亲戚，论年龄我一直叫他哥。可是他究竟在我这里干什么，好几年了他的家里人至今也不知道。我这儿需要一心一意的人，一旦有家里人不时地找上门，婆婆妈妈的事情就太多了！所以我宁愿多出工资，也不允许任何人受到外界的干扰！到赵群女士这儿真是打破我的常规了，不是哪个王八蛋弄出了个焚尸案，我肯定还不会告诉赵群的！哎，你们公安局也太无能了吧？焚尸案破不了，可总是让我们这些老百姓安静不下来！"

邢举牢有点儿结巴地说："我我，没有具体办案子，只是这件事……多多得罪，还请你海涵了。"

陈根娃从里边拿出一瓶茅台酒过来说："白总，就是这么几个菜，你看够不够？"

"够了吧？邢科长你说话？"白光斗纯是客套地说。

"这已经让您破大费了！"不是白光斗刚才的嘲弄，邢举牢早就喊出来了。

菜虽然不多，却个个是精品。一盘海蟹，一盘鱼刺，一盘龙虾，一钵清炖王八，再配了几盘清素素的凉菜就全齐了。

"来呀，赵女士，"白光斗热情地招呼赵群说，"这里也不分客人主人了，我也从来不搞什么讲究，都开吃吧！噢，不管你平时喝不喝酒，三杯茅台你可要喝下去。今天能坐在一起，一是配合邢科长完成公务，二是也该给你压压惊。"

赵群愧悔万分地淌出了眼泪说："白总，听你刚才那么一说，我都想找一个地缝钻进去。我……我以后再不乱掺和了。"

"哟，哭更不好。"邢举牢替白光斗分忧解难地说，"今天对你我来说都是喜事，不要再把高兴事闹成伤心的事了，来，先和白总陈先生碰一杯！"

"我高兴，我太高兴了！"赵群一把擦干了眼泪举起了酒杯。

酒足饭饱，邢举牢就意犹未尽地说他该走了。

白光斗执意挽留说："你今天出来也是上班，还非得回去不行？"

邢举牢正中下怀地说："我没事了，只是怕打扰了你的事务。"

"见一次不容易，再坐一会儿吧。"白光斗扭头看着赵群。

赵群聪明地站起来说："你们坐，我先走了。"

邢举牢恨不得她立即离开，抢先说："赵女士今天也喝得不少，这种酒后劲大，还是回去休息的好。"

陈根娃送赵群出了门。白光斗稍坐了一阵，忽然又不放心地追了出来。陈根娃和赵群已经走到了大厅，见白光斗过来，就一齐站住了。

白光斗把他们叫到大厅一角的沙发上坐下来说："赵群，我忽然又想起了一件事，不知你愿意不愿意？"

赵群果决地说："白总让我干什么我都愿意！"

白光斗叹息了一声说："能让你干什么呢？还不是对你的关心。郑树民可能一下子不能回来，我想你一个人也会心慌孤独的。"

"我不心慌不孤独，有你的关心我也不乱跑了。好好地给郑树民守着家，他以后回来我绝不和他再胡闹了！"

"说得好。但是郑树民忙得还是不能给你打电话，说一句实话，也是我的规矩不让他和任何人联系。"

"我知道我知道，我对谁也不说！"

"这样吧？"白光斗看着一旁的陈根娃说，"赵群闲着也是闲着，是不是把她先安排到服装店，就任副经理吧。每月的工资先定两千元。"又转向赵群说，"当然我让郑树民以后每月再不给你寄钱了。如果你还有别的大花销，随时说一声，从我这儿先拿着。"

赵群激动得差点儿蹦起来说："白总，我只要能在你手下干事，就是……就是郑树民一辈子不回来我都不想他！"

陈根娃有点儿烦躁地说："走吧，我现在就给你安排一下。白总的事情还多着哩。"

"现在？我现在就去上班了？"赵群不敢相信地问。

白光斗耐心地叮咛说："我处事从不拖泥带水，可是要求也十分地严格。一是绝对要坚守岗位，二是不能和别人乱交往，三是不该问的不问不该说的不说。"

"白总这样看得起我，我还有什么不能做到？白总您就放一百条心吧！"赵群表决心似的说。

陈根娃这才带着赵群走了。

回到套房，邢举牢还在稳稳地坐在那儿抽烟，白光斗日理万机地说："我们这些泥饭碗比不上你们的铁饭碗，陪朋友也不能消闲着。"

邢举牢不好意思地说："白总这么抬举我我真是承受不起了。咦，陈先生怎么不进来，你可别让他再安排什么活动了。"

"打发走了，我只想和你一个人说说话。"白光斗也点了一支烟说。

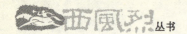

　　邢举牢掏出手机，又果断地丢在一旁说："不管他，他爱争什么就让他争去好了！"

　　"你是说皎刚正吧？"

　　"你和他很熟悉？"

　　"我和你们这些人从来不打交道，可是今天却认识了你，这恐怕是缘分了。不过，一切事情都瞒不过我吧？听说你们有点儿那个？"

　　"狗急跳墙了！昨天晚上他还告了我的黑状，让白书记……啊，你爸平时对我也不错，可是昨天晚上却把我美美训了一顿。不说了不说了，现在想起来我也是因祸得福了，要不然还能和你坐在一起。"

　　"又是为你们那个焚尸案？"

　　"可不是吗？案子破不了，白书记的心情我也能理解，他也不是训我一人，王乾坤和各位局长们也都齐齐地挨训了。你说皎刚正够不够人，为了一个死人案，非要闹得鸡飞狗上墙的！这不，白书记下了死任务，焚尸案不告破，连局里的班子也不能动。"

　　白光斗心一紧，这不是父亲催儿子的命吗？何况还不是一条命，哑巴媳妇和母亲似乎已经有了什么担忧，尤其是哑巴媳妇，如今也是有孕在身的人，用心灵感应世界的人可是见不得一点儿风吹草动呀！他本想有父亲在还能时常听到一点儿消息，现在看来，父亲倒成了最危险的心理障碍。当然这样的障碍仅是亲情上的羁绊，有父亲在，他心里的负担就更加沉重；有父亲在，他就不能更加露骨地四面突围，从中作梗；有父亲在，万一再露出什么马脚，别人又会开出包庇的罪状。蒙在鼓里的父亲，一旦幡然醒悟，又会是什么后果呢？有人再对父亲落井下石，那就连最后一道关口也崩溃了……

　　"你瞧，我咋说这些，白总是不是听烦了？"邢举牢见白光斗一时无言，连忙抱歉地说。

　　"不不，你随便说。我这脑子总爱走神。"

　　邢举牢倒不知道再说什么好了。

　　"你应该再努力地上一个台阶嘛。"白光斗引向了他心中的话题。

　　"这……这就需要借助您白总的大树了。"

　　"可以！"白光斗爽快地说，"但是你不要以为我是去求我的父亲，你可能早已听说过，我们父子俩的关系很特殊，所以就很少来往。当然，我如果给你从上边活动好，他也不会阻挡，或者说他没有阻挡的力量。"

　　邢举牢受宠若惊地瞪圆了眼睛说："这就太感谢了！那……需要我做什么？

对，钱不成问题，你说我先拿几万？"

"我整天和钱打交道，一听钱字心里就发腻了。你先不要着急，也要给我活动的时间嘛。再说，目前皎刚正和你正较着劲，你动得太快反而会惹出一些是非。你就相信我的能力吧，这桩小事包在我身上了！"

"好，不急不急。"邢举牢不停地搓着双手说，"我知道我也帮不上你什么忙，可是真有用得着兄弟的时候，我一定会效犬马之劳的！"

"行，用得着的时候我会找你。"白光斗说完就出去了，不一会儿他又领着本饭店的经理和一个女人进来了。"你们也都是老熟人，来，玩几圈牌吧！"白光斗提议说。

"熟人熟人。"他们都互相握了手说。

这时候的白光斗却变得憨态十足，他把自己的皮包往桌子上一扔说："我在牌场上老是不进步，都是这个名字叫得不好——白光斗，光爱和别人斗，但又总是白老送。那我就给大家赞助了。"

那个经理和那个女副经理也会意地说："邢科长来了谁敢赢呀。"

四个人说说笑笑地向里间走去。

12 取证的困惑

天已黑下来，皎刚正还坚守在办公室里。郭淑红没有返回，邢举牢也一直不和他联系，一切都使他惴惴不安。正当他想去寻找郭淑红时，孙维孝却一步跨进门说："手电筒上的指纹是一个人的，而且十分的模糊。"

皎刚正拿过手电筒看了看也皱起眉头说："别说这个人会不会戴手套，就是手电筒上细密的纹路本身就破坏了指纹。"

孙维孝说："有一点可以肯定下来，这个手电筒上沾上了油污，所以说这个人无疑是那个毁车烧车的。"

"可是找出这个人非常艰难呀。"

"我想我们既然盯上了白光斗，就先想办法把他的指纹取过来。"

"我以为白光斗绝不可能亲自出马去干毁车烧车的事情！"

"那么还能怎么办呢？现在白光斗还是唯一的疑点唯一的缺口呀！"

"我们只是怀疑白光斗牵扯到焚尸案之外的案子，总这么盯着他不放，是不是会使杀人的歹徒更深入地隐藏了？再说，没有了焚尸案，我们怀疑的案中案也就无从谈起，白光斗的一点把柄也抓不到了。"

"不是无从谈起，而是你又有点儿害怕了！也许只是不自觉的，但是你必须承认你下意识中的心虚。"

"我还害怕什么？"

"害怕一旦和白光斗正式交火就会引发更大的风波。害怕一旦查错了白光斗就终生抬不起头了。这样的担心和风险是难免的，我想，假如白光斗是一个普

通的老百姓，或者说他只是一个一般的经商者，那么你还会不会瞻前顾后、优柔寡断呢？恐怕早就派人到他身边卧底了！甚至已经传讯让他过来把他最近的活动说清楚。"

"好，我现在就派你去白光斗的身边卧底！"皎刚正激将说。

"去就去！就是引申到白金明那儿，我也会大踏步地走进他的办公室！"孙维孝说着就要出门。

"老孙老孙，"皎刚正连忙喊住他说，"我们还是找到郭淑红再说吧，你不怕这样反而会把事情搞坏了吗？"

孙维孝一笑回头说："我越来越觉得白光斗才是我们的主要对手，他和焚尸案是相辅相成的！甚至可以说，焚尸案的制造者能如此沉稳地和我们周旋，正是因为他们也知道白光斗的底细，或明或暗地借助白光斗的力量和我们绕圈子。所以说，我们只要紧紧揪住白光斗不放，焚尸案的制造者也会如坐针毡，自我暴露。"

"走，先听听郭淑红的消息吧！"皎刚正说着就出了门。

为了不给赵群造成更大的错觉，皎刚正和孙维孝同是便装，拦了一辆出租车去往纺织厂。老远他们就下了车，沿着林荫浓密的人行道走到纺织厂的家属院门口时，却不知该不该打听赵群的住址。邢举牢半天都找不到人，他如果在赵群这儿有了别的发现，再贸然闯进去就又闹成了一场误会。但是郭淑红绝不会和邢举牢在一起吧？怎么连她也不见人？

皎刚正和孙维孝窃声悄语地议论着时，郭淑红就轻步从街道的对面跑过来了。

"你把你的任务忘了吗？"皎刚正走到远处才低声问。

郭淑红说："忘了我还能不回去？到现在我还顾不上吃饭呢。"

"是找不到赵群的人吧？"孙维孝说。

郭淑红详细地汇报说："我一来先打听赵群住在哪里，赵群的一个邻居说，快吃中午饭时，来了两个公安进了赵群的屋子，他们说了一会儿话，就一块儿出去了。我心想是邢科长他们，但又怕是同济县那边来了人。你们不是说让我一定要把情况弄清吗？我就一直等着赵群回来再问个究竟。可是赵群到现在还不见人影，刚才我又问了她的邻居，两边的邻居不知是被公安人员反复地出现吓坏了，还是真不知道郑树民原来都在哪些单位工作过，一律摇头说，这几年郑树民就总是早出晚归的，也时常一出去就是好些日子不回来，谁能和他搭上话呀。我说赵群和郑树民结婚好些年了，厂里就没人知道郑树民以前的工作单

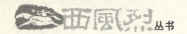

位？他们好像害怕惹出什么是非似的说，赵群也不是飞了，你等着问赵群吧！我知道找见赵群有多么重要，还敢离开半步吗？"

皎刚正嗔怪地说："那你也应该打个电话吧！"

郭淑红执拗地说："我一无所获，打电话说什么？"

孙维孝立即觉得她是一个不错的好助手，也关切地说："你刚正哥是怕你出了什么事，半天不见人谁不操心哪。"

"以后别哥哥妹妹的！"皎刚正纠正孙维孝说，"我先给小郭买两个烧饼垫垫饥，你们继续在这儿等候着赵群。"

"我去吧，赵群我又不认识。"孙维孝说。

"谁也不认识。"皎刚正迈着步回头说，"凡是进大门的年轻女人一个一个地问。"

正是暑期，纺织厂的穷工人谁愿意待在闷热的屋子里，那边的大门口不时地有人出出进进。郭淑红赶紧又站在那边去了，但是皎刚正买烧饼回来还没有发现赵群。皎刚正把烧饼送给郭淑红又回到远处的孙维孝身边说："这个女人真好像和我们捉迷藏了。"

孙维孝说："我以为同济县那边没有任何理由要见赵群，还是邢举牢把赵群带走了。"

"这同样让人觉得大为蹊跷。他能把赵群带到哪里去呢？"

"别伤脑筋，赵群被人挟持走了也说不定哩。"

"所以说我们就是今天晚上在这儿轮流值班，也一定要找到赵群的下落！"

"小郭累了一天了，我过去换换她吧。"

"别动！"皎刚正的眼睛突然盯着一辆慢慢减速的出租车说。

那辆出租车果然停在了厂家属院门外。从车上下来的也真是一个年轻女人，她穿着一身西式套裙，好像刚刚烫了头发，一边走还一边自我欣赏地撩拨着额前卷曲的刘海。

郭淑红拦住了她问："请问你是赵群吗？"

"我是赵群。"赵群收住了兴高采烈的神情说，"你是谁？我好像不认识你。"

"请你过去和我们说几句话好吧？"郭淑红文雅而礼貌地说。

赵群茫然地向这边看来，她发现那边的树荫下还有两个人影后，惶恐地向门里退缩着说："天这么晚了，你们还找我干什么？我可是从来不和不三不四的人打交道！"

孙维孝大步走向赵群说："对不起，实际上我们找你好几次了。"又掏出警官证亮了亮说，"我们是公安局的，怕进去对你影响不好，就想在外边说几句话。很简单，只说几句话。"

赵群迟疑了一下，见皎刚正也迎了过来，才不得不离开门口向这边走来说："公安局的？你们怎么没完没了啦？"

皎刚正站在赵群面前说："我们才是第一次见面嘛，怎么就成了没完没了？"

赵群胆怯地低了声说："邢科长不是你们的人吗？他不是已经见我几次了。"

郭淑红在后边插话说："我们和邢科长问的不是一回事，你能说说郑树民都在哪些单位工作过吗？"

赵群好像放下了心，态度就蛮横起来说："这还不是一回事情?!他找郑树民你们还是找郑树民，郑树民没死都让你们咒死了！你们再这么搞，我非得到法院告你们不可！人活得好好的，找来找去找啥呀?!"

孙维孝也严厉起来说："配合我们执行公务是你应尽的义务，我们还不敢问你话了！"

"如果是问郑树民，我确实不愿意说了！邢科长问了还不算，还要再派你们来，那我明天就找邢科长，他可是说过一切都清楚了！"赵群说完又疑惑地问，"你们是公安局的还能不知道邢科长，邢科长就不是你们的领导了？"

"能告诉我们你今天都去了哪里干了些什么事吗？"皎刚正仍然平静地问。

"我又没犯法，干什么事还要给你们说吗？"赵群好像有了什么靠山似的，一说话就是硬邦邦的。

"不说可以。但是郑树民都在哪些单位工作过，这总不是秘密吧？"

"我不知你们这样和郑树民过不去为了什么？再说我对你们也信不过！"

郭淑红说："赵大姐，其实你这样遮遮掩掩的，才是没有事反而闹出事了。你想一想，我们查出郑树民的工作单位还不容易，可是来问你，不就是对你的信任吗？像你这样的态度我们不想查也要查一查你了。好，明天一早我还在这儿等你，这可是我的任务哩。"

皎刚正一扬手说："好，那我们就走人了！"

赵群连忙追上说："我今天上午哪儿都没去，就是等着你们公安局有人找。快吃中午饭时邢科长来了，说清了郑树民的事他又让我和他到白总那儿对证一下。然后我和他就去见白老总，白老总请我们吃了一顿饭，我就去白老总的服装店开始上班。下班后我去美容了，顺便也把头发做了做，这不是就回来了吗？噢，还有郑树民的单位没说哩。那狗东西还能找到好单位，最早在搬运公司当搬运工，后来搬运公司解散了，把他又分到了毛巾厂，毛巾厂破产后，他就先

给人帮忙开车，再后来我们就自己贷款买了汽车跑单干了。行了吧？这下我全说清楚了，明天再不敢到门口等我，我刚刚给白老总上班，让他知道了又该说我是爱惹是生非的女人，我找一个好工作真不容易呢，你们千万不敢把我的好事坏了。噢，我再给你们多说一句，我和郑树民那样的老实疙瘩当初能结婚，都是因为我犯过一点点作风错误，纺织厂么，发生那样的事情也不是我一个。挑来拣去的还是跟了一个不称心的人。"

"白老总是谁？"孙维孝心里已经明白，还想证实一下问。

赵群又得意起来说："白光斗呀！他你们总认识吧？郑树民也就是给他干事情，我们两口子真是托他的大福了。"

"他没有给你说清郑树民去了哪里吗？"

"你看你看，你们这还不是没完没了吗？人家那么一个大人物，心又那么好，郑树民跟着他还能干什么坏事情？"

"好了，你可以回家好好休息了。"皎刚正说。

回到办公室，皎刚正和孙维孝都陶醉在一种推测被证实了的兴奋中，终于把白光斗从幕后扯到前台了！再聪明的人都会留下不该发生的失误，如果白光斗一开始就对赵群表现出热情和关照，任何人都不会有什么怀疑的，但他一步又一步的防守却暴露了他的心虚。不是吗？赵群突然要认领丈夫的尸体时，有人还给她从"南方"打来了电话说是寄钱过来，结果三天过后，却出现了白光斗这样洪福高照的大救星。而且一出现就来势凶猛，不但紧紧牵住了赵群的鼻子，好像连邢举牢也和他打得火热了。

"我咋总也弄不明白，你们为什么要抓住一个女人不放，她和焚尸案有什么关系吗？"郭淑红有点儿懵懂地问。

"问题已经显而易见了，郑树民掐着白光斗的命根子，焚尸案如果侦破，就必然要追查郑树民干什么去了？为什么遭人暗害？他拉运的货物是什么？这个货物的主人是谁？这不就直捣到白光斗的老巢了！"孙维孝说。

"如果那个死人真是郑树民，那他就永远不能回来，就这么一直拖下去，白光斗又该给赵群怎么交代？"郭淑红再问。

"这——他也许会采取另外的行动。"孙维孝也有点儿犯难了。

皎刚正一直沉默不语，这时候他才摁灭了烟头说："白光斗是亦步亦趋，我们也只能步步紧逼！我想他将要采取的行动无非是两种，一是希望我们久拖不破，等到一个对他有利的时机，他又会突然报案说，郑树民在南方那边真的失踪了。那时候我们就束手无策，鞭长莫及。二是他一直和我们绕圈子，比如编

114

造出郑树民的长期不归，本来还是为了和赵群彻底离婚的谎言。那时候郑树民已经在南方一个连他都不知道的地方安了'新家'，我们还到哪儿找郑树民呀？"

孙维孝一笑说："白光斗不该拉拢邢举牢，而是应该把你聘为他的高参，你不是已经为白光斗设计好了吗？噢，不行！郑树民的老家还有父母姐妹，他们到时候还不向赵群和白光斗要人了？"

"这又是一个让白光斗头疼的问题。"皎刚正布置着明天的任务说，"我想白光斗目前还考虑得不会很周全，只要我们步步紧逼，他就会不断地出差错，每一个差错对他来说都是致命的打击！利令智昏的人往往都会铤而走险，我们必须不给他留下喘息的机会！这样吧，明天一早小郭就去郑树民工作过的单位追查郑树民的档案，只要把郑树民的血型和死者的血型对上号，我们就抓住最重要的证据了。老孙和我直接与白光斗见面，目的只有一个，那就是先把白光斗的指纹提取过来！"

"是不是先给王乾坤汇报一下，让他有个心理准备？"孙维孝提议说。

"不！任何人都不要惊动了。"皎刚正坚决地说。

皎刚正还没有回到家里，邢举牢就拨通他的手机气呼呼地问："什么意思嘛?! 我已经把道给你让开了，你还要踩我的脚后跟？你是不是非得闹得势不两立才觉得过瘾？"

皎刚正问："你在哪里？咱们是不是见了面再说更好一些。"

邢举牢又心虚地说："我已经睡了。"

"这就有点儿莫名其妙吧？你睡在床上谁还能踩住你的脚后跟。"皎刚正一笑说。

邢举牢顿了顿说："那好，咱们就在我的办公室见面吧。"

"请问你去哪个办公室？"

"还是去你办公室。"邢举牢又变了说。

皎刚正只得掉回了车头。进了办公室，他独自发笑地想，看来白光斗的诱惑谁也难以拒绝，不但赵群成了他的俘虏，邢举牢也一下子几乎是为白光斗的阵营卖力了。他实在预料不到他们这么快就通了电话，而且由邢举牢出面探听虚实了。如同领受了最急切的任务，邢举牢冲进门还气喘吁吁。

"是赵群给你打了电话还是白光斗派你来的？"不等邢举牢坐定，皎刚正就直截了当地问。

"你呀你呀，你让我说你什么好呢。"邢举牢缓着气说。

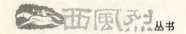

"赵群先打电话给白光斗,然后白光斗又给你邢大人下了指令,所以你就坐不住了!"皎刚正咄咄逼人地说。

"没有你想的那么复杂吧?"邢举牢渐渐地平静下来。

"你还有另外的解释吗?"

"不错!我和他们都见过面了。刚才白光斗也真给我打了电话。我倒要问你,你把我放在什么位置?那么简单的一件事情,没有必要几路人马反复地排查大动干戈吧?一个无辜的女人,你们把人家堵在街道上,但是问的问题又和我今天要查清的问题一样,人家能不怀疑能不害怕?"邢举牢终于理顺了思绪说。

"那么简单的一件事,你可是跑了一个下午啊!而且连手机也不开。"

"手机没电了。"

皎刚正心想他肯定是从白光斗身边过来的,又不好点破说:"说说你这一个下午的收获吧。"

"看来还得从焚尸案本身着手了。"邢举牢一副无可奈何的样子说,"赵群那里的情况就不用多说了,白光斗出面作证我们没有任何理由可以怀疑吧?再说,他们为什么要说假话呢?假如那个死者是郑树民,白光斗和赵群不是比咱们更加急切吗?刚正,可不敢再闹出什么大笑话了!白光斗的身份你也知道,白书记如果怪罪下来,你我可都是要吃不了兜着走呀!这不是从背后捅老头子的刀子吗?"

"问题是白光斗为什么不早早地出面证明。"

"忙,忙!人家生意场上的人怎么能想到一个死人案还涉及他了。"

"那么他已经给你说清了郑树民去了哪里?"

"南方,广州深圳一带。"

"一个开车的司机长期待在那边干什么?到底是广州还是深圳?"

"你这是审问我还是审问白光斗?!"邢举牢又压抑不住心头的愤怒了,"你直接问白光斗好了!"

"你告诉我他的电话!"

"你真敢现在就打?!"

"现在就打!"

"哎哎,你这是干什么嘛?"邢举牢近乎乞求地说,"咱们再不要赌气了好不好?就是赌气也不要连累到别人嘛!"

"你告诉我他的电话!"皎刚正依然严峻地说。

"我和他喝酒了！我和他吃饭了！我还和他打了一会儿牌！你不是就想弄清这些吗？"邢举牢坦然地说，"我打扰了人家，不应该赔情道歉吗？如果人家反告咱们破坏了他的名誉权，那就不是吃一顿饭能收场了——我的皎大人！"

"你告诉我他的电话！"

"好！你想把事情往大里搞我也管不上了。"邢举牢报了白光斗的手机号码。

皎刚正立即拨打着白光斗的手机，那边传来白光斗的声音后，他的话里不再带有火气，但仍是很沉稳地说："白光斗先生吗？我是皎刚正，……对，咱们见过面了……彼此彼此，我也对你留下了深刻的印象。噢，这个时候找你当然有事情，你太不够意思了吧？怎么和邢举牢吃饭不叫我们？……不，明天我请你吃饭，最先干扰你的应该是我嘛！……啊，就这样定了。"

见皎刚正放下了电话，邢举牢释然地长出一口气说："你吓我一跳，这样好，这样就都拉和了。"

皎刚正站起来问："再没有别的事了吧？"

邢举牢出门走着，突然又回头说："我听说你的身边好像还带着一个女人，而且冒充她也是公安局的？"

"噢，忘了给你说，她叫郭淑红，是我过去老师的女儿，在同济县公安局那边受到排挤，我就想在这边临时给她一碗饭吃。"

邢举牢还想问什么，又讳莫如深地开不了口。

皎刚正适时地说："这也算给你打了招呼了，到时候可别说你不知道。"

"知道知道，我早就听说了。前些日子她就来这儿找过你，那时候听说她还在县局干得好好的么。"邢举牢窃笑了一声说，"很好很好，来个女同志，干什么事情都不寂寞了！"

皎刚正叹息说："说起来一言难尽呀。举牢，我老师这个女儿已经让我作难好几次了，一个正儿八经的大学生，总不能让她流入社会吧？"

"那是那是。"

"她的临时工资怎么定你也拿个意见吧？"

"啥事情嘛，你一人看着办就行了！"邢举牢大度地说。

两人说着就分了手。

皎刚正和白光斗的饭局很简单，为了给后边的追查留下余地，他半路上又把孙维孝赶走了。孙维孝正好对郭淑红放心不下，就去了那一路追查郑树民的档案。

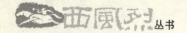

饭店是由皎刚正定的，白光斗不但准时赴约，而且也没带任何人随行。

白光斗踏进门来，见皎刚正早已坐在餐桌旁，连忙双手打拱地说："我紧赶慢赶，怎么还是被你皎支队长抢先了。"

皎刚正和他握了手说："和你吃饭不得不提防呀。"

白光斗愕然地问："这话我怎么听起来不顺耳？"

"今天说好是我请你，但是像我们这些人也只是穷大方。"皎刚正稍顿了一下又说，"你如果把我领进另一家餐厅，我真怕把我的腰包掏空了。"

白光斗大笑起来说："又想请客又怕挨宰，那就不要穷大方嘛！走走走！换一个地方，起码你不应低于邢举牢的规格吧？"

"算啦算啦，咱们的本意也不是吃饭，哪儿不一样啊。"皎刚正稳稳地坐着一动不动。

"本意？"白光斗警觉地眨巴着眼睛问，"你今天还有什么本意？"

皎刚正喊了上菜，再转过头说："没有本意咱们也坐不到一起呀？一个死人案，无端地连累了你，我不该当面说清楚吗？"

"你觉得还不够清楚吗？"白光斗不高兴了。

"可是我该表示一点儿歉意呀。"

"是这个本意啊！好，我领情了。"

简单的三个凉菜上齐后，皎刚正又问白光斗喝什么？

白光斗轻松自然地说："你硬要做东道主，一切就由你说了算。"

"那就一人一瓶啤酒，喝完了事？"

服务员正要给两个玻璃杯倒酒，皎刚正一把拦住说："饭菜简单，卫生还要讲一点，取两个'一次用'吧！"然后又对白光斗一笑说，"穷大方还想穷讲究，饭菜不好可不敢让白总落下什么病呀。"

说得白光斗又哈哈大笑了。

两个一次性的纸杯里倒满了酒，皎刚正举杯和白光斗碰了一下说："来，本意都在酒里了！"

白光斗爽快地喝完了一杯说："刚正，咱们还是互称大名吧？说实话，那些个大饭店我真是吃腻了，今天和你坐在这儿，突然间倒觉得非常舒服。"

皎刚正附和着说："我想凭我这一身皮去哪个饭店也会受到特殊的照顾，只是今天的意义不同，咱们就共同当一回平民百姓吧。"

"我一直是平民百姓啊！"白光斗又举起酒杯说，"来，为你这句入耳的话干杯！"

皎刚正两杯酒喝完就觉得无话可说了。

白光斗很少动筷子，剩下的酒他就自倒自饮地拉着话说："其实你也是多心了，完全没有必要这么客气。干什么就得想什么呀，比如我现在坐在这儿，脑子却不停地转着我那些个门店。所以说你们怀疑到谁的头上都不见怪。当然，一开始我听说你们在追查郑树民的下落，既觉得可笑又觉得生气——皎刚正他们是干什么呀？这不是故意让我难堪吗？后来一想也就理解了，这就是你们的工作嘛，你们也不愿意搞出误会嘛！"

"问题是郑树民走得太离奇，……噢，我是说你把他放得太远了，也有些太突然。"皎刚正看着白光斗的脸色说，"光斗，我觉得你的脑子还应该转在郑树民身上，不要让他在那边再出了什么事情。人么，远离了家庭的束缚，就难说没有个闪失。"

白光斗的脸孔抽搐了一下说："你是为我多虑还是继续怀疑？"

"当然主要是为你多虑了。"

"那么说还有次要的呢？"

"看看，这又脱离我的本意了。次要的事情就不必说了吧。"

"刚正，我不得不怀疑你刚才的本意是不是真诚的！"

"那我就真诚地再多说几句吧！第一，郑树民你真信得过吗？他就那么安心地服从你的遥控？第二，郑树民临走时你不可能把他送出市外省外吧？他如果中途折回把车上的贵重物资转卖了呢？第三，郑树民即使去了南方，他就不能悄悄地返回来吗？如果他返回后又出了事呢？因为据我知道连赵群都一直不知道郑树民的下落，这让任何人听起来都是难以置信的。"

"看来你的本意是要继续追查郑树民？"

"你又误会了。也许这是我的职业习惯吧，一说话就提出了许多假设的问题。但是，我这些假设都可以回到为你多虑的本意！明白地说吧，焚尸案一天不告破，而且郑树民又一直不出现，这中间的内联就不好中断。"

白光斗软溜溜地说："那你们就继续追查吧，我也盼你们很快破案呢。"

皎刚正讨好地说："光斗，查不查与你都没有什么关系了。郑树民的朋友或者说雇主也不是你一个，你还能为他总是操着心？"

白光斗不知是点头还是摇头地说："你……你分析得也有道理。可是郑树民绝不会……当然我不能把话说得那么绝对。但是郑树民这几天还和我保持联系呢。"

"那好。"皎刚正端起最后一杯酒说，"来，喝完这杯酒今天的本意也就到

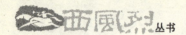

头了！"

白光斗大口喝完站起来说："那我就等待着你明天后天的另一个本意吧！"

皎刚正仍然以东道主的身份把白光斗送出门，然后又回去结账，趁服务员开单的机会，他把白光斗用过的一次性酒杯装进了手包里。

孙维孝垂头丧气地等候着皎刚正归来。

"怎么了？我们的孙维孝可从来不是这个眉眼嘛。"皎刚正一进门就开玩笑地说。

"毕了毕了，郑树民走过的单位都是些烂摊子，先是连一个领导都找不到，后来终于在二轻局找到了他的档案，可是血型栏又是一个空白呀！"

"也是的，有多少人的工作档案里能找出血型。小郭呢？"

"她前脚走，我后脚跑，一直就没有碰上面，也不知她现在去了哪里。"

皎刚正掏出那个杯子说："你立即先把白光斗的指纹取下来！我在这儿等小郭的消息。"

孙维孝再过来后，更加失望地说，白光斗的指纹和手电筒上的指纹对照过了，但是绝不是一个人的。两人正商量着下一步怎么办，郭淑红就回来了。皎刚正问郭淑红去了哪里？郭淑红说她去了交警队的车管所。

孙维孝一拍大腿说："还是小郭心细嘛！郑树民是汽车司机，那儿的档案更严格更详细，快说说，有没有郑树民的血型？"

"有，上面写的是 B 型血。"郭淑红掏出了一张记录纸说。

皎刚正激动地说："维孝，这不是和那位死者的血型一样吗？"

孙维孝当即说："我这就去找赵群说清楚！"

皎刚正却有点儿迟疑地说："仅仅一个相同的血型就能迫使她承认死者是她的丈夫了？"

"赵群只是一个边鼓，我只想把这样的重槌敲给白光斗听，只有让白光斗不停地产生心慌意乱，他才能露出更多的破绽。"孙维孝说。

"我可是刚刚对白光斗说过再不去打扰他了。"皎刚正说。

"可是他不能不让我们找赵群对证吧？"郭淑红说。

"再不敢犹豫了！"孙维孝催促说，"如果让白光斗又闻到了风声，赵群一见我们就会把恰当的说辞放在嘴边！"

皎刚正不得不同意说："那你们先过去给赵群露露底，让白光斗再乱一回阵脚吧。"

13 死棋的复苏

又一个证据被赵群很快就否定了。

孙维孝和郭淑红是在白光斗的"仙凤服装城"找到赵群的，赵群认出又是他们时，非常冷漠地说："我正在上班，有什么事等我下班后再说！"

孙维孝说："只是一句话，就是这一句话我们也不要求你回答，你记在心里就行了！"

赵群说："请你们赶快离开，我一句话也不听！"

"小郭，告诉她！"孙维孝退到大门外说。

郭淑红也是边退边说："赵姐，我们不得不告诉你，现已查明，那个死者和你丈夫郑树民的血型完全相同！"

赵群愣怔了半天，忽然又追出来问："你们……是从哪儿查出来的，我……可是什么都不懂呀。"

孙维孝回头说："看来你并不是一句话都不想听，但是我们也不能告诉你很详细，如果你觉得还有许多话要问，就请你到我们那儿走一趟吧！"

"可是我……正在上班。"赵群嗫嚅说。

"那你自己选择吧！"

孙维孝和郭淑红正要离开，骑着摩托车的陈根娃驶来停下后突然喝问："喂喂，干什么的?!你们把人认清，这儿的主人可姓白！"不等孙维孝和郭淑红答话，他又恶狠狠地训斥赵群说，"给你说过多少次了？上班时连这个大门也不准迈出！"

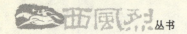

赵群为难地说："他们是公安局的，又来说郑树民的事情。"

陈根娃惊愕了一下，仍是虚张声势地说："回去上班！就是公安部的人也不能打扰别人做生意！"

赵群一下子有了胆量，嗤之以鼻地乜视着孙维孝和郭淑红，昂起头走进去了。

孙维孝一直盯着陈根娃和他的摩托车，脑海里就忽然涌现出毁车现场发现的摩托车印痕和那两只装着死鸡的筐子。

陈根娃被他盯得有点儿发毛，但又强装镇静地说："还看什么？有话也只能下班以后找赵群说！"

"你叫陈根娃吧？"孙维孝问。

"不错！叫陈根娃又怎么了？"

"不怎么，我只是觉得你脾气不小！"

"不杀人不放火就不需要害怕你们吧？"

孙维孝嘿嘿一笑说："很难说。真正是杀了人放了火的人可能比别人嘴更硬！对于这些我相信比你见的更多！"

"我是饭馍吃大的，不是被人吓大的！"陈根娃跨进门去说，"我也相信这儿没有你们要找的杀人放火犯。"

走出一段路，孙维孝又悄声对郭淑红叮咛说："你先在这儿留着，如果我的判断没错，陈根娃很快就会找白光斗汇报。"

孙维孝先回到皎刚正那里，皎刚正问他赵群的态度怎么样？孙维孝说不怎么样。皎刚正说不怎么样到底是个怎么样？

孙维孝说出他的新发现说："我突然有一种直觉，把那个烧毁汽车的人和白光斗身边的陈根娃联系在一起了。"

"凭什么？仅仅觉得他是白光斗身边的人吗？我也曾经一闪眼地联想过，可是听说那个人非常老实，白光斗只把他看做一条守门看家的狗，从来没有重用过。"

"越是老实越是忠诚，白光斗能不在关键时候重用一次？现在，白光斗不是又给陈根娃委以重任了吗？他好像已是那个服装大店的全权代理了。噢，他今天的态度倒不像个老实木讷的人，竟然是一副天不怕地不怕的样子了。"

皎刚正一拍桌子说："有变化就好！有变化就说明他已经沉不住气了。还看出了什么？"

"陈根娃骑摩托车的技术非常老练，他在街道上的人群中横冲直撞，简直是一种美妙的表演。"

"他那辆摩托车的胎纹你留神了吗？"

孙维孝闭眼叹息了一声说："他骑的这辆摩托车根本无需追查，因为他现在骑的是那种统称为豪华木兰的摩托车。这样的摩托车一是不能在后架上架筐子，二是一般只是在城市用。"

皎刚正问："这么说他们为了远远地去销毁那辆汽车，甚至还不惜钱财地专门买了另一辆摩托车？"

"我想是的。"

"可是那辆摩托车有谁见过又去了哪里呢？"

"这又是一个谜呀。"

"或者说还是一种想象，又停留在想象上了。"

"我想还应该把陈根娃的指纹取过来，不是还有手电筒吗？"

正说着，郭淑红就进门了。郭淑红汇报说，老孙判断得没错，他们从服装店门口离开一会儿，陈根娃随后又出来了。他在门口张望了一阵，就急急切切地上了摩托车，但是他却是向另一个方向驶去的，郭淑红追又追不上，陈根娃具体去了什么地方，是不是去找白光斗，就不得而知了。

皎刚正看着孙维孝一笑说："他这不是故技重演吗？"

孙维孝立即会意地说："陈根娃的表演又是毁车那个地方的老一套！"

郭淑红着急地说："下一步又该怎么办呢？呀——"她惊叫了一声就向门外冲去说，"我不该回来的，我应该在白光斗的写字楼下继续盯着他们的出现！"

孙维孝说："大可不必。只要陈根娃这么快速地溜出去，就已经说明郑树民的血型又搞得他们心慌意乱了。"

皎刚正让郭淑红和孙维孝都安心地坐下来，进一步分析说："现在我们只能以静制动了，等待着他们再使出新的花招。当然，我们也不能对一个相同的血型抱很大的希望，只要白光斗一口咬定郑树民仍然好好地活着，赵群就不会对他产生半点儿怀疑，一个相同的血型又能说明什么问题呢？血型相同的人可是很多的。"

孙维孝颓丧地说："这个是凑巧那个是凑巧，否定来否定去，我们真无法入手了。"

皎刚正说："我甚至有了一个大胆的预测，假如陈根娃绝不是我们听说的那么老实，假如他是非常主动、非常卖力地替白光斗销赃毁证，那么，他很可能就是杀害郑树民的主谋。还可以说他就是其中的参与者之一。白光斗的根根底底和郑树民的隐秘行踪，只有陈根娃知道得最详细吧？所以说，陈根娃早已紧紧地抓住了白光斗的软肋，知道杀害了郑树民，白光斗不但不会主动报案，而

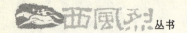
丛书

且还会千方百计地蒙混过关……”

"如果你的设想成立，那么白光斗至今还没有察觉吗？陈根娃的变化，白光斗应该比我们更早地看出来了？"孙维孝说。

"一是白光斗对他过于信任；二是白光斗也许看出来了，但是从理智上却一直不敢相信。"皎刚正说。

孙维孝点头说："我刚才说的直觉也有这样的成分在内。如果真是这样，那就是白光斗的更大悲哀了。"

郭淑红也插话说："同时又增加了我们的破案难度。陈根娃竭力想蒙混过关，白光斗也害怕带出案中案，不同的企图，但是又为了达到同样的目的，也就使他们既相互提防，又抱成一团和我们对抗了。"

皎刚正说："我们也要看到容易的一面，陈根娃假如是埋在白光斗身边的定时炸弹，那么这颗炸弹迟早是要爆炸的！"

但是，任何假设都必须借助证据和事实才能向前推移，才能一步一步地向真理接近。按他们的猜测，赵群得到了白光斗的旨意，很快就会或亲自过来或打电话向他们追问说："你们不要蒙我了，郑树民已经远走高飞，还能留下什么血型？"这样，就会迫使他们把话说清。他们把郑树民血型的来源说清了，赵群又会早有准备地说："这么巧合的事情我也说不清，等郑树民回来你们再去验他吧！"奇怪的是赵群那里一直没有反馈信息，白光斗和陈根娃也按兵不动了。

一直等到晚上，孙维孝才不得不打通赵群家里的电话问："血型的事情你真是无话可说还是有话不想说不敢说？"

赵群还是理直气壮地说："我只知道我丈夫只要人在就什么都不用说了！"

"可是郑树民档案上的血型和那个死者的血型确实是一样的。"

"你们不相信活人说的话，倒相信几张破纸了！"赵群一口否定了说，"郑树民参加工作验没验血型我不知道，可是他办理驾驶执照时的那个档案我却知道。那有什么呢？我清楚地记得我是和郑树民一块儿去了医院，当时医生们都是懒得检查，就胡乱地把表格填满了。不信我明天和你们再去医院，你们可以听听医生们会怎么说。如今这世事，干什么不托关系、走后门呀？其实你们还可以查一查问一问，听说有好些司机的档案里连血型都不用写！也怪那狗东西太老实，一老实倒老实出事来了。"赵群还想说什么，孙维孝已经把电话扔了。

完了。这个证据也不堪一击。

这个证据反而使白光斗彻底稳住了阵脚。当陈根娃火急火燎地找到他时，

124

他以为赵群已经被孙维孝他们带走了，一开始还有点儿慌乱地骂道："我不是让你把赵群牢牢地盯住吗？你乱跑个球嘛！"这些日子白光斗已经不是一句一声"哥"了，动不动就会骂出声来。

陈根娃擦着脑门子的汗水说："我怎么会把赵群放走呢？这不是向你要主意来了嘛。"

"你的主意不是很多吗？要胆量有胆量，要……"白光斗嘲讽地说了一句，后边的话却戛然而止了。

"光斗，你这是什么话？叫哥不叫哥我不计较，但是也不能出口骂人嘛！我整天东奔西跑的为了谁呀？怎么越来越不落好了？行行，你如果……"陈根娃同样留下了后边的什么硬气话。

"哥，"白光斗又亲切地叫了一声说，"我是说你以后就时常待在商店里，有事打个电话不就行了吗？"

"我怕……怕你身边有什么事，一时找不到我的人。"陈根娃又解释赵群的事情说，"我在她当面打电话，她明天就会质问你，郑树民到底去了哪里？"

白光斗心颤地想，陈根娃的心里真是装着说不清的什么事了。与其说他关心和体贴他这个兄弟，不如说他害怕他这个兄弟突然间醒悟了什么。但是他在陈根娃面前只能装糊涂，只能心照不宣地打哑谜。"什么血型不血型的，你让赵群过来给我说！"白光斗觉得有的事再不能让陈根娃知道得太多。一看到陈根娃急速变化的样子，他就不由得心惊肉跳，就不由得把焚尸案和陈根娃画上等号。在他现在的判断里，陈根娃还不至于是杀害郑树民的凶手之一，但是陈根娃比他还要着急、还要上心的一举一动又说明了什么呢？白光斗经常肯定了又否定，否定了又肯定，弄得彻夜不眠神不守舍。

白光斗没有让赵群上他的办公楼，就好像那里也安放着陈根娃的监听器，时刻有一双窥视的眼睛。赵群是在半路的街道上被白光斗喊上车的。赵群知道陈根娃已经把孙维孝再次找她的事情告诉了白光斗，身子还没坐定就忧愁地说："那些警察咋又弄出个什么血型呢？"

白光斗一句话就消除了赵群的顾虑说："这样的小事还值得愁眉苦脸吗？你自己想想也就说清楚了！"他不能给赵群教着怎么说，他必须点化出赵群的聪明性和能动性。

赵群好像又有了主心骨，很快就把自己想好的应变说辞说给了白光斗。

白光斗为赵群的聪明感到高兴，只是再提醒了一句说："别理他们，你越理他们就越上劲儿了！他们问你时你再告诉他们。"看到了赵群的聪明，白光斗的

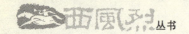

心里又不免发紧，她毕竟是一个失去丈夫的独身女人啊，别说长期下去，就是和男人走在一起也会搅起她的心动。何况她本来就不是一个安分守己的女人。前几天他曾经试图让陈根娃和赵群热火到一块儿，现在连陈根娃也成了他身边最危险的人，还能让他们拧成一股绳吗？耐不住寂寞的赵群如果和别的男人好到一起，同样会令他时时担心。思来想去，他知道只有把赵群的整个身心控制在自己身边才放心。

"白总，你和我在一起怎么老是板着个脸呀？"赵群似乎也试探着什么。

"是吗？我怎么感觉不出来。"

"你……你从心里就看不起我，现在这样关心我，也只是……照顾郑树民吧？"

"越说越严重了，郑树民对我很好，我也应该照顾你呀。"

"怎么照顾？白总，我想你把话说清。"

"过些日子我让你去见郑树民吧？"

"不不，我和他本来就没有感情，见了倒难受！"

"这样让你守空房不是也难受吗？"

"白总，我……我真想和你好一次，哪怕一次，我……我也能满足一辈子！"

白光斗顺手在赵群的肩膀上拍了一下说："真委屈你了。"

赵群知道这不是暗示而是明确地答应了，一激动就抓过白光斗的手连连地亲吻着，哽咽了一阵，刷刷的泪水竟淋湿了白光斗的手背。

到了宾馆，白光斗却让赵群提前下车，他说他是个好面子的人，在男女之事上也一直小心谨慎。赵群听话地说："你说让我怎么办我就怎么办。"白光斗再把一把钥匙交给赵群，说是那个房间他一直包着，让赵群提前进屋，他把车停放在后院就上来了。

进屋后，赵群已急不可耐地在卫生间洗澡了。里里外外的衣服就扔在床上，白光斗看着那些衣服心里却涌出别样的感觉，好女人他见得太多了，就是年轻的姑娘他也可以好上一大群，在这方面他确实还保持着一贯的检点，但是到头来却让赵群冲进了他留给哑巴媳妇的一片净地。

赵群听见开门声和关门声，赤裸着身子把卫生间门推开一道缝隙说："白总，一……一块儿洗吧？"

白光斗坐在沙发上抽烟，瞥了赵群一眼没有说话。

赵群再不敢言语，缩回去草草地冲洗完毕后，用浴巾严严实实地包裹着自己的身子出来说："白总，我知道你不愿意，我知道我也配不上你，那就让我走

126

吧。"说着话双眼又潮湿了。

白光斗突然觉得这个女人真是需要有人怜爱了，长期压抑的焦渴感对他来说也是一个危险的信号。但他还是没有主动地站起来拥抱赵群，而是用语言鼓励说："让你走我还会带你到这儿来吗？"

赵群全身摇晃了一下，甩开浴巾就扑进了白光斗的怀里。白光斗丢掉手中的香烟也紧紧搂住了她说："不急不急，我这个中午都是你的了。"

白光斗尽力使自己疯狂一些，他知道疯狂之后才能使赵群变得心如止水。赵群以更加的疯狂迎合着他，好像这样的疯狂这样的爱恋她期盼了几十年。

这几乎又成了一盘死棋，怎么才能让这盘死棋重新走活呢？

孙维孝用他掌握的情况又提出建议说，白光斗最脆弱的神经拉在母亲和哑巴媳妇手里，只要在这根神经上弹动一下，就会使白光斗的心房再现剧烈的纤颤。皎刚正问怎么才能弹动一下？孙维孝说，无需说什么话也不用进白光斗母亲的家门，只要警车在那个院子的门前停放一次两次，白光斗的母亲就会询问儿子是不是发生了什么事。这样，白光斗就会暴跳如雷，就会主动地找上门兴师问罪，只要白光斗找上门，他们就可以据理反驳说，只有让郑树民很快回来一切才能彻底了结啊！

皎刚正否定了这个建议说："这不但有点儿黔驴技穷，而且也过于残忍，我们没有任何理由打破一个老妇人心头的宁静啊！包括那个哑巴女人。"他还心情沉重地说，"维孝，这几天我之所以瞻前顾后，举棋不定，也就是一想起白光斗立即就联想到他的母亲和哑巴媳妇，她们这半生活得太不容易了，而且把全部的希望寄托在白光斗身上。……事实是郑树民的失踪和白光斗难脱干系，可是我有时候却抱着这样的幻想，希望郑树民有一天真的突然回来了，就是我们落下骂名，也比让白光斗栽进去的后果更理想一些！"

孙维孝也深深地低下头说："那样的局面谁也不愿意看到，可是郑树民也是娘生父养的！我们连一个亡灵都不能安慰，这不但是我们的失职，而且也过于残忍了吧？"

提起郑树民的家人，郭淑红又说出自己的主意："那我们是不是应该到郑树民的老家走一趟，郑树民长期不回家，惦念他的父母就会找赵群要人的。"

孙维孝一击掌说："这是一个好办法！"

皎刚正也立即同意说："问题是郑树民老家的住址向谁询问，向别人打听会浪费时间，向赵群打听又会提前堵眼。"

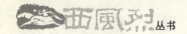

郭淑红说："上次我就把郑树民的档案抄录了一份，血型可以说是假的，但是籍贯再不能是假的吧？"

皎刚正又问："得有一个合适的理由或者叫借口吧？"

孙维孝又犯了急性子说："不要东绕西转了！还是说焚尸案，就说有一个开东风大卡车的汽车司机被人暗害了，赵群对那具尸体不能确认，让他们再帮助确认一下。"

"行，就这么办吧！"皎刚正下了最后的决心。

郑树民的老家就在郊区一个县的半山区，路途也就是一百多华里，孙维孝和郭淑红很快就返回了。皎刚正看着他们失望的样子，不用问也知道是无功而返。

"我想在那儿总不会碰钉子吧？"皎刚正问。

孙维孝愤愤地说："他妈的，又让白光斗抢得了先手！我们的话头刚刚提起，郑树民的父母就立即摇头说，好着哩好着哩，他们的儿子好着哩。还说赵群也变得孝顺了，不但给他们送回了钱，还给郑树民的哥哥和妹妹都买了礼物。我们再三要他们进城看一看，他们坚决不来说，儿媳也有了个好工作，还能给儿媳惹麻烦吗？"

"赵群是什么时候回去的？"

"也就是昨天。"

"她以前常回去吗？"

"别说是常回去，就是好几年春节都没见过她的公公婆婆。连那对老人也承认说，这真是太阳从西边出来了。"

"那就引不起他们的疑问？"

"说的啥嘛！可是他们很容易就被几百块钱蒙住了眼睛，不但没有丝毫的疑惑，还口口声声说他们的儿子长了出息，儿子一有出息，就能让媳妇变得服服帖帖的。"

"这没有收获本身就是收获，赵群的急速出动不是又说明了一个问题吗？"

"可是我们不能把焚尸案永远当做讨论会！"

皎刚正眯着眼睛想了一会儿说："剩下的路只有一条了，而这一条路是我实在不愿意走的。"

孙维孝说："直接向白光斗要人！"

皎刚正说："不，直接向白金明汇报！"

14

神秘的失踪

皎刚正不得不丢掉善良的幻想，他原以为白光斗在连续的压力下会主动就范，没想到竟这么死心塌地地和他们周旋。看来除了白光斗存在经济犯罪的嫌疑之外，他还走进陈根娃预设的陷阱和圈套中不能自拔了。这样，就必须借助更大的力量把白光斗的步骤打乱，打乱了白光斗的步骤，焚尸案的案犯也就归案了。

皎刚正是独自一人去见白金明的，他还是希望把白光斗的问题局限在尽可能小的范围之内。可是，见白金明一面和见白光斗一面同样困难，只是遇到的困难不同罢了。见白金明要经过三道门槛，先是受到了"书记院"保安的阻拦，皎刚正说："我和白书记预约在先，他正在办公室等着我哩。"保安们和他也熟悉，这一关倒是顺利通过了。走进楼后又是秘书科的盘问，这一关就不能敷衍而过，等了好长时间，白金明的秘书才来电话说："让他上来吧。"再上楼后，白金明的秘书在半道就拦住了他，让他先在秘书的屋子等一等。

白金明还会见着别的人，秘书看了几次才走过来，招手说皎刚正可以过去了。

"说吧，你找我有什么事？"白金明低头看着什么文件说。

皎刚正瞧了身旁的秘书一眼说："白书记，我想单独和你说一件事。"

白金明讳莫如深地一笑说："来我这儿的人，都不需要遮遮掩掩，有什么事就直接说吧。"

皎刚正磕磕绊绊地说："我……我还是想对您汇报一下……那个案子。"

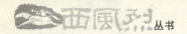

白金明突然拍了桌子说："王乾坤呢？我想他没有外出吧？就是他外出了也轮不上你吧?！谁都可以给我汇报，我的门前也就排成队了！"

皎刚正被训斥得脸色通红，还是忍耐着性子说："我是出于一片好心嘛。"

白金明一点不买账地说："我这儿不需要好心！你还是把你的好心用在工作上，没有眉目的事情对谁都是浪费时间。案发至现在，一个多月过去了，可是你们的进度在哪里？我这儿连案情通报都见不到了！你说说你的好心在哪里？"

皎刚正豁地站起来说："那我就是煞费苦心了！好，我为我的冒昧向您道歉，以后不管有什么事，我都不会越级行事了。"

"坐下！"白金明大喝一声说，"还不能接受批评了？像这样下去，弄不好还要受处分呢！"说着就向秘书使了一个眼色，秘书知趣地离开后，他才泄了火气说，"非得亲自给我汇报不行吗？"

皎刚正却气愤难消地说："如果不是牵扯到您，我完全没有必要碰钉子了。"

白金明没听明白地问："你说什么？什么事情牵扯到我了？"

"焚、尸、案。"皎刚正一字一板地说。

白金明不相信地看着皎刚正，好半天才哆嗦着嘴唇说："你是说……光斗吧？他怎么可能……他绝不会……不会的。"身子一歪就靠在转椅上纹丝不动了。

皎刚正真害怕吓出他的什么病，走近白金明的身旁小声说："白书记，我也犹豫了好些日子，想来想去还是觉得应该给您单独汇报一下，毕竟我们还仅仅是个怀疑。"

白金明颤巍巍地站了起来，踉跄了一下又栽倒在椅子上说："刚正，你……你喊小王过来……噢，你让他把小会议室的门打开，咱们过去说。"

会议室在这座三层小楼的最顶层，白金明的秘书找钥匙打开了门后，又是再过来招呼了一声就离开了。皎刚正见白金明仍是脸色蜡黄，摇摇晃晃，想上前扶他一把，白金明却理智清晰地说："你先上，我随后就上来了。"

白金明一进会议室就掩了门说："刚正，不要计较我刚才的态度，……找的人太多，有时候就压不住脾气。说吧说吧，越详细越好。"

皎刚正这才汇报说："我们已经初步认定焚尸案的死者是一个开大卡车的汽车司机，种种迹象表明这个司机和白光斗有着千丝万缕的联系。他叫郑树民，他妻子赵群是一个下岗工人。白光斗已经承认郑树民长期被他雇用，而且是他很要好的朋友，但是目前郑树民去了什么地方，他却一直不给我们提供准确的地址。当我们几次找赵群对证时，赵群也总是出尔反尔，后来更是不和我们配

合了。奇怪的是，白光斗还快速地把赵群收进他的服装店，想尽办法不让我们再见到赵群。噢，还有……"皎刚正还想把陈根娃的种种疑点说一说，想了想还是留了退路说，"噢，也就是这些。"

白金明的神情一下子松弛了说："这样的怀疑理由很不充分嘛。"他扳着手指一条一条地否定说，"第一，白光斗为什么要对一个死人案躲躲闪闪呢？他就是在经济上有什么污点，也应该知道死了人的事情非同小可吧？"

皎刚正说："我想，郑树民或者还有别人了解他的事情也是非同小可，所以名誉和利益都会使他利令智昏，心存侥幸和我们绕圈子。"

白金明不急不躁地扳起另一个手指："第二，你说的那个赵群如果真的失去了丈夫，她就会首先找白光斗要人，怎么还能和白光斗站在一起？"

皎刚正说："您是不了解那个赵群，她一直和郑树民关系不好，为了钱财她也是会甘心情愿地作伪证的。"

白金明几乎要笑了说："还有第三，白光斗不会不知道你们要追查到底吧？你们如果破了案，案犯不是也会把郑树民招供出来吗？那时候，不是也会把白光斗暴露在光天化日之下吗？"

皎刚正说："我想白光斗过于相信自己的本事和能耐，比如那桩烧车毁车案，我们也觉得十分蹊跷。"

白金明不耐烦地站起来说："皎刚正！说来绕去我现在才听明白了，你这是怀疑我了？是以为我会充当白光斗的后台，给白光斗撑腰壮胆，所以白光斗才有恃无恐？那我现在就开始回避吧！你可以立即找鲁书记汇报！"

"不，"皎刚正急忙说，"我知道您和白光斗很少来往，因为这些，我才敢于向您直接汇报。可是你知道白光斗现在有多少钱吗？知道他今天明天都会去什么地方吗？知道他都和哪些人拉通了什么关系吗？"

"我知道我不是一个好父亲。"白金明又坐下来说，"可是我还知道白光斗一直爱着他的母亲和妻子，仅凭这一点，白光斗也不会……不会滑得多么远。"

"白书记……"

"噢，"白金明打断皎刚正的问话说，"我再问你最后一点，假如你们的推断是对的，那么，白光斗还能让郑树民半年一年长期不出现吗？"

皎刚正说："这就是问题的症结所在。这也是我单独找您的本意。我想请您亲自找白光斗谈一谈，哪怕让郑树民在外地给我们来一封信打一次电话，或者让白光斗告诉我们郑树民的准确地点，一切疑团就全部没有了啊。"

"他应该主动配合吧。"白金明不置可否地点点头又问，"牵涉到白光斗的事

131

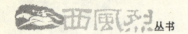

情还有哪些人知道？"

皎刚正说出了孙维孝和郭淑红。

"郭淑红是谁？"

"一个女同志。"

"你们那儿什么时候也有女同志了？"

皎刚正不得不把郭淑红的来龙去脉说了一遍。

"胡闹嘛！"白金明又发了脾气说，"是不是陶成华的问题需要调查，我觉得胡闹的首先是你！人事上的事情怎么能随随便便呢？王乾坤知道不知道？"

皎刚正没想到这儿又出了问题，老实地说："我只说要借用一个人，但没有给王局长说清是哪一个。"

"不行不行，这个王乾坤真是越来越糊涂，他哪儿像个公安局长啊！"白金明的气不打一处来。

皎刚正害怕事情越惹越多，连忙站起来说："白书记，我是不是可以走了？"

"一说到正事上你就想回避？"白金明也站起来，挡在皎刚正前面说，"如果是陶成华的问题我收拾他，但是你必须很快把人放回去！"

"我是觉得那个赵群……"

"赵群又怎么啦？我看你心里也有鬼吧？难道你们以前破的案子就从来没涉及女人吗？你把你的身份搞清楚，再犯别的错误别怪我不留情了！"

皎刚正不知再说什么。

白金明让开道又强调说："我再说一遍，不是很快，而是立即让人回去！"

二人一同走下楼来，白金明仍然滔滔不绝地批评着数落着，似乎要让别人听到，他正在调查一件事情，落实一项工作。和皎刚正在他的办公室门口分手时，白金明又面带笑容地伸出手说："批评归批评，你们非常辛苦非常负责任我也是知道的。"

皎刚正只觉得心里发呕，连一句再见的话也说不出来了。

皎刚正回到办公室，孙维孝和郭淑红都找不见人。他着急地打了孙维孝的手机问："你们又跑到哪里去了？"孙维孝说他和郭淑红还在街道上。皎刚正让他们快回来，孙维孝却固执地说，有什么事情下午上班再说。皎刚正不好再问，心想他们一定是在什么地方盯着白光斗或者陈根娃的行踪了。

不一会儿，同济县公安局的局长就来了电话说："刚正呀刚正，你真是让我好看了，咱们定下的君子协议你怎么全忘了？"

　　皎刚正明白他说的什么，深表歉意地说："对不起，说起来也是一言难尽呀。怎么，是白书记亲自找了你，还是陶成华找你算账了？"

　　那位局长更加惊讶地说："你还捅到白书记那里去了？怪不得陶成华把我骂了个狗血喷头，……算了，其他话就不说了，你还是让郭淑红赶快回来吧。"

　　"她回去怎么安排？是干脆吊销她的档案还是再去那个派出所？"

　　"人先回来！局机关当然不能留，至于去哪个派出所可以掉换一下吧？啊，城关所怎么样？这就让你我都下台阶了。"

　　皎刚正说郭淑红不在，等到见面听听她的意见再回电话吧。那边又问焚尸案的进展怎么样？皎刚正说："一塌糊涂！"

　　下班后，皎刚正买了三份盒饭等着孙维孝和郭淑红，没想到陶成华也打来电话质问说："我真想不到你对女人这么感兴趣，服务太周到了吧?!"

　　皎刚正没好气地说："你如果能对别人尊重一点儿就没有这回事了！"

　　陶成华气急败坏地开骂了说："对你还能谈得上尊重，你让我知道了什么是操蛋！我告诉你皎刚正，山不转水转，说不定咱们很快就转到一起了，如果转到一起，你还能让我怎么尊重你?!"

　　"那我只能时刻恭候了！"皎刚正说完就扔了话筒。

　　孙维孝兴冲冲地跨进门说："上套了上套了，我说赵群这个女人这几天怎么连家也不回了，原来她吃饭睡觉都在宾馆里了。"

　　"小郭怎么还没回来？"皎刚正还在憋着陶成华的气，双眼冒火地问。

　　"你这又是什么意思？"孙维孝纳闷地问。

　　"我他妈的真是四面夹击三头受气了！上午把白光斗的事情给白金明一说，白金明没有个明确的态度，却非要把郭淑红赶回去不可。"

　　"在这么关键的时候怎么能放郭淑红走？噢，我先把事情给你说清。"孙维孝抓过一盒饭一边吃一边汇报说，"你知道小郭这几天有多么辛苦？她天一黑就去纺织厂家属院门口盯赵群了。赵群连续几天夜里都没有回去，小郭就觉得不对劲儿，今天上午我就和她一直蹲在白光斗那个服装店门外的附近了，你猜怎么样？吃中午饭时赵群就去了大黄楼宾馆。我转到后院一看，白光斗的车也停在那里，这不是两个人又鬼混到一块儿了吗？"

　　"这么说小郭仍然守候在那里？"皎刚正一阵歉疚。

　　"不错不错，小郭真是当警察的好苗子。有头脑负责任，我……我这就去换她回来。"孙维孝刨完了最后一口饭说。

　　"问题是小郭不走就搅起了别的是非。"

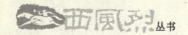

"还能搅起什么是非？如果把白光斗这条大鱼抓住，别说是陶成华，就是白金明的位子也坐不稳了！"

"怕就怕咱们把人家没搞垮，人家先把咱们拉到一边去了。"

"还能拉到哪里去？大不了你也成了普通的警察，只要是警察就还要把这个案子搞到底。皎刚正，现在你是别无选择，只剩下此路一条了！"

皎刚正苦笑一声说："这个破官我早已不在乎了，我只是觉得咱们要有几手准备。现在还应该利用白金明去压一压白光斗。我今天把白光斗的问题彻底挑明，白金明不会无动于衷。我想，不出今天晚上，白金明就会找白光斗追问郑树民的事情，而且会明令白光斗把郑树民的下落说清楚。那么白光斗很快就有了新的花招新的行动，只要让白光斗不得安宁，他和陈根娃都会漏洞百出的。"

"那和小郭走不走有什么关系？"

"你还让我怎么说呢？咱们如果在一个人的事情上纠缠不休，这一个把柄就会捆住咱们的手脚，就把矛盾转移了。"

孙维孝眼睛一转说："让小郭过去也好。陶成华和白光斗也黏得紧紧的，咱们既要搞案中案，就把陶成华一鞭吆吧！小郭过去就是盯着陶成华的一双眼睛了？"

"这是不是有点儿公报私仇的味道？"

"对这样的货色你还讲什么仁义吗？咱们心慈手软，人家可不心慈手软，陶成华整郭淑红的例子不就是他人品的真实写照。等到他真的当了公安局长，就没有好人活的路了。"

"这也得听听小郭的意思，晚上回来再说吧。"

白金明还是第一次主动找儿子。平时他没有问过白光斗的电话，现在要用了却不知道该向谁打听。皎刚正他们肯定知道了白光斗的联系办法，但是上午没问，下午再问就显得不是那么合适。一直到快下班时，他才想起了陶成华。陶成华听说他要白光斗的电话，联想到上午白金明为郭淑红的事情发火，心先虚了说，好多天他也没见白光斗的面了，不知白光斗是在市里还是去了别的地方。陶成华这么一说，白金明更加担心，他知道儿子和陶成华最要好，连陶成华都不知道他的行踪，不是更能证明儿子出了问题吗？"你只把他的电话告诉我。"白金明着急地说。陶成华还是卖着关子说，让他先试一试白光斗以前留下的老电话，联系通了再告诉白金明。"你快一点儿！"和陶成华说话，白金明就无需作假了。

陶成华不敢怠慢，当时就拨打了白光斗的手机，白光斗听说老头子找他，也有些懵懂地问："他没说找我有什么事吗？"

陶成华只能猜测说："是不是我和你合伙开店的事老头子知道了？"

白光斗想了想说："不会。我这样干也不是第一次，他不是一直睁着眼睛装糊涂吗？"

陶成华放下心说："那我就说不清他的心思了。"

白光斗的心里却猛地一咯噔说："不管！我不会给他打电话的。"

陶成华问："可是我必须给他回话，他如果要你的电话哩？"

"这是你的自由。"白光斗让陶成华下了台阶说。实际上他已猜到父亲追问的动力来自于皎刚正，只有皎刚正的穷追不舍才能使老头子心急火燎。有了这样的推断，他也想很快见到父亲，只是心里的话不能对任何人说明罢了。

"你最近忙什么，怎么连我的面都不见了？"陶成华又问。

白光斗忽然发了无名火说："你他妈的非要聪明反被聪明误不可，连一个女子娃都容不下还能容下谁？"

陶成华丈二和尚摸不着头脑地问："我和王花晨不是好好的吗？"很快明白过来说，"你是说那个郭淑红吧？老头子因她而骂我，你现在又对我大动肝火，可是她什么时候跑到皎刚正那儿去，我真是一点儿都不知道。"

"你说你还能知道什么？一个王花晨就把你折腾成蠢驴了！"

"喂喂，我看你才是吃错药了！一个郭淑红又把你怎么了？"

"你……你真是把危机转嫁到我头上了！"

"我咋听不明白，郭淑红还能给你带来危机？"

"见面再说吧！我可能很快就过来了。噢，还有，你在招商区那儿再给我闹一套房子，要最高层。屋子的一切东西也要搞好，我来了再给你详细说。这件事你知我知就行了，先不要让王花晨知道！"白光斗一口气说完，就挂断手机等着父亲白金明来电话了。

可是，当白金明的电话打来时，白光斗却不敢和他很快见面。白金明听到了儿子的声音，一开口就质问说："你能不能现在就告诉我那个赵群是怎么一回事？"

白光斗转着弯子说："你问我我问谁呀，我想我干什么事情不需要向你经常汇报吧？"

"光斗，你必须给我说清楚！"

"我现在还在省城，如果你觉得有必要，等我回来再说吧。"白光斗需要时

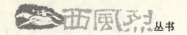

间需要思考，需要探清皎刚正知道的事情到底有多少，需要把下一步的事情全部安排好。

"今天晚上你必须见我！"

"爸，你没有任何理由用这种口气和我说话，见不见你的自由在我而不在你。"

白金明还想说什么，白光斗却把电话挂断了。白光斗知道这样做更会让父亲疑心让父亲生气，但是这样做也有着下一步的好处——他这种一贯的脾气一贯的态度同时也告诉父亲，什么事情都没有发生。

已经是晚上九点钟，白金明打完乒乓球，还没有等到白光斗的电话，虽然他心里的疑团已渐渐释解，但是仍觉得还是和儿子当面说清为好。他掏出手机想把儿子约出来，又害怕儿子拗着性子不见他。他知道皎刚正说的事情不管是真是假，都必须尽快澄清尽快落实，否则他肯定会辗转反侧夜不能寐。要戳就把儿子戳疼一次，不然就改不了他的毛病，不然他还会把这个老子不放在眼里，不然他今天不出事明天还会惹出什么是非，白金明忽然决定在儿子最脆弱的后背上击他一掌。

白金明在无人的街道旁打通白光斗的手机，不等白光斗询问是谁，就用低沉的声音说："我是白金明，你立即过来见我！"

白光斗支吾说："我的事情还没有办完哩。"

白金明说："那好，我先找你母亲谈一谈，也只有她才能让你清醒一下了！"

"你……你在哪里？"白光斗心慌意乱了。

"我就在你母亲的屋子前，是我先进去还是等你一块儿进去？"

"你……你想把我母亲气死吗？"白光斗急促地喘息着说，"我过来会和你拼命的！"

白金明再要解释，白光斗已挂了手机。没有办法，白金明只得拦了一辆出租车往西郊赶。其实，白金明只听说过白光斗给他母亲在西郊一带买了地皮盖了房子，但是具体在哪个地方他还不知道。快二十年了，留在白金明记忆中的唐英凡印象已经十分模糊，他只知道他们离异时唐英凡已经变得既敏感又憔悴，只知道唐英凡一辈子都不愿意再看到他。所以一想起唐英凡，他的心头就涌起一阵阵的内疚和忏悔，哪里还有勇气再看见她呢？有时候来这儿检查工作，他也是走马观花地不敢下车，不得不下车时，他也是把自己隐身在前呼后拥的人群里，生怕冤家路窄，生怕唐英凡突然从什么地方冒出来，或是指着他的鼻子

质问和嘲笑，或是她自己猝然昏倒。尽管他早听说唐英凡信了基督教，但是他知道唐英凡心中的宁静也是不堪一击，一层涟漪从心头掠过，对她来说就无疑是狂风巨浪了。

到了最后一个十字路口，白金明就下了车。茫然地堵截和寻找，他又怕司机看出了他的可笑。好在进出市区的车辆都要从这个十字路口经过，他就站立在路旁的黑影中等候着儿子白光斗的车子出现。

白光斗的车是从郊外返回的，父亲的这一场恶作剧真把他吓坏了。他在母亲的家门外没有发现扬言等着他的父亲，这才觉得父亲也是不敢进这个门的，但是他知道父亲今天晚上无论如何要见到他，掉过车头就原路返回了。

白金明认出了儿子的车，冲出路旁扬起了手臂。

白光斗把车停在路旁，心中的怒火只能变成低声的斥责："你不是要见我母亲吗？怎么又灰溜溜地待在这里了？"

"光斗！你……你怎么越变越不像话了？"

"我……我谅你也没有那份勇气。"白光斗的声音也软下来。

"光斗，来，"白金明向路旁的树荫下走着说，"我这么着急地找你难道还打动不了你的心吗？不管你对我怎么看，我还是你的父亲，还是这个市的市委副书记，你就愿意让我这么揪心这么操劳，这么丢人现眼吗？"

白光斗跟过来说："有什么大不了的事情，值得你搬出我母亲来吓唬我？"

"我倒要问你，你到底有什么事情，非得和皎刚正他们对抗呢？"

"对抗？这怎么叫对抗了？我给他们说得一清二楚，郑树民的出走是我生意上的事情，他们非要和我过不去，他们才是醉翁之意不在酒呢！"白光斗又提醒说，"爸，你不觉得他们也是冲着你吗？"

白金明愣怔了稍许说："你也有责任把事情真相进一步说清，如果他们有别的意图，不是不攻自破了吗？"

白光斗万般无奈地说："我本来不想让任何人搅进我的生意中去，为了你，也为了我，我不得不让郑树民的媳妇去郑树民那儿探亲，这还不够明白吗？"

白金明彻底相信了说："皎刚正究竟想干什么？！这么简单的道理连小孩子都能想清楚嘛，为什么一到他的眼睛里，就好像成了案中案了？"再告诉白光斗，"那个赵群的出外探亲，你可以给皎刚正提前打个招呼，他们再不相信，让他们派人跟着好了！"

"这不是此地无银三百两嘛？"白光斗哼哼一笑说，"我才不会理睬他呢！"

白金明点点头说："不理也好。赵群的出去和回来，也就是无言地证明了。"

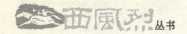

忽又叮嘱儿子说，"我相信你不会做出过头和过激的事情，可是那个郑树民长期不归连我都会产生疑惑，能告诉我他在南方给你干什么吗？"

"爸，你怎么也问这个无知的问题？我的朋友到处都有，他们要我给他找一个可靠的司机，生意场上的规矩你不懂也应该听说过吧？"

"啊，"白金明长长叹了一声气说，"光斗，我还是那句老话，……你母亲和媳妇……你不能再让她们提心吊胆了，该收的心还是要收回来。"

白光斗的眼睛低垂下来，再也不想说什么话了。

"走，送我回家吧。"白金明向车走去。

白光斗启动了车，又自言自语似的骂了一句："皎刚正这么一个无能而又多事的东西，是不敢动还是不能动？！"

白金明若有所思的"哼"了一声，欲言又止。

第二天上午，赵群就从服装店失踪了。实际上赵群一开始的出走几乎是明目张胆的，甚至还有点儿大张旗鼓。白光斗当然没有出现，但是，陈根娃和服装店的女工们都走出店门为赵群送行。一身新装的赵群手拖一个旅行箱，全然是一副远行的样子。赵群是由陈根娃送到火车站的，赵群登上南去的火车后，陈根娃也回到了服装店。

尽管赵群的行动全在皎刚正的掌握之中，但是赵群的这一举止还是把他搞糊涂了。昨天晚上，孙维孝发现了白金明和白光斗的秘密会见之后，就断定白光斗很快就有新的举动，所以郭淑红执意留了下来，想看看案情新的进展。今天上午，他们是兵分两路行动的，白光斗那边由孙维孝盯着，皎刚正和郭淑红就盯着服装店里的赵群。现在，回到办公室的皎刚正，不但顿感心灰意冷，而且不能不为他的名誉担忧了。

"小郭，你可以回去了，如果能安排好你的工作，这也算因祸得福了。"皎刚正强颜欢笑地说。

郭淑红还沉浸在自己的思考里："我现在还不相信，赵群就真的是去见郑树民了？"

"可是白光斗这一招太厉害，我们还怎么追查下去呢？"

"就不能派人再跟着赵群吗？"

"看来赵群已经被白光斗彻底征服，她如果甘心情愿地替白光斗掩盖罪责，那么这个圈子就会长期绕下去。局里的经费非常紧张，这个案子还是不明不白，谁愿意为一个不明不白的案子拿出那么多钱？"

"这正是白光斗自信的基础。"郭淑红苦着脸说。

说话间孙维孝也赶了回来，皎刚正问白光斗有什么动静？孙维孝说，白光斗开着车去了省城的方向。

皎刚正凝神静思了一会儿说："白光斗朝西，赵群朝东，看起来他们是背道而驰，但是据我推测，赵群很可能在一两天之内返回省城，和白光斗重新在某个地方会合。"

"可是白光斗没有必要这么快就同时出走呀？"郭淑红困惑不解。

孙维孝也同意皎刚正的判断说："白光斗一是想让我们看出他仍然心安理得地忙着做他的生意；二是想把我们的视线从赵群身边引开。噢，我现在就去省城吧？可不敢把白光斗再丢失了！"

"不急。赵群也不会从火车上飞下来。"皎刚正看着郭淑红说，"我们先在一起好好吃一顿饭，为郭淑红送行吧。"

郭淑红泪眼婆娑地说："我真是不甘心这么离开。"

孙维孝安慰说："说不定赵群真正的落脚之地就在同济县，你如果想把这个案子参与到底，还会有你的用武之地。"

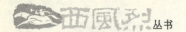

15
权力的尴尬

　　.这一次，皎刚正和孙维孝都把白光斗估计得太简单了。白光斗急速地去了省城，是想从根本上消除焚尸案带给他的无法甩脱的隐患。至于赵群，他只需要用现代化的通讯工具时刻遥控就行了。

　　白光斗深知官场的奥妙，这次来他也不想再动用其他朋友的关系，一个市上公安局的班子，本来由市上解决就行了，他只想找人压一压，以便加速权力的更变。省委组织部常务副部长黄格选曾经是他父亲白金明的政敌，但是却和白光斗建立了最亲密的关系。想当初，黄格选是市委秘书长，白金明是市委组织部长，二人同为市委常委，所以在竞争市委副书记的时候就成了势不两立的对手。正当黄格选被白金明的势力逼得无路可走时，白光斗却给了他最得力的资助。开始，黄格选还以为白光斗设下圈套请君入瓮，可是白光斗的一番话却让他很快感动了："黄叔叔，我对我父亲的记恨你不会不知道。我帮助你实际上是从我母亲的处境着想。你不觉得我父亲每每高升一步，对我母亲的精神都是沉重的打击，对我母亲的生命都是一次危害吗？可以说，只要我母亲生活愉快，我甚至盼望他提前下台。"黄格选说："可是没有你父亲就没有你的今天呀？"白光斗说："当初我悄悄地依附父亲还是出于同样的目的——在我站稳脚跟后，再用我自己的本事报效母亲。"黄格选还是不明白地说，他没听说过儿子要拆父亲的台。白光斗不得不说出了另一层意思说："其实我也是保护我自己……"黄格选一下子恍然大悟了说："放心放心，只要黄叔能往前走一步，绝对不会再揭你父亲的老底！"白光斗说到做到，不但为黄格选提供了足够的"活动经费"，而

且把父亲的力量引导到黄格选的方面来。……黄格选很快成了胜利者，后来黄格选调往省上成了省委组织部副部长，白金明才姗姗来迟地补了黄格选留下的缺位，这一次，白光斗再没有出面阻挡，因为他相信母亲已经安下心来，父亲没有了竞争者也就没有了带给他自己的危机。

白光斗熟门熟路地跨进黄格选的家门时，黄格选就像见到了自己的儿子似的迎接说："光斗光斗，多日不见，你姨都整天叨叨你哩。"

白光斗往沙发上一躺说："我今天过来就是专门想感谢我姨哩！"

黄格选的老婆支走了保姆，亲自泡茶倒水说："可不要拉我出去吃饭，姨听说你要来，已经把菜搞好了。"

白光斗说："请您吃饭还算感谢吗？"又假作愠怒地看着黄格选说，"我黄叔整天东奔西跑也不能带你，我是想让你出去看看热闹。"

黄格选一笑说："你姨跑的地方也不少了。"

"去哪里？你让光斗把话说完嘛。"黄格选老婆来了兴趣。

白光斗说："我已经让旅行社的朋友留了两个名额，东南亚四国游阿姨已经去过，这次就去日本吧。你把女儿带上，组合的旅行团都不熟悉，路上得有个伴儿呀。"

黄格选老婆喜出望外地说："这是不是有点儿仓促了一些，我可是毫无……思想准备。"

白光斗知道她的言外之意，也故意着急地说："我把两个人的钱都给人家交了，现在就差你这儿的手续。"

黄格选说："这又让你破费了。"

白光斗轻松地笑着说："这是谁和谁呀？你们把我当半个儿子看，但是我尽过几回孝心？再不给我尽心的机会，我以后都不好意思来了。"

黄格选老婆亲昵地说："行，姨去。"忽又套近乎地说，"只是姨应该带着你母亲，她可是受了半辈子苦了，最应该散散心享享福的是我这个好姐姐呀。"

这样的话白光斗最爱听，也最容易让他感动，但是他只能无奈地说："她连家门都不出，还能走出国门吗？"

黄格选也客套地说："仙凤怎么样？让你姨带着仙凤不是也好吗？"

白光斗深情地沉吟了一下说："我倒真想让她出去玩玩，可是她连话都不能说，还怎么给我姨当伴儿？"

"姨不嫌！"黄格选老婆不无真诚地说，"她那么聪明那么漂亮，姨保险让她玩得开心。"

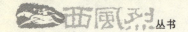

"算了算了。她现在是有孕在身的人，姨带着她也不方便。"

黄格选和老婆都更加惊喜地张罗着说，那得抽时间过去看看。

"吃饭吧。"白光斗就好像回到自己家里一样向餐厅走着说，"吃过饭姨还要通知女儿尽快准备呢！"

因为黄格选的老婆进省城时已经快五十岁，所以黄格选也没再费心给她安置好工作，只把她的关系转到了省商业厅下属的一个公司，工资一直领着人却没上班。他女儿大学毕业才两年，现在在省妇联上班，虽然走上了仕途之路，但毕竟是个清水衙门。黄格选老婆不需要办理任何请假手续，只是要和女儿商量一下请假的借口。吃过饭，她就匆匆忙忙地到女儿那边去了。

"光斗，你下午就在家里休息。我去部里应个卯就回来陪你。"黄格选和白光斗坐到客厅，又反复地叮咛说。

"不了。你也要帮助阿姨准备出国的行李，你知道我忙，就不能来送行了。"

"你没有要叔帮忙的事情吗？"

"呀！你不问我又忘了呢。"白光斗思忖片刻说，"到您这儿就是谈进步吧？小事小事，本来我也不想求您说话，可是这几个朋友心太急，就不得不让您往下压一压。"

"只要不越出叔的范围就不是很难吧。"

"陶成华在他的级别范围内平调不是很难吧？他下去好些年了，夫妻分居两地总是个问题。再有两个也是稍稍动一下，他们也许你都认识，邢举牢和皎刚正本来就是立即要提拔的对象，你一句话肯定就立竿见影了！"

"陶成华不是你父亲的人吗？我一搭话说不定反而把事情弄砸了。"

"可是鲁书记是从省上下去的，我父亲就不得不小心谨慎。其实已经水到渠成了，就差上一个常委会。"

"你是说陶成华也想进公安局？"

"是的。要不我父亲怎么犹犹豫豫呢，他现在主管政法口，怕给他落下什么嫌疑了。"

"那么邢举牢和皎刚正又是什么要求？"

"公安局只缺一个副局长，动一个就伤了另一个。"

"据我知道的情况，皎刚正早几年就在前面排列着，听说人也不错，要提一个不就是皎刚正了。"

"可是皎刚正年龄偏大了一点儿，他的毛病就是和别人搞不好团结。噢，陶成华也是我最好的朋友，他一进去就和那种人搭班子，就不好工作了。"

142

"我清楚了，按你的意思是只保陶成华和邢举牢？"

"当然皎刚正也得动，一个槽里不能拴三匹好马吧？"

"这倒是个难事情，我总不能指名道姓地说把皎刚正放在什么单位吧？"

"黄叔，"白光斗笑了笑说，"你走过的桥比我走过的路还多，动一个人还没有办法？你只对鲁书记说，皎刚正这个人善于独当一面，鲁书记自会征求我爸的意见，现在下边的县局和分局也都是按副处的待遇配置一把手，这也是皎刚正盼之不得的事情。"

"行，我很快让他们研究一下。"

白光斗不能催促，只是用自己的果断再感动黄格选说："黄叔，你如果觉得为难就算了，我这就去把阿姨她们出国的手续办好，我就不过来了，旅行社自会来电话通知。你忙我也忙，不要为别人的事情耽误了咱们的事情。"说着就要离开。

"别！"黄格选立即下定了决心说，"你能开口就是急事情，说不定你一走我还真的忘了呢。"说完就查阅着电话号码本拨起了电话，他和鲁书记寒暄了几句才切入正题说，他原来在市里工作时曾对下边的几个好同志留下了承诺，但是人一走就不好说话了。鲁书记不知说了什么，黄格选又直接而委婉地报出陶成华和邢举牢的姓名说，他只是想快一快，不然心里总是个内疚。临放电话时，他才补充地提起皎刚正说："这一个人也许不该说，但是我又担心给一个新班子留下后遗症，建议……我只是个建议，能不能把皎刚正同志也合理地安排好，虽然这个人有点儿刺儿头，但是不动就把矛盾激化了。"鲁书记又说了几句什么，黄格选客气地感谢说："不敢说指示吧？那好，那我就等着你的消息。"放下电话回头又告诉白光斗说："没问题了，你就放心地告诉他们几位吧。"

皎刚正简直不敢相信这是事实，但是无情而又不能改变的事实就这么快速地摆在他面前了。一个星期，他和孙维孝一直在外边奔走着，为了查到赵群和白光斗再次见面的踪迹，他和孙维孝分开行动，但是五天过去了，省城的飞机场和火车站都没有等到他们要见的人。后来他们又在同济县城会合，想在同济县再证实他们的判断。已在城关派出所上班的郭淑红这些日子也没闲着，每天都要去白光斗的家具店瞭望几次，她告诉皎刚正和孙维孝，白光斗的车子确实在同济县城出现过，但是白光斗除了和陶成华公开地接触外，其他情况就不得而知。

当晚，皎刚正和孙维孝秘密地在同济县城住了下来，因为他们都坚信他们

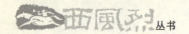

的判断不会失误。可是当暗访的郭淑红过来后，却告诉了他们另一个最坏的消息。

"这样的传说也不是一天两天了，要动也没有那么快。"皎刚正半信半疑地说。

郭淑红着急地说："陶成华在宾馆摆了几桌饭正请客哩，县上的头头脑脑全都在，人家已经搞答谢宴会了，你到现在还蒙在鼓里。"

气昏了的孙维孝一动不动地躺在床上说："看来我们过低地估计了白光斗的能量了。"然后又哭丧着脸坐起来说，"刚正，如果这事是真的，我明天就彻底躺倒不干了！他妈的，这……这还干个什么劲儿呢！"刚强的汉子说着说着竟一阵哽咽。

"老孙，没影儿的事情先别信，等证实后再说吧。"皎刚正说着就掏出手机拨打王乾坤家里的电话。

王乾坤情绪低落，声音沉闷，先问皎刚正现在在哪里？皎刚正说他们在外边。王乾坤又责怪皎刚正走了也不打个招呼，有人找他谈话都找不见人。皎刚正问谁找他谈话？王乾坤哼唧了一阵说："下午才开了市委常委会，我也是刚刚听到消息。"

"王局，"皎刚正尽力压抑着心中的怒火说，"我可能也是最后叫你一声王局了，其实你早该下台让位了！跟着你这样的领导干事，我……我都觉得耻辱！"

王乾坤老泪纵横地啜泣着说："刚正呀……我这么忍辱负重……也是为你呀。我总想不要招惹任何人，顺顺当当地把你送到位子上，可我实在没想到……来得这么突然来得这么快。"

皎刚正也想哭地说："到底咋回事，你把话说清。"

王乾坤似有为难地说："你赶快回来，没公开的事情也不好说。"

皎刚正和孙维孝回到市上已经夜深，他们都知道回到家里也睡不着觉，在一个酒馆喝着酒，就又拨打着王乾坤的电话了。王乾坤好像也没睡，电话只响了一声就传来他的声音问："谁呀？"皎刚正说："你立即出来一下！我们必须向你作最后一次汇报！"王乾坤愕然了稍许又平静地说："新局长马上就来了，我就是听了汇报还管什么用？"孙维孝夺过皎刚正的手机说："你今天没卸任就还是局长！出了什么事情，你的责任难以逃脱！"王乾坤可怜巴巴地说："我现在就是叫司机，司机可能都不会起来了。现在这人……人情淡薄呀。"孙维孝说："我们在楼下等你！"

接了王乾坤，他们就去了市政府招待所。一同在房子坐下来，王乾坤还心

有余悸地说:"这不好吧?让人知道,该说咱们搞非组织活动了。"

"先说事情!"皎刚正红着眼说。

"你们这是逼得我犯错误呀。"

孙维孝直指王乾坤的鼻子说:"人家都把你当尿盆子一样摔了,你心里还记着什么组织原则!你不说也行,我现在就给你写辞职报告,把公安局搞乱了,看你还怎么移交下去!"

王乾坤先表白他也是听来的,接着才吞吞吐吐地说了市委常委会的最新消息。说是最新消息,实际上今天夜晚已成为许多人都知道的公开秘密。公安局长王乾坤调市政法委任第二副书记;同济县县委书记陶成华调市公安局任局长兼党委书记;市公安局刑侦科长邢举牢任市公安局副局长兼市局刑警支队队长;市公安局刑警支队队长皎刚正任西城区公安分局局长(副处级待遇)。

孙维孝听完嘲弄地说:"老王同志,怪不得你还想坚持组织原则,原来你是走向更清闲的地方去了,虽然只是个末把手副书记,这也是你所盼望的八贤王角色吧?"

王乾坤咧嘴一笑说:"五马换六羊,连三岁的小孩都知道我做的啥买卖。哎,维孝,你也不要发牢骚,你如果想跟刚正一块儿走,我想我明天说话还算数。"

孙维孝说:"谢谢了,但是我哪里都不去!我就是变成木头人,也要给狗日的钉在那里!"

皎刚正拽着自己的头发说:"白光斗还算手下留情了。"然后抬起头来说,"对!维孝哪里都不要去,他想搞调虎离山计,偏偏就给他留一只老虎在那里!当然还有我,现在我才真正对什么狗屁局长都不稀罕了,只要我不出这个城区,只要我还背着公安的皮,就一定要把焚尸案搞到底!"

王乾坤莫名其妙地问:"怎么还扯着白光斗呀?我都听不明白,你们是说焚尸案还黏着白光斗,还是局班子的变动有白光斗的关系?"

皎刚正说:"你可以回去睡觉了!你可以享你的清福了!"

孙维孝说:"你还可以向白金明通风报信请功领赏!可是我告诉你,白光斗我们绝对不会放过!他越是这样搞,越说明他心里空虚心里有鬼!他不是可以驾驭一切吗?但就是我这个人嫌狗不爱的孙维孝他永远驾驭不了!"

"你们这是审判我吗?"王乾坤突然发了火说,"我只是想保个晚节图个安宁,但是还没堕落到出卖灵魂与坏人同流合污的地步!白光斗怎么了?白金明又怎么了?今天我才知道我的仕途已经走到头了!把公安局长当成了末把手的

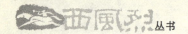

副书记，这难道是我的光荣吗？有人排挤我，有人急不可耐地想篡位，我心里也清清如水！你们说，你们现在就给我说清白光斗到底是怎么一回事？!"

"你现在问这些不觉得晚了一些吗？"皎刚正说。

"可是名义上政法委还统管着公安局，可是我起码能给你们出一点儿主意。"

皎刚正和孙维孝还是不屑一顾地看着王乾坤不言不语。

王乾坤先从郑树民入手说："看来你们的疑点还是集中在郑树民身上，那么就应该把他的照片弄过来。那具焦尸虽然几乎成了无法辨认的一具骷髅，但是根据焦尸画出死者生前的相貌还是很简单的事情吧？有了郑树民的照片，有了死者生前的相貌，还用你们煞费苦心地到处追人到处取证吗？"

皎刚正赞叹说："对，这一点非常要紧，我们确实疏忽了。维孝，我们现在就去中心医院，一切要赶在陶成华上任之前把证据拿到。否则他们把尸体处理掉就晚了。"

孙维孝说："关键的问题还有赵群，她如果一口咬定郑树民还活着，我们画出什么相貌都无济于事。"

王乾坤又问："你们把赵群现在的态度也给我说清！"

皎刚正详细地说了赵群的失踪和白光斗在背后的操纵。

王乾坤闭着眼睛想了一会儿说："如果你们的判断是真的，那么又犯了一个简单的错误。白光斗能那么愚蠢地让赵群急速返回吗？但是他一定会和赵群不时地联系。他们联系的方法不会是书信不会是电话，剩下的方式还能是什么呢？"

孙维孝"唔"了一声说："对，手机。赵群的手机也只能是白光斗给她办理的。那么就可以在移动电话局查到白光斗注册了几个手机，进一步还能监听他们的通话内容。"

皎刚正打起精神说："维孝，咱们又该分成两路了。你现在就带上一个技术勘察人员去中心医院。我想白光斗买手机不会在一个地方，也要去省城那边查一查。"

孙维孝说："咱们一直没有惊动别人，现在叫谁都是扩大范围了？"

王乾坤说："由我来通知！我现在还是公安局长嘛。其他顾虑也不能有了，人家已经明火执仗，你们还怕伤谁的面子？我真怕拖延一天连你孙维孝都要被他们调离到别的地方去。"

"王局的这个担心不是多余的。"皎刚正说。

孙维孝沉思了一下说："那就让我去省城吧。刚正，我可是给你请过假了，

理由你想法编出来，总之一条，我不能很快回来上班。"

皎刚正感动地掏出身上全部的钱说："一是要注意身体，二是要注意安全，有情况随时和我联系。"

王乾坤也掏出身上的钱交给孙维孝叮咛说："可是你的手机不用时不要打开，否则邢举牢跟踪追击你就不好说。"

皎刚正让孙维孝先在这儿睡一觉，王乾坤通知了技术勘察人员，皎刚正立即就去医院了。

16

知 恩 必 报

在市公安局领导班子变动之前，陶成华和邢举牢都知道了十分可靠的消息，但是白光斗这个恩人却没有急速地要求回报。市委常委会开过之后的第二天，白光斗才突然打电话说，弟兄们得在一块儿聚一聚呀。陶成华和邢举牢都是不约而同地说，他们都孤陋寡闻，具体选什么地方由白光斗定。白光斗说他现在在省城，明天又是大礼拜，就都在他那边集中吧？陶成华和邢举牢又是同样地说，当然以白总为核心，白总向哪儿指，他们就往哪儿跑！

当天夜里，他们就聚集在省城郊区的一个度假村了。白光斗是先到这儿的，订下了一天的饭，包好了三间套房，等到陶成华和邢举牢接踵赶来时，一切都安排好了。

陶成华见惯不怪，毫不客气地拥抱了白光斗说："我原来估计要等到年底，这么快确实出乎我的预料。服了服了，我这次确实是五体投地了。"

邢举牢到现在还不敢相信事情是真的，只是热泪盈眶地叨叨说："白总，陶……陶陶书记，这次花销的费用一定要让我掏，要不我就太太……太小人了。我也不知该给白总送什么礼物，可是我的心意一定要尽一尽的。"

白光斗看着陶成华说："说这话就显得见外了。我只希望你能和你们的新局长好好地配合，再说你也是小兄弟，陶局长可是咱们共同的大哥呀。"

"那不行！情归情义归义，无论如何我也得意思意思。"邢举牢说着就拉开皮包亮出带来的钱，"白总你看，这两万元对你来说也许是毛毛雨，可是我没有个敬意就太不要脸了。"

陶成华鄙视地嗤声一笑说："要开账明天再开也不迟，怎么一见面总是说钱钱钱了！"

邢举牢难堪地退到一边，窘着脸再不知该说什么。

白光斗也突然对邢举牢有点儿讨厌了，从骨子里面瞧不起他，但是又想到这种人也有这种人的好处，当陶成华的助手就可以百依百顺。他忽然又想起皎刚正说："举牢啊，你现在把副局长的位子举牢了，你没听说皎刚正有什么反响？"

邢举牢终于有了话头说："好几天我都见不着他的人，这次对他的安排也不错，想来也是到处找了关系吧。"

陶成华却恨恨地说："这次真是便宜他了！如果让我早走一步，绝没有他的好果子吃！"

白光斗对这样的安排也不满意，按他的本意，应该把皎刚正放在某一个县上才放心。他知道这是父亲放了皎刚正一马，也就无奈地说："得饶人处且饶人吧，皎刚正也不是平地上卧的，真把他逗恼了，他还不闹得你们也不得安宁了。"

"他敢！"陶成华眼睛一瞪说，"都是王乾坤那个软蛋惯了他一身的瞎毛病，以后他再胡蹦乱跳，看我整不死他！"

邢举牢接话说："更坏的还有那个孙维孝，他就像皎刚正的一条狗，逮住谁咬谁。整个刑警支队就好像是他们两人的天下了。"

"等我上任，一块儿收拾！"陶成华说。

可白光斗觉得他们说的那个"以后"太漫长了，皎刚正和孙维孝这几天的行踪就是他仍然操心的事。赵群的出走他是放心的，也不用每天和她联系。他知道那样的女人只要有钱花，脑子里就根本想不起郑树民。可是让她玩回来后又该向社会上怎么放风？尤其让他熬煎的是，赵群已经把他看成了一辈子可以依靠的情人，不能甩脱不能冷漠，甚至连稍稍的三心二意都不能让赵群看出来，长期下去还怎么了结？还有陶成华这儿，他接了公安局长就得破案，焚尸案也像接力棒似的传下来了，如果皎刚正又掌握了什么情况，会不会给陶成华和邢举牢交过来？交给陶成华，对陶成华也是一个难题；不交给陶成华，仍是他心头的大患呀！现在的出路只有一条——把焚尸案的事情彻底给陶成华说清楚，一是让他把这个案子坚决拖下去，二是请他想个办法彻底了结。

邢举牢见白光斗半天不说话，就知道他坐在这儿已经是多余的人了。讨好地站起来说："不知白总和陶书记怎么个玩法？我过去先在保龄球馆开一个道，

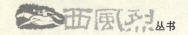

还是……找两个小姐过来？"

陶成华看出白光斗有心事，随即打发邢举牢说："你爱怎么玩就怎么玩，我和光斗还有事情要谈哩。"

邢举牢很有眼色地退出说："那我先过去洗个澡，有跑腿的事情喊我一声。"

白光斗和蔼可亲地把邢举牢送出了门，这才关了门和陶成华坐近问："我想你礼拜一就该去公安局报到了？"

陶成华说："现在还急啥呀。先好好放松半个月，再说县上的事情还要给严天亮移交呢。"

"是不是还舍不下王花晨？我立马给你再放到市上这边就行了。"

"不错不错，王花晨还真是不错。不是你说邢举牢要来，我真想把她带过来呢。我咋说不清，和她还弄出一点儿感情了？还是你光斗调教得好吧？"

白光斗又想把陶成华的底子拾清，只要抓住他的大把柄，就不愁他不跟着他的指挥棒转。"这些日子挣的钱也够花一阵子了吧？"

陶成华知道王花晨也是白光斗放在他身边的暗哨，丝毫不敢隐瞒地说："少说也有五十万吧！这次调走，还不收他十多万元的礼？可是这都是你的功劳呀，我能全要？光斗，你真是我的宋公明及时雨呀！家具店和王花晨的事情在县上刚刚刮起一点儿风，我他妈的却开溜了。而且去的地方还是人人想巴结的公安局，你说谁还敢放个什么屁！"

白光斗说："我早就让王花晨给你立了个独立账户，除过王花晨的分成，已经把三十万元打到你的账上了。"

"这不行吧？你这不是白白赐舍了。"

"在我面前别再说钱！咱们都学得清高一点儿好不好！"

陶成华咬着腮帮子说："光斗，交下你这个朋友一辈子都值了！"

白光斗又切入正题说："我已经托人催促了，这一次的任命通知都已经下发下去了，我想你应该尽快先报到。"

陶成华说："我倒想今天就过去，可是对我的任命通知最先仅仅是公安局的党委书记，现在的行政职务一律要等人大常委会再通过一次呢。尽管只是一个过程，我也不能涎着脸赶紧去上班呀。"

白光斗说："可是王乾坤已经免职了，公安局总不能没有人主持工作吧？"

"你怎么操心起政务了？"陶成华不解地问。

"陶哥，你没想过我把你这么快地搞到公安局还有重要的事情要办吗？"白光斗再不敢迟延了。

陶成华吃惊地问："重要事情？什么重要的事情？就不能等个十天半月？"

"不能等！多等一天都会毁了你我的前程！"

陶成华变脸失色地问："光斗，你不是吓唬我吧？是有人和你过不去，还是有人想挤对我？"

白光斗知道陶成华还没有上班就不能急于把话说清，凡是官场的人首先都会保护自己，何况是一桩人命案和他自己的贩卖假烟案。只有给陶成华把笼头戴在头上，才能牢牢地把他牵在手里。"陶哥，"白光斗突然又镇静下来说，"其实这也是黄部长和我父亲的意思，他们都为你说了话，万一出了意外不是搞得他们难以下台了。你在官场混了这么多年，还能没有一些对立面，假如有人提前告状你不是很被动了吗？再说公安局也不能留下权力真空，你雷厉风行的工作态度，本身对反对者就是一种反击。哪怕先搞一些面子上的事情，比如整顿干警的作风，比如大搞一下环境卫生，都可以扭转别人对你的印象。毕竟你已经是党委书记，负责全盘的工作了。"

陶成华仍然敏感地问："你刚才还说毁了你的前程，这……我有点儿不明白？"

白光斗一句话带过说："上下都是我跑动的，还不把我夹在中间了。"

"可是总要有人催我一下，通知一声吧？"

"你现在就给我父亲打电话，只说感谢，他自然就会通知你了。"

陶成华当即给白金明打了电话，白金明知道王乾坤一接到通知就会撂了挑子，在他主管的几个口里，公安局可是最揪心的单位，出了乱子就无法收拾。不等陶成华多说什么，他就让陶成华星期一过去见他，由他亲自带陶成华去公安局宣布任免决定。

星期一早上的大会开过之后，皎刚正就不得不离开刑警支队了。白金明在会上宣布了任免决定后，又提出严格的要求说，陶成华同志一边移交县上的工作一边把这边的担子担起来，邢举牢和皎刚正同志就可以立即就各位了！

皎刚正回到刑警支队刚一进办公室，邢举牢就跟过来传达陶成华的指示说："陶局长说了，让你今天就把队上的案子移交一下，明天就去分局报到。"

皎刚正平静地问："你是不是听错了？陶成华现在还只是局党委书记，是他自称为局长还是你给他任命的？"

"党委书记就管不了你了？！"

"管得了。只是咱们都不要忘了组织原则。"

"你这样的话是不是应该亲口说给白书记和陶书记？在背后嘀咕实在没意思了！"

皎刚正把电话推过去说："你可以给他们告状，也可以让他们在办公室等着，我过去质问他们！"

"别别，皎局长，"邢举牢又拿出息事宁人的样子说，"我想你不该有什么情绪吧？对你的安排实在不错，如果不是组织的决定，我和你换一换都愿意。"

皎刚正坐下说："说事吧！你也一直是刑警支队的领导，还用我交什么案子吗？"

邢举牢也面带微笑地坐下来说："怎么总是气呼呼的样子？走到哪里都是为了党的工作呀。这样吧，其他案子我自己往一块儿收集一下，可是'七一三'焚尸案的情况只是你和孙维孝跑着呀。"

"那就等孙维孝回来再说吧。"

"噢，我还没问你，孙维孝干啥去了？局里好不容易开一次大会，可是这边就缺他一个，陶局长刚才还狠狠地批评我哩。"

"他有病请假了。"

"你这不是真话吧？孙维孝能有病？多少年了，他连医院都没进过，今天怎么就突然生病了？他在哪儿？真有病局领导也该看望一下。"

"他去哪个医院我也不知道。"

"皎刚正，你不要把你和孙维孝都害了！现在的新领导可绝不是王乾坤那样的和事佬了，孙维孝背个处分倒是小事，你如果把事情往大里闹，就恐怕从局里走不了啦！"

"不走正好！那我的焚尸案就不用交了。"

"我……我管不了你，那我只能给新领导汇报了！"邢举牢说完就冲出门去，却和匆匆归来的孙维孝撞了个满怀。

"咦，邢局长上任怎么高兴成没头的苍蝇了，我可没有什么礼物送给你！"孙维孝往旁边一躲进了门说。

邢举牢返回来说："别的话我现在不想和你们说，你们唱的什么双簧戏我也不想知道。只是新领导要求我们的工作很快进入正轨，现在你们两个人都在，就把焚尸案的材料全部交给我吧！"

孙维孝说："你们各当各的官，我还没离开刑警队吧？交来交去是什么意思？"

邢举牢又耐下心说："一切工作要重新安排呀。"

皎刚正说:"那好,我交的工作也不是一件,你得容我整理一下下午再交吧?"

邢举牢无话可说了,走到门外又叮咛说:"其实也是新领导抓得太紧,那么下午我再过来吧。"

邢举牢走远后,皎刚正奇怪地问孙维孝说:"你不是说好不回来吗?怎么偏往人家的怀里撞?"

孙维孝兴奋地说:"换地方,我有了重要的情况。"

皎刚正掩了门说:"能不能三五天之内解决问题?"

"你当是吃包子一口一个。"

"那就得把他们稳住,看来不是白光斗给他们把事情说清了,就是得到了白光斗的暗示。"

"对,陶成华来得这么快,在咱们市的人事变动上确实开了前所未有的先例。"

"如果能快速地把白光斗揪出来,陶成华和邢举牢就都栽进去了!"

"这样吧,你先出去找个地方,我现在就把案卷整理一下,不能交的抽出来,该复印的要复印,千万不能打草惊蛇呀。"

孙维孝是在车里等着皎刚正的,皎刚正知道邢举牢不见了小谭的车又会顿生疑惑,就把复印了的材料底稿交给小谭,让小谭放回办公室后再不要来了。二人来到郊外的一块河滩地,就席地而坐交换着情况。

皎刚正先拿出郑树民司机档案上的复印照片和那个死者的模拟画像说:"那个焚尸案的死者是郑树民绝对没错!"

孙维孝接过看了看说:"这次白光斗在劫难逃了!"接着他也说了他发现的秘密。白光斗确实在省城的电信局注册着多部手机,可是有的送给领导有的送给朋友,赵群到底拿没拿或者用的哪一部查起来就十分困难了。意外的事情是,他又想从电脑里查一查陈根娃,这一查就有了大收获,陈根娃竟然也在省城那里买了手机,而且还是一次买了两部,连发票的号码都连在一起。

"是用谁的身份证购买的?"皎刚正问。

"陈根娃是农村户籍,他没用身份证,而是开了白光斗那个公司的证明,只是手机的户主填写的是陈根娃的名字。"

"另一部的户主是谁?"

"户主都是陈根娃,可是真正使用的人叫陈根存。"

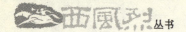

"陈根娃的哥哥还是弟弟？"

"弟弟。"

"陈根娃是什么时候购买的？"

"七月九日。也就是焚尸案发生的四天之前。"

"两部手机的使用情况呢？"

"这正是最重要的情况！两部手机由一人购买，但是使用起来却总是这一个给那一个打，那一个给这一个打，而且绝不对外。在焚尸案发生的前后，使用的频率最高，后来就越来越少，这些日子几乎不使用了。"

"也就是说这两部手机是专门为焚尸案购置的？"

"完全可以认定！"

皎刚正心情沉重地站起来说："实在太可悲了，白光斗竟然长期被他身边的亲信蒙骗着，而且自以为最老实最忠诚，而且有所察觉后还要想尽一切办法包庇。"

孙维孝收敛了脸上的兴奋问："下一步怎么办？我真怕陶成华和邢举牢再把我拿下来，咱们就都没有机会了。"

皎刚正想了想说："下午我先把邢举牢应付过去，然后我也积极地去西城区分局报到。你现在再弄清一下陈根娃的家庭住址，晚上我从分局开出车后就会叫你。"

孙维孝说："这不用打听，陈根娃是白光斗他母亲的什么亲戚，就一定和白光斗母亲的娘家距离不远。他们的籍贯是大杨县，我给大杨县局打一个电话就弄清了。白金明的原妻，问谁都能回答出来。"

"那好！今天晚上就去大杨县。"

"咋？人可不敢抓吧？"

"只要咱们的警车在陈根娃的家门口稍停一下，那两部手机今天晚上就会再通一次话。不管他们说什么，咱们的效果只是要他们再通一次话！"

但是这天晚上的行动又让他们失望了，他们第二天早上赶到省城再查问那两部手机时，那两部手机根本没有通话。皎刚正当即给大杨县局的朋友打了电话，让他们调查一下陈根娃的弟弟陈根存在不在村里，在赶回来的路上，那边的县局就回话说，陈根存半月前也去外地打工了，据村里人讲，陈根存前一阵子在村里时，还突然骑上了一辆新摩托，目前也好像在某个城市跑"摩的"。

皎刚正说："看来陈根娃的欲望越来越膨胀了，已不满足于自己的得意，还要让他的弟弟一步一步脱离农村。"

孙维孝说："白光斗真是把一只恶狼养在自己身旁了。"

皎刚正问："说说看，现在怎么办？"

孙维孝一拍大腿说："你把我扔到车辆管理所门口，陈根存不管在哪里跑摩的，他骑的摩托车可是要在咱们这里上户吧？只要他骑的摩托车和毁车案现场留下的那个车印相同，就可以证明焚毁汽车的人不是陈根娃就是陈根存。"

皎刚正提醒说："你别忘了他们的籍贯是大杨县，陈根存的摩托车也可能会在大杨县上户口的。"

孙维孝说："你先回去把陶成华和邢举牢的心稳住，现在唯有我还可以当几天的自由人，我会把这桩案子跑到底的。"

皎刚正心酸地说："可是你只剩下一张嘴两条腿了。"

孙维孝也苦涩地说："干了几十年警察，没想到这一次却还要和自己人绕圈子捉迷藏了。你说这他妈的叫什么事呀！"

皎刚正坚定地说："可是这一次的迷藏必须捉到底！整倒白光斗，也就整倒了陶成华和邢举牢，不然让这样的人当道，以后就有捉不完的迷藏了。"

陶成华的心情并不比皎刚正和孙维孝的心情轻松，他已经看出自己被白光斗的大手牢牢地钳制，甚至觉察到了白光斗的心里压着一块大石头，而这块大石无疑就是焚尸案，可是他知道没有了退路，只能让白光斗牵着鼻子走。和王花晨的男女作风问题倒不是十分恐慌的事情，关键是白光斗打到他账上的几十万元，不仅仅会断送他的政治生命，而且会把他送进监狱。一想到这些，他就不寒而栗，后悔莫及。

确切地说，陶成华是在省城郊区的度假村里才突然看出白光斗的良苦用心的。本来，他当公安局长已经可以说水到渠成，白金明也给他许下承诺，最迟到年底也就实现了，白光斗背着他从省上加力和通融实在出乎他的预料。星期一见到白金明时，他看出白金明也很不高兴，白金明沉着脸指责说："你是信不过我还是让我难堪哩？本来是顺顺当当的事情非得闹出一片风声！还搬出了黄格选……你、你把我的心伤透了！"陶成华这才看出这两个父子之间也在做着什么游戏，但是又不能解释。加深了他们父子的矛盾，无疑两头受气的还是他了。在度假村，使陶成华顿感困惑的还有邢举牢的出现。他奇怪地想，白光斗以前从没提说过邢举牢是他的朋友，怎么也煞费苦心地把邢举牢拉到他的麾下了？而且还大方地不让邢举牢花钱感谢他，似乎邢举牢一下子变成他的亲兄弟了。这更加证实了他的猜疑——白光斗不仅要控制他，而且要控制公安局了。陶成

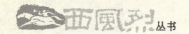

华也是心有灵犀一点通，新班子见面完毕之后，他就悄然指使邢举牢很快把焚尸案的案卷抓过来。

打掉牙只能往肚里咽，陶成华除了跟着白光斗走之外，别无选择。当然，他仍然对白光斗的能量深信不疑。如果说他以前只把白光斗看做他的财神爷，那么经过这一次的考证，白光斗还可以成为他的引路人和保护伞了。

陶成华到公安局报到后的当天夜里，又不得不接受了白光斗的召见。走进大黄楼宾馆，陶成华一眼就看出，这儿才是白光斗真正的总据点，他知道的那个写字楼的公司总部，只不过是白光斗欺世盗名的门脸罢了。陶成华没想到出门迎接他的竟是王花晨，虽然心里已经明白，但还是略表惊讶地问："你什么时候过来的？"

王花晨一把挽住了他的胳膊说："你就忍心丢下我吗？"

陶成华害怕被人看见，一把拉下王花晨的手，加快步子往前走去。

王花晨娇声娇气地喊着说："你怕什么？这儿全是白总的天下呢！"

陶成华好像进了迷魂阵，一连推开几个房间，都不见白光斗的人，走到最顶端的屋子门口，白光斗才迎出来说："现在可以叫你陶局长了吧？"

陶成华先进了屋子，睽视着这里外间的大套房说："你不是说在八一二等我，怎么又换到这儿来了？"

白光斗看着王花晨说："你们的事我做不了主。王花晨说还是里边的房子僻静，她就自作主张地换到这儿来了。"

陶成华的面孔抽了抽，似乎是疲惫不堪地倒在沙发上。

王花晨恼怒地说："怎么了？一当局长就变脸，以后再当了市长、书记，还不把全部的朋友都忘完了！"

陶成华只得绽开笑脸说："把县委书记当成局长也不是什么喜事吧？再说，我连局长这顶帽子还没有真正戴到头上呢。"

白光斗压抑着心里的烦闷说："你看你哭丧着脸的样子，好像谁欠了你多少账似的！如果你对这个局长有些后悔，我还可以让你恢复原来的职位！"

陶成华咧嘴一笑说："我只是有点儿疲劳罢了。"

白光斗说："听这话我好像打扰你了？"

陶成华连忙挺直身子说："不不不，我是说我在局里忙了一天……到这儿就……就放松了。"

白光斗瞥了王花晨一眼说："那你们先休息一会儿。噢，这个房子这几天你们先住着，这些日子，你还要去那边移交工作，王花晨也要把店里的手续交代

给别人，等你们都回到市上，我想还应该有一所僻静的住处。"

王花晨说："可是这边都没有我的位置了，我可不愿意当闲人。"

白光斗干脆地说："陶成华是有家的人，还能长期包养着你？你也不要和陈根娃抢着当服装店的经理，我已想好了，再给你们租下一个比较可以的饭店，只是公安局来往应酬的饭局，一年也净赚几十万不成问题。"

陶成华担心地说："是不是暂缓一缓好？"

王花晨却撅着嘴说："一切由我出面，你有什么害怕的？怎么一当公安局长你倒变得胆小了？"

白光斗站起来，欲擒故纵地往外走着说："成华的谨慎是对的，这事也是先提说一下，想好了再商量。"

陶成华知道白光斗的心思根本不在这些事情上，和王花晨亲热了一阵，随后就来到白光斗的屋子里。白光斗浑身稀软地躺在了套间里的床上，见陶成华走进来，却故意装得无所事事地问："你不陪着王花晨，怎么又跑到我这边来了？"

陶成华脱口说："光斗，你是不是把天捅下大窟窿了？"

白光斗还是镇静地说："此话从何说起？"

陶成华木木呆呆地坐下来说："你把那个赵群隐藏到什么时候为止？她可以一辈子不见她丈夫，但是你给郑树民的家人、给社会的舆论怎么交代？"

白光斗无赖地一笑说："这么说皎刚正已经把我……不，把咱们置于死地了？"

陶成华气急而无奈地说："你……你这不是把我害惨了吗？我自信一切都对得起你，可是你……你却把我拉向了悬崖，我现在是有苦都不能给任何人说，想哭……都不敢淌出半滴眼泪！"

白光斗四肢摆平，一动不动地瘫软在床上，突然泣不成声地说："成华，可是我心中的苦心中的煎熬你知道吗？从七月十三日那天起，近两个月来，我几乎没睡过一天安稳觉。每天每天都是心惊肉跳，每一天对于我都是度日如年呀。我多么想找一个知己找一个能诚心诚意帮助我的人出出主意，可是我却找不到一个人！后来我在漫无天日的黑暗中才看出了你是真正的朋友，我是百般无奈才拉出你呀！"

"坐起来！"陶成华扭住手腕把白光斗扯起来说，"你今天晚上必须给我把事情说清！"

白光斗没有擦拭眼泪，任凭泪水横流着问："你不是已经知道了吗？"

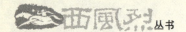

　　"我知道什么？邢举牢只是隐隐约约地说你和赵群的事情好像被皎刚正抓住了什么把柄，我翻看了他们交过来的材料，可是材料上却看不出可靠的证据。但是你这么沉重的心思，你这些日子诡秘的行动，我还看不出来吗？"

　　白光斗这才擦了擦眼泪说："皎刚正交出的材料里都写了些什么？"

　　陶成华简略地说："除了焚尸案的发现过程，再就是另一个县一辆大卡车翻进沟里后又被人为地烧毁了的情况记录。当然还有调查你和赵群的记录。"

　　白光斗平静下来说："看来皎刚正和孙维孝还没有找到可靠的凭证。"

　　陶成华愤怒难消地说："到现在你还心存侥幸！你以为皎刚正会把材料全部交给我？他和孙维孝这几天连我的面都不想见哩！"

　　"这狗日的不是一直盼着官升一级吗？按说一个分局的局长比邢举牢更实惠，他还有什么不满足？"白光斗说完又想起孙维孝说，"我想他们太讲义气，皎刚正的情绪只是出于对孙维孝的同情，你是不是应该把孙维孝也很快动一动？给孙维孝直接搞一个科级的位置，他们的心里就都平衡了。"

　　"说你的事情！就是要动孙维孝，也不是今晚上就能解决问题吧？我他妈的才到任一天，就要干多少事情！"陶成华话刚说完，身上的手机就响了。电话是邢举牢打来的，邢举牢说，他下午找孙维孝谈话，孙维孝又不见人了。陶成华问皎刚正的情绪怎么样？邢举牢说，没想到皎刚正的态度突然变得那么积极，一到分局就开始抓工作，晚上还开了一辆车走访下属各个派出所去了。陶成华放下手机又疑心地对白光斗说，"皎刚正越是积极越是让我感到害怕，他今天晚上究竟去了什么地方也是一个谜呀！"

　　白光斗又木木地坐着说不出话。

　　陶成华一个耳光把白光斗抽翻在床上，歇斯底里地喊道："你……你手里是不是犯下人命案了?!"

　　白光斗捂着脸翻起身来，慢慢地穿好衣服，再在卫生间洗了脸，然后才走出来对陶成华说："走，我让你看看我的手里攥着几条人命。"

17

"情"字的负累

　　摆在陶成华面前的是一个巨大的难题，他跟着白光斗出去再回来后，也长时间地呆坐着茫然不知所措了。白光斗知道他的任何解释、任何表白都分量太轻，只有让陶成华亲眼目睹了他身后的隐患之后，才能把陶成华深深地打动。

　　白光斗先领着陶成华去见了他的哑巴媳妇。像往常一样，聪敏而又温顺的唐仙凤从窗口一看见白光斗的车子驶进院子就连蹦带跳地扑下楼来。她不管身边有人没有人，还是用亲吻的见面礼迎接着白光斗。白光斗接受了唐仙凤的亲吻后才回头向陶成华说："她不管我回来不回来，十二点前都会在窗口等候着。天天如此，从不间断。"

　　陶成华只能无言地跟着他们上了楼。

　　进屋后，唐仙凤指着陶成华向白光斗比画着问他是谁？白光斗用哑语告诉了唐仙凤后，唐仙凤就深深地向陶成华鞠了一躬，又非常喜悦地向白光斗说着什么。白光斗向陶成华破译说："她说我有你这样的朋友非常好。"

　　唐仙凤端来几盘水果，又撒娇地依偎着白光斗在他的耳轮上磨蹭着。

　　白光斗又对陶成华说："她说她肚子里孩子越来越大了，要我以后多陪着她，她一人待在家里害怕呢。"

　　陶成华看着唐仙凤微微隆起的小腹，倒吸了一口冷气说："你把一切罪孽都攒在一起了！"

　　唐仙凤听不懂陶成华说的什么话，却敏感地看出他的脸色有点儿阴沉，立即就把询问的目光投向了白光斗。白光斗似乎是乞求又似乎是斥责地对陶成华

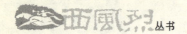

说："你看你的脸拉得有多长，我的仙凤可经不起一丝一毫的惊吓。"自己先哈哈地笑着给唐仙凤呈现出高兴的样子。

陶成华赶紧也附和地笑着，而且尽力使自己笑得自然和从容。

这一出戏演完了，白光斗自责地摊开两只手，向唐仙凤示意他今天晚上还要出去陪朋友，唐仙凤宽容而理解地和白光斗吻别后，又比画着让白光斗把她的话告诉陶成华。

白光斗翻译说："她让你经常到家里玩，我的朋友也是她的朋友。"

走到楼下，白光斗没有急于离开，一直等到窗口的灯光熄灭后，才悄声地告诉陶成华说："你看，她只有这样才会得到安宁。"

下一出戏是在白光斗母亲的家门外演的，母亲的院门已经紧闭，可是屋子里却传出了一个老妇人安详的吟诵声。陶成华没有被屋子里的声音吸引，听了几声就心慌意乱地向停车的地方走去。白光斗也快步跟过来，二人无言地上了车后，白光斗才长叹一声说："成华，你现在说我的手里攥着几条生命？如果说我的仙凤只是希图心理上的安宁，那么我的母亲就是需要整个灵魂的安静了。"

陶成华始终无言，一直进了宾馆的屋子，他才跌坐在沙发上说："你要我怎么办？我还能怎么办呀——"

白光斗不由得又潸然泪下，哽噎难言。

"说话呀！"陶成华又暴跳如雷地问，"焚尸案究竟和你有什么关系？"

"那个死者肯定是郑树民了。"白光斗嗫嚅说。

"我想郑树民总不是你杀的吧？"

"可是追查凶手就和追查我一样。"白光斗再不能遮掩地说，"我的身家性命也全系在郑树民身上，他长期帮我运送不法的香烟，这一次还是运送假烟出走的，如果捉拿到凶手，就查到了收货的货主，查到了收货的货主，收货的货主就会把我供出，而向我供货的人都是黑社会性质的组织，不说我鸡飞蛋打，说不定他们也会向我下黑手的。"

"他们都在哪里……"陶成华声音都颤抖了。

"成华，你知道得越少越好。只要我能把焚尸案全部包下来，就不会再发生任何事情。"

"光斗，人常说财走人安，我劝你不要再可惜你的钱财了。"

"你知道我要折多少钱？你以为我开的商店都挣钱吗？这些商店挣的钱还不够我每年打点关系呢！如果要彻底追查我，我就会重新成为穷光蛋。再说现在一切都晚了，我知情不报，我把你和邢举牢拉下水，我给黄格选行贿为你们疏通关系，还有我的父亲，这要牵连多少人呀？那桩烧车毁车的事情也是我指使手下的人干的，这又是转移视线破坏现场了。更主要的隐患你刚才也看了，别说判我个十年八年三年五年，就是把我抓进去审查几个月，我的母亲、我的妻子还能活下去吗？我母亲每天阿门阿门地求主保佑，我那怀有孩子的哑巴妻子敢见我出事吗？她们……她们的生命，她们的每一根神经都系在我身上！成华，对不起了，你就是恨我怨我也都于事无补，咱们只能绑在一起共渡难关了！"白光斗说完就扑通跪倒在地，重重地磕了三个响头。

陶成华手忙脚乱地拉起他说："光斗光斗，你先把话说清，我……我现在还没拿你的钱哩。"

白光斗双手并拢说："那好，那你就立即把我带走请功吧！"

"你……你这不是为难我吗？"陶成华的脸上滚满了汗水。

白光斗又向外跨出一步说："那我就向皎刚正和孙维孝投案去！"

陶成华高高扬起手掌，虚晃了一下又软软地放下来说："白光斗，我不止一次地说过我最大的荣幸是认识了你，但是我现在不得不承认，认识你是我一生最大的不幸了！"

白光斗冷笑一声说："现在我不想和你讨论这些事，但是我觉得一句话就可以说清！"他向门外一指说，"我只是暗示了一下，王花晨在半天之内就把你的骨头都泡软了，难道你的错误还要我一个人来承担吗？当然，可悲的不是你一个人，你和邢举牢仅仅是其中的两个范例罢了！"

陶成华欲哭无泪地傻愣了一阵，有气无力地说："你要我怎么办？"

"拖！一直把焚尸案拖得不了了之。再说这也是王乾坤的遗留案件，不应该由你承担责任。"

"那么赵群怎么办？"

"这不用你管，你只管把焚尸案的漏洞一个一个堵住。"

"皎刚正和孙维孝就能罢手吗？"

"这就是你的事情了。他们已经四处碰壁，焦头烂额，你再用工作的借口把他们支开，他们还愿意调查这没完没了的案件吗？现在的人都不是一条黑道走到底吧？"

"可是你父亲还再三地叮咛焚尸案呢？"

"这是我的事！一是他一旦觉察到这事确实牵扯着我，也会睁一只眼闭一只眼地抹过去；二是他也是快退二线的人了，我会想办法让他很快离开现在的岗位。"

"邢举牢知道多少?"

"他那个样子你还看不出来吗?既然对我感恩戴德,就肯定对你言听计从毕恭毕敬了。"

"你能不能告诉我,帮你毁车销赃的那个人是谁?"

"你知道得越少越好!我这是为了给你留下一个退路,是为了保护你。"

"如果焚尸案的案犯有一天自我暴露了呢?"

"他不会自投罗网!"

"这么说焚尸案的案犯你已经知道是何人了?"

"我……我还是刚才的话,你知道得越少越好。"

"你是把我当成一个稻草人,由你想怎么摆布就怎么摆布吧?"

"成华,你又错了。我是说把其他的困难和熬煎都留给我,除了让你拖焚尸案,再不能让你承担任何责任了。"白光斗害怕陶成华还听不明白,进一步解释说,"你想一想,哪一个地方不拖几宗大案要案?不了了之了,也不会有多少人说你无能,万一有个闪失,你背下的名声也仅仅是破案不力。"

"可是你能保证你知道的情况都准确,都能严严实实地包下去吗?"

"我不敢保证就不会把一切都告诉你了。"

陶成华一连抽完了几支烟,才站起身往出走着说:"以后我们尽量少见面,需要通气只在电话上说吧!"走到外间,他又担心起王花晨问,"王花晨没有看出什么吗?"

白光斗摇摇头说:"这事情只有你知我知,连赵群也以为郑树民真的在南方跑车给她挣钱哩。"

陶成华不再想问什么,甚至今天晚上就想住回家里去,可是他知道王花晨不会放他走,还是硬着头皮过那边去了。

送走陶成华,白光斗好像终于有人分担了他心中的烦闷,静静地在床上躺了一会儿,可赵群又来电话了。他问赵群现在在哪里,赵群说她在从上海返回的火车上。白光斗问她走到什么地方了,赵群说火车刚刚开出站,后天晚上就可以见面了。白光斗让赵群在南京下车再玩几天。赵群说她每天夜里都梦见白光斗,哪儿都不想去,只盼着赶快回来,还说他的车票就是直达省城。白光斗想了想,让赵群不要在省城下车,他说了一个前面的车站,让赵群在那儿下车后,包一辆出租车直接去同济县,他会在同济县等她的。赵群委屈地问白光斗怎么不来接她?白光斗说他忙得脱不开身,后天正好有事情去同济县。

放下手机,白光斗就一点儿睡意都没有了。

　　皎刚正把车开回西城分局，就哪儿都不能去了。李政委说邢举牢上午打来电话问他去了哪里？他只能搪塞说，皎局长家里有点儿事，下午就回来了。皎刚正连忙又对李政委说，他的事还没有办完，下午还得出去。李政委说，那不好吧，邢举牢通知让西城分局的人一个也不能少，下午他要带新领导过来和大家见面，分局的新局长怎么能不在呢？皎刚正知道陶成华还是冲他而来，但是继续回避于情于理都说不过去了。

　　下午两点，陶成华和邢举牢两位新领导准时如约而来，开了全体人员的见面会。在见面会上，陶成华对皎刚正大加表扬说："你们皎局长的工作态度值得每个同志学习呢！本来他的任命书应该由市局来人宣布，可是他自觉主动地就过来投入工作了。这样的精神确实让我感动！"散会之后，陶成华又和皎刚正单独谈了话，陶成华直截了当地说："刚正呀，你的为人我早听说了，咱们在个性上可能有很多相同之处。我们过去如果有一点儿误会和矛盾，还请你多多原谅！"

　　皎刚正不想让郭淑红再受连累，也就笑了笑说："这样的个性是优点还是毛病我可是一直吃不准。"

　　陶成华听出了嘲讽的意味，僵笑了一声说："不管他不管他，现在的言论自由真是有点儿过头了，每天听那些少盐没醋的话还敢大胆工作吗？"

　　话不投机半句多，皎刚正再找不出应对的话了。他的心里还想着孙维孝，害怕孙维孝突然回来，闪在当面就不好了。

　　可是陶成华却保持着足够的耐心："从明天开始，我想让局党委安排一个星期的学习。当然要扩大到各个分局的局长、政委了。实际上也是谈心会交流会，磨刀不误砍柴工嘛！只要把大家扭成一股绳，还愁搞不好工作吗？"

　　皎刚正想提起焚尸案，立即又觉得不合时宜，只能笼统地质问说："有了案子也得停下吗？"

　　陶成华说："有多少案子要领导亲自出马啊？再说学习也不会影响工作，也没离开这个城圈圈，还能联系不上，还能找不见人了？等我把工作很快熟悉一下，我还想搞几次大清查大搜捕，这些都在我的考虑之内了！"

　　邢举牢在各个屋子张扬完毕后，也走进这边的屋说："陶局长，市局和分局虽然是垂直关系，但是财务却是各自独立着，"他转向皎刚正和气地说，"李政委说他很快给你在这边配发手机，你现在的手机可是我们支队的。"

　　陶成华起身说："这些鸡毛蒜皮的事情别对我说！"说完就走了出去。

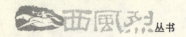

皎刚正看出邢举牢是要切断他和孙维孝的联系，便用缓兵之计说："我这手机的费用可能超出了规定的限度，让我去电信局查询一下，明天就交给你。"

邢举牢说："我只是说了一句笑话，皎局长真和我们分得这么清呀？再超也不过几百元嘛，超多超少你都不用管了！"

皎刚正还想说什么，李政委就拿着一个新手机进来说："换了换了，分局再穷还给皎局长买不起一部手机了！"

皎刚正无奈地把老手机交给了邢举牢说："看来邢局长的工作确实仔细。"

"不好意思不好意思，都是穷日子把人过生分了。"邢举牢装了手机又说，"皎局长，是不是支队还应该给你开一个欢送宴会，那边永远是你的娘家人呀？"

李政委也抢着说："不行不行，今天下午都不能走！我已经安排好了，托你们三位局长的福，大家都想撮一顿了。设席容易请客难，三个局长一块儿敬！"

皎刚正冷冷一笑说："刚才都在哭穷，一下子又都大方起来了？"

邢举牢和李政委异口同声地说："不管再穷，该尽的情分也要尽到。"

皎刚正一点儿不给面子地站起来说："我说过我下午有事情，现在你们的礼节进行完了，我就只能失陪了！"

陶成华的目的只是和皎刚正套近乎，现在连主要对象都要走，他就失去了待下去的兴趣和意义。他闻声追上皎刚正说："皎局长，就是走也要相互打个招呼吧？"

皎刚正说："听说你们还要吃饭，我就不能奉陪了！"

"谁说吃饭？！"陶成华很恼怒地看着邢举牢和李政委说，"搞这些形式干什么？以后要定下一条规定，市局的领导不管因什么事情来，一律不吃请！"

皎刚正把不欢而散留给他们，拦了一辆出租车就回家了。

孙维孝的手机只是他需要通话时才打开，皎刚正一直和他联系不上。深夜之后，孙维孝的电话打到皎刚正的家里，二人才见了面。皎刚正把孙维孝领到西城分局的办公室，一坐下来就急切地问："情况怎么样？"

孙维孝骂了声邢举牢说："坏事了！我不知道你的手机这么快就被邢举牢拿走了，邢举牢哼哼呀呀地接话时，我也没细听，所以把今天调查的情况全都说给他了。说完话后我就觉得不对劲儿，再问他是谁时，他才说他是邢举牢，还勒令我立即回去见陶成华呢。"

皎刚正目瞪口呆了半天才追问说："你给他说了什么？"

孙维孝说："我一开口就说，陈根存确实在大杨县车管所注册了一辆摩托

车，根据那种车型，我又到卖摩托车的商店看了看，这种车的轮胎花纹也和焚毁汽车现场的那种轮胎印相同。"

"邢举牢没有追问陈根存是谁吗？"

"他好像有些犯愷了，最后再细问时我就把电话挂断了。"

皎刚正平息了紧张的心情说："我想邢举牢现在还犯糊涂，但是他一定会把这一情况告诉陶成华或者白光斗，只有到了白光斗那里，才会明白过来。"

孙维孝丧气地说："有陶成华和邢举牢在，这个案子就很难往下破了。白光斗一旦明白过来，又会把陈根娃远远地支走，陈根娃跑了，陈根存还能找到吗？"

"暂时不会。"皎刚正肯定地说，"白光斗把赵群放走还没回来，再把陈根娃支开，他也害怕心头的隐患在外边惹出了事呢。"

"咱们先分析一下白光斗是不是向陶成华和邢举牢把真相说清了。"

"从陶成华这么快的举动来看，他起码知道白光斗希望把案子拖下去。至于邢举牢，他只是极力想当好陶成华和白光斗的哈巴狗，或者说仅仅以旁观者的身份看出了一点儿眉目。"

"我吃不准的是，究竟烧毁汽车的人是陈根娃还是陈根存？"

"那个烧毁汽车的人是单独行动，一个农村小伙没有那个心眼儿也没有那个胆量！所以说肯定是陈根娃干的，而且是受白光斗的指派。白光斗或陈根娃在这一点上又犯了错误，他们为了不留下遗漏，专门为销毁汽车买了一辆新摩托车，可是用完之后却没有转卖他人，陈根娃就送给他弟弟骑了。还可以推断，白光斗那时候还没有怀疑陈根娃是杀害郑树民的凶手，就把用完的摩托车作为讨好陈根娃的奖励让陈根娃送给弟弟了。"

"我想现在就应该传讯陈根娃了！"

"谁来传讯？一是证据还不确凿；二是这个案子还在市局，邢举牢已经从我的手里把案卷接过去，你只是一个普通的办案人员可以向谁请示汇报？"

"照你说一点儿办法都没有了？"

皎刚正苦思冥想了好一阵子才有了一个新主意说："我突然又想起那个留下指纹的手电筒来了，要弄清烧毁汽车的人是不是陈根娃，这个证据是不可缺少的。"

孙维孝鲁莽地说："思来想去黄花菜都凉了！我现在就去索取陈根娃的指纹！"

"你怎么索取？"

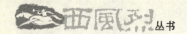

"你这儿有印泥吗？我就让他在一张白纸上摁一个指印，每一个公民都有配合公安执行公务的义务！"

"这样只会把我们的用心彻底暴露，只会使我们重新陷入被动。"

"是不是一个副处级的待遇又把你感化了？"

"我是说要巧取！我是说要充分利用我现在的位置。"

"可是事不宜迟呀！"

"现在就走。陈根娃任经理的那个服装店在西城区的管辖范围之内，你从焚尸案里还没有脱手，对我们来说唯有这一借口了。"皎刚正说完就找来一瓶胶水，稀释后在自己的手机上涂抹着。

孙维孝看出了名堂说："你是不是要这样对陈根娃说，'我们有一件事情要找你弟弟，请你给你弟弟打个电话吧。'然后不管他打不打就已经在手机上留下指纹了。"

皎刚正点点头说："只要一提他弟弟，他一定会突然发愣，这一效果也十分重要。"

可是这一天晚上他们却扑空了。陈根娃既没在写字楼的屋子里，也没在服装店里留宿。

陈根娃一下班就被白光斗叫走了。邢举牢把孙维孝无意间透露出的消息当即就向陶成华汇报了，陶成华弄不清孙维孝怎么又扯出了一个陈根存，也不想细问邢举牢。既然孙维孝提到了烧毁汽车的现场，无疑是和焚尸案有重大关系。他也没有去见白光斗，只用电话把这一情况向白光斗通了气。

白光斗惊慌失措地把陈根娃叫到大黄楼宾馆他的秘密住室了。

"光斗，像这样下去不行吧？"陈根娃一副若无其事的神情，一开口就谈着生意说，"服装店不但你不操心，听说各县的其他摊子你也好些日子不过问，到年底他们还能交出钱来吗？"

"可是你的钱够花一辈子吧？"白光斗喝问说。

"你这是什么话？"陈根娃不愠不火地说，"你总不是怀疑我偷了你的钱吧？"

白光斗紧接着逼问说："郑树民拉的那一车烟钱少说也是三十万！"

"就是一百万和我有什么关系？！"陈根娃也来气了，"这么说你是以为我把郑树民杀了？我连郑树民拉的什么东西至今都不知道，怎么会知道杀了郑树民能得到那么多钱？！行，这事我也没法说，你是先到我家里搜还是先到公安局报案？话说到这儿我也什么都不怕了，你不报案我还要让公安局出面查到底还我

一个清白呢!"

"你装得太像了!我真想不到我身边会藏着一个这么阴险的杀人犯!"

"那好,你现在就把我这个杀人犯扭送公安局吧!"

"不用公安局!我只要说一句话,你就会从地球上彻底消失!"白光斗咳嗽了一声,门外就进来了两个保镖。可是他们并没有走进套间里来,而是在外间转了转就被白光斗打发走了。

陈根娃面不改色地说:"光斗,我也实在想不到一个把我叫了十多年哥哥的好弟弟到头来却要把我杀了!"

"说吧!你是怎么把郑树民杀死又放在麦秸垛上烧成了焦尸?"

"光斗,你这样吓唬我不觉得无聊吗?我只知道我帮你找那个汽车烧那个汽车,你还要问什么,我只能说——不知道!"

白光斗见陈根娃不吃硬的,只得说出了下午才得到的最新情况:"不是我怀疑到你的头上,而是皎刚正和孙维孝仍然抓住你不放!他们已经查找着那辆摩托车,还把你弟弟牵扯上了。"

陈根娃一惊,差点儿从沙发上溜下去,但却是代人受过地说:"这不是又把根存害了吗?他可是什么都不知道,只是骑了那辆用过的摩托车。"

"根存现在在哪里?"

"我让他……去一个城市跑摩的了。"

"能不能很快和他联系上?"

"能……"陈根娃支吾了一声又改口说,"噢,很快不能……他有时只是给我打电话,我是不是找他一次?"

白光斗看着他乱了方寸的样子,又故意说:"根存只是骑了你送的摩托车,你不必为他这么操心吧?你慌什么乱什么?"

"你如果不着急我还着什么急。"陈根娃又端端地坐好说,"我干的一切事情都是为了你呀。"

"你是不是把什么证据留在毁车的现场了?"

"没有呀。就是那两个筐子我也是跑了一阵子才扔掉的。"陈根娃想了想又说,"他们要查摩托车,可能就是在那个现场看到摩托车留下的车印了。可是骑摩托车的人太多了,怎么就……就查到根存身上去了?"

白光斗一头雾水,他心里琢磨着杀害郑树民的就是陈根娃和陈根存,但是现在又不敢肯定了。其实他软硬兼施地想诈出陈根娃的实话,并不想把陈根娃怎么样,而是想从陈根娃说出的实情中采取进一步的对策。他弄不清皎刚正和

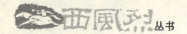

孙维孝为什么丢开了赵群又忽然追查起那辆摩托车了？这确实让他措手不及毫无思想准备。很快他就欣慰了，有陶成华和邢举牢这两个硬邦邦的关系撑在那里，皎刚正和孙维孝还能怎么查下去？皎刚正已经拿掉了，明天再把孙维孝拿掉，弄得烟雾缭绕的焚尸案，也就随风飘去了。既然是最后一搏，他只是以防万一地叮咛陈根娃说："这些日子你必须稳稳地待在店里，皎刚正和孙维孝如果变着法子来找你，你一概不认他们的账！他们要问什么要查什么，你就让他们拿出市局的证明来。还有，让根存把那辆摩托车立即出手卖出去，也要从现在的城市离开！"

陈根娃更仔细地说："他们拿出什么证明我也不看，我又没干犯法的事，理他们干啥呀！"

18

拦 腰 斩 断

　　孙维孝真的病倒了，这个从来不知道苦不知道累的硬汉子是被一口气憋倒的。那天晚上，和皎刚正在陈根娃的门前吃了闭门羹后，他就觉得胸口闷得难受，不是皎刚正扶他一把，他当时就会栽倒在地了。第二天，皎刚正又必须参加学习，独木难撑的他躺在家里又接到局里的通知说，经局党组研究决定，任命他为北门派出所副所长，并限他两日之内前去派出所报到。北门派出所说起来还在市区以内，但是辖区却全是种菜的农民，他知道这样的结局无异于流放，而且只要陶成华不离开市局，他就要在那儿一直干到退休。邢举牢派来的人当时还收走了他的手机，似乎通知一发，就可以把他扫地出门了。

　　皎刚正放心不下，中午休息时又打电话询问，匆匆赶到医院，孙维孝已经躺在病床上了。皎刚正见孙维孝的病床旁边没有一个亲人，也没有一个昔日的战友，以为他假托有病还要周旋着焚尸案，心酸地开了一句玩笑说："我是不是该叫电视台来，孙维孝住院真是一个大新闻了。"

　　孙维孝的眼角淌出两颗泪珠说："我是真垮了，我是真撑不住了。"

　　皎刚正瞪大了眼睛，看着头顶的吊瓶说："那……那他们怎么没有一个人来？"

　　孙维孝噎了半天说："除了你，谁还会看我？说一句不怕你笑话的话，这些年来我很少顾家，连我的老婆孩子都不想理我。我说我要到医院去一下，老婆还以为我又是糊弄她。我……我也怕别人笑话，还好意思给谁说呢？当我昏头涨脑地走来时，真怕一头栽倒在大街上爬不起来了。"

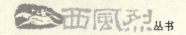

皎刚正再看着这杂乱的八张床的病房，忍着几次要滚出的眼泪说："我这就给你换一个病房！"

孙维孝一把扯住了他说："算了，我现在住院还不知能在哪儿报销，打两瓶吊针也就行了。"

皎刚正坚决地说："我就是自己出钱也要让你多住几天！"

"刚正，"孙维孝痛苦地摇着头说，"说实话，我这病也仅仅是一口气，吐不出咽不下啊！气把我累垮了，气把我拿下了。如果说昨天晚上我还抱着一线希望，但是今天早上我才看到了权力的力量有多么强大。权力的网只凭你我两个人能冲破吗？你说这案子没有一点儿眉目我还可以认这个账，可是咱们一个一个地把证据找出来，都被他们一个一个地掐断了。"

皎刚正一字一顿地说："为了你这样的硬汉子能被气病，我也非得弄个水落石出不可！维孝，我也给你说一句实话，如果说昨天晚上我还想巧妙地和他们周旋，既可以把案子告破，又能保住我这个局长，但是现在——我什么都不顾了！"

孙维孝长声叹息说："难啊——他们层层有人，一层压着一层，一层护着一层，这张网实在是太严密了。"

皎刚正说："凡是利欲熏心的人都会留下尾巴，露出缝隙，我就不信他们永远是铁板一块。"

这时候，郭淑红已经悄无声息地站在病床一旁了。她看了看躺在病床上的孙维孝，一句话没有说就冲出门去。

皎刚正来到楼道，走近扶着墙壁抽泣的郭淑红，轻轻地拍了拍她的肩膀问："你怎么过来了？"

郭淑红转过身来，紧咬着嘴唇说："我……什么都不想说了。"

"有什么情况吗？"皎刚正追问说。

郭淑红使劲儿地摇摇头，然后又无望地说："没用了，说什么都无用了。"

皎刚正正要发火，忽见孙维孝一手高高地托着输液瓶，一手弯曲在胸前也跟出来了。郭淑红扑过去接过了孙维孝手中的吊瓶举着说："我一直等着你们胜利的消息，没想到我们却输得一败涂地。"

皎刚正说："你就是为奉送这一句话来的吗？"

郭淑红看着人来人往的病房说："咱们三人在这儿见面，不就是最好的解释吗？"

皎刚正说："那好！如果你真是为奉送这一句话来的，那你就可以回去了。

但是请你等待着，我一定会让你听到胜利的消息的！"

孙维孝忍着性子说："小郭来一定有事情，你们先在下面等着我，我立即就下来。"说着就从郭淑红手里拿过吊瓶向病房走去，皎刚正和郭淑红不放心地跟进去时，孙维孝已经拔下了手腕上的针头。"快走快走！"孙维孝率先出了门。

他们来到楼下的院子，却找不到一个僻静的说话的地方，不知不觉地，他们竟走到医院一角的太平间门前来了。这儿倒是行人稀少，皎刚正自嘲地一笑说："郑树民如果在天有灵，不知会发出什么感慨？"

孙维孝沉重地说："郑树民也是认贼作父，被自己的朋友害死，至今还不能得到亲人的认领，可是这一可悲的下场他永远都不会明白了。"

皎刚正这才催促郭淑红说："说吧，你怎么找到医院来了？"

郭淑红说："我一直给你们打电话，可是接电话的总不是你们。后来接电话的人才告诉我，你们都不在刑警支队了。我又给你们的家里打电话，孙师傅的爱人还没好气地说，孙维孝死了，你到医院为他送葬去吧。我以为孙师傅真出了什么事，放下电话就赶过来了。"

孙维孝窘迫地说："小郭，你别和你嫂子计较，她跟上我这样的丈夫能不生气吗？说事说事，见到你们，我就来精神了！他妈的，我大气小气都生过，但是这一次的窝囊气真是快要我的命了。焚尸案如果眼睁睁地从我手里溜过去，我想我至死都抬不起头了！"

郭淑红说："有一件事很奇怪，陶成华前脚离开同济县，那个王花晨后脚也从那个家具店里不见了。这几天，我们那边的人都在纷纷议论，说是王花晨本来就是白光斗送给陶成华的情妇，陶成华一走，王花晨还能待得住？大家还议论说，那个家具店也好像是白光斗和陶成华合伙开的，传说陶成华这两个月就挣了几十万。"

孙维孝听完又泄了气说："查这些事不但费时费力，而且要举报给纪检委和反贪局，这两家都归白金明管，还能查得下去？"

皎刚正说："现在只能旁敲侧击了。把陶成华扳倒就把白光斗依仗的大树拦腰斩断了！陶成华有没有贪污受贿咱们都不要管，男女作风问题也不能置他于死地。可是他现在的公安局长还是代理阶段，人大常委会还没有开会通过呢。只要咱们把陶成华和王花晨堵在一个屋子里，哪怕抓到派出所立即放走，传出去他的局长就会在人大常委会搁浅了。"

孙维孝兴奋地说："对！先把他搞臭，他就成缩头乌龟了。"

郭淑红又讲了一个情况说："我在公共汽车上，看见白光斗开着车好像又到

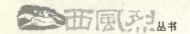

同济县去了。"

皎刚正立即说："是不是赵群一直在同济县住着？"

孙维孝说："也许他是给家具店重新安排人吧？噢，不管赵群在不在那边，我看还是我跟过去好。他现在还是热锅上的蚂蚁，可不能让这锅凉下来了。"

皎刚正担心地问："可是你的身体能不能吃得消？"

孙维孝说："只要你不趴下，我就倒不了！"

皎刚正问郭淑红还有没有其他事？郭淑红说她就是为陶成华的事情过来的。皎刚正告诉了她自己的新手机号码说："那你就和老孙一块儿过去，有事及时联系，现在只有我还相对自由一些。"然后又对孙维孝说，"看来你们只能去坐公共汽车了。"

孙维孝不在乎地说："这几天我还坐得少吗？我只是觉得应该让小郭退出来，咱们是不要这张老脸了，可是如果把陶成华扳不倒，小郭的日子就难过了。"

郭淑红说："只要陶成华在公安局立住了脚，我就是退出来，他也不会给我好日子过！我还记着刚正哥说过的话，把这个案子搞到底，我才会真正认识这个社会。别说彻底退出来，就是这几天得不到你们的消息，我就有一种恐惧感屈辱感。"

孙维孝又对皎刚正说："你刚刚到分局，就是找见陶成华和王花晨的秘密住处，谁能跟着你一块儿去抓人？这可是抓他们的新任局长哩。"

皎刚正说："陶成华摇身一变成了公安局长，不服气、看不惯的人多了！邢举牢的横空而出也是不得人心！只要我亲自出马，后边就能跟一群！"

他们说完就分头离开了医院。

王乾坤出席公安局的学习会使大家都感到意外。一直把王乾坤不放在眼里的陶成华很不自在地说："王书记今天怎么闲了？"

王乾坤一脸肃然地坐下说："我现在还是政法委副书记，听你的口气我好像变成一个无所事事的闲人了。"

陶成华讪笑一声说："那就欢迎王书记指导工作吧！"

王乾坤说："就是你们的学习我参加一下也没有什么不可以。"

陶成华弄不清王乾坤的来意，越发紧张地说："您有什么重要指示是不是先讲一讲？"

王乾坤不客气地说："那我就先说几句！公安局的班子刚刚换任，有些领导

还没有履行法定的手续，所以人大常委会也会听一听政法委的反映的。政法委的书记由白金明同志兼任着，他就不能管得很具体，另一个副书记抓全盘，我就得经常往下走一走。公安口是我的老本行，这儿的情况我就得经常掌握着。不然人大常委会向政法委要反映，连我都说不出张道李胡子，那就成大笑话了！"

陶成华见王乾坤还是一口的官腔，这才略带嘲弄的意味说："公安局这些年遗留的问题太多，我觉得首先要提高认识，统一思想。"

王乾坤说："我今天来也是向大家检讨，以往的工作我确实有点儿明哲保身得过且过！比如说'七一三'焚尸案我就没有抓到底。所以说如果要抓遗留问题，我以为还是要抓重大案件的侦破，公安局不是党校，公安局毕竟是公安局吧？"

陶成华不屑一顾地展开学习材料说："王书记的指示很重要，我们一定要边学边改。好，下来就开始今天下午的学习。"说完就低头读着文件，再也不理睬王乾坤了。

王乾坤十分认真地掏出了笔记本，正襟危坐地听着记着，一直把下午的学习参加到底。

散会后，王乾坤又毫不避嫌地走到皎刚正前面说："刚正同志也是新上任的基层领导，走，我还得深入基层地听听大家对你的反映哩！"

陶成华一惊就有了满脸的笑容说："王书记太辛苦了，我还得晚上加班把县上的一些工作移交一下，就不能陪您了。"然后又冲着邢举牢说，"邢局长，王书记就由你陪同了！"

王乾坤哈哈一笑说："看来不只是我留下了遗留问题，陶成华同志在县上的遗留问题也很繁杂嘛！"他冲着邢举牢说，"你自己觉得有陪同的必要吗？我过去曾是老官僚，但是你不能成为新官僚？刚才陶成华同志还说边学边改，那么这种形式就先从我这儿改掉吧！"说完就跟着皎刚正大踏步地出了会议室。

他们一同进了皎刚正在分局的办公室，皎刚正一落座就开玩笑说："离开局长的位子你倒像个局长了？"

王乾坤这才愤怒地说："他们怎么能这样胡整？撬走一个皎刚正还要撬走孙维孝！一开始就搞什么学习会，这瞒天过海地要糊弄谁呀？我什么都看出来了，陶成华的目的就是要把你牢牢地拴紧，就是要把焚尸案拖掉。"

皎刚正把最近的情况说完后，又说了他和孙维孝商量好的对策。

王乾坤果断地说："也只能这样搞了！我想白光斗还不敢把他的恶行告诉白

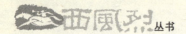

金明和省上的什么大人物，现在看来陶成华却是什么都清楚了。从陶成华这儿拦腰一斩，白光斗就会满盘皆输了！"

皎刚正说："那我就不多陪你了，今天晚上就要赶紧行动。"

王乾坤思考了一阵说："我也不能只是在口头上支持你呀，再说万一扑空他们就会反咬一口。说不定陶成华还会对你立案调查哩。"他还对皎刚正透露了一个秘密，在研究公安局的人事变动之前，邢举牢就向市委和白金明写过反映信，说是皎刚正长期和一个叫郭淑红的女警员保持暧昧的关系，甚至以破案为名，把郭淑红从一个县上借调到他的身边……

"邢举牢真变成一条疯狗了！"皎刚正脸都气青了。

王乾坤摇手让他镇静下来说："现在骂还有什么用，当时连我都信以为真了。这样吧，抓陶成华的责任我来背着，你先找几个可靠的人把陶成华的行踪摸清，然后随时和我保持联系，我会以政法委的名义给你们下达命令！政法委就是全盘管理政法口的干部队伍，这样搞也就名正言顺了。"

皎刚正一步上前紧紧地握着王乾坤的双手，却感动得说不出话来。

白光斗又为情感所困了。以往凡是和他接触过的女人，他都可以颐指气使掌握主动，唯有赵群，他却不能表现出丝毫的冷漠。

赵群这次出走，纯粹是白光斗安排的旅游。他本来还想让赵群彻底离开河东市，就是在外边没有工作，他也可以买一所房子养着她，但是赵群却口口声声离不开白光斗，白光斗也害怕赵群受不了长期的寂寞又向他追要郑树民。郑树民的事情没有个最后的交代，他就难以甩脱赵群了。

白光斗没有让赵群直接回到市上，是觉得陶成华和皎刚正正在进行最后的较量。在这个关键的时候，赵群一出现，会不会又要掀起一层波浪呢？他还知道坏事都坏在女人的嘴上，赵群这次并不是去探望丈夫，她一激动，也会向别人描绘这次旅游的实情的。

孙维孝和郭淑红赶到同济县城时，赵群早已住进白光斗为她安排好的安乐窝了。他们现在居住的屋子就是陶成华和王花晨前一阵子住过的。

"想死你了想死你了……"躺在床上的赵群又陶醉地扑进身旁的白光斗怀里一个劲儿地亲吻着说。

"玩了这么些日子你就不累？"白光斗面露难色地推开赵群，又不得不以亲昵的口气哄劝着说，"好好歇一歇。"

赵群真是疲惫地躺平说："光斗，哟，我现在不用叫你白总了吧？"

白光斗下意识地哼了一声。

赵群畏惧地看了看白光斗，很快又撒娇地说："就叫你光斗就叫你光斗！哪怕永远和你这样偷偷地好，我一辈子也不想离开你了！"

"你就一点儿都不记郑树民的情分了？"

"你又提他！我不是说过多次了，他就是真死在外边我也一点儿都不想他！我……我还盼着他早早地死呢！"

"你的心也太狠了吧？"

赵群竟委屈地流出泪来："光斗，我不是心狠，我如果心狠还能和他凑合着过了这么多年？我是太爱你了！你对我这么好，为我花了那么多钱，现在回来，你又让我在这里安安静静地休息几天，你那么忙还来陪着我，你说我能不感动吗？说实话，这半个月，我把一辈子的福都享了。一开始出去，我还开心地到处游山玩水，后来我就一点儿玩的心思都没有了，白天夜里只是个想你，恨不得一下子飞到你的身边！"

白光斗霎时觉得这又是一件让他头疼的事情了，他违心地笑了笑，就起身穿着衣服，赵群一把抓住他的手说："光斗，你待这么一会儿就要走了吗？你把我留在这儿没想到我会害怕吗？"

"我不走，"白光斗安慰她说，"可是我不能老是睡觉，这边还有我的商店，我的生意不能丢下呀。"

赵群又担心地说："是不是你要把我留在这边了？我可不愿意在这边留！留在这边就和你分开了，咱们见一次面就不容易了。"

白光斗终于按捺不住心头的火气说："都像你这么缠着我，我还怎么做生意？我如果再不做生意，你还能出去玩还能住这样的房子吗？！"

赵群一愣，连忙乖顺地说："我……我不、不缠你。我会永远听你的话。"

白光斗掀起窗帘往下看了一阵，又口气温和地走近赵群说："这几天我也不会离开你，可是我要忙着商店里的事，什么时候过来也说不准。你记着，不管是谁叫门敲门你都不要吭声，我回来会自己开门的。屋子里吃的东西都有，你饿了自己做着吃。"

赵群打了一个激灵，下意识地坐起来说："你……你白大老板在这边还怕谁呢？现在哪个大老板不养情人，你怎么养着我就害怕了？"

白光斗厌烦地说："不是害怕，是要谨慎，我可不是别的老板，该注意的就要注意！"说完他走出卧室，又在客厅那边的窗子朝下看了看，才反锁了门下楼了。

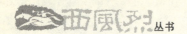

赵群好像感到了一种恐怖的气氛包围着她,不敢睡也睡不着了。她急速地穿好了衣服,甚至连风衣也穿在身上扣好了扣子。先是犹如囚犯犹如困兽地满屋子转悠,后来又去拧客厅的门锁,当她看到门已被反锁后,一声号啕就哭起来。只哭了一声又用手掌捂住自己的嘴,这样憋着就使她全身不停地发抖。不知过了多长时间,卧室的电话忽然响起,她接了电话才平静下来说:"啊,光斗,我……我没事。一听到你的声音我就……就不怕了。"

此时此刻,白光斗刚刚给家具店的一个小伙子交代完了业务。天已擦黑,那个小伙送白光斗到门口时问:"白总,你今天晚上在哪里住?"白光斗"唔"了一声正要说什么,忽然看见一辆出租车在远处停了一下又掉头开走了。白光斗的脸上露出一丝狞笑,立即就开起自己的车尾随那辆出租车追去。

孙维孝和郭淑红乘坐的那辆出租车绕了几个圈也无法把白光斗的车甩掉,只得在一个宾馆门前停了下来。

白光斗走下车耻笑地说:"孙维孝,怎么又来起了这一套?这恐怕不像公安人员应该干的事情吧?"

孙维孝指着自己的便服说:"请白总看清楚,我已经准备当老百姓了!"

"就是老百姓也要顾脸顾皮吧?怎么还把我跟到这边来了?"

"想看看你怎么做生意,想从你身上学会做生意的秘诀呀。"

"做生意可不是做贼!偷偷摸摸干什么?"

"这正是我要学习的经验,你一会儿就把我教会了——像你这样的生意人,身上要长八只眼,时时事事都要提心吊胆,要不然我远远地坐在出租车里,你立即就觉得不对劲儿了!"

白光斗噎了半天又看着郭淑红说:"这么说这个年轻的女警察也想当老百姓了?你可比孙维孝嫩多了,想扮演老百姓就应该把你这一身警察的皮脱掉!"

郭淑红说:"穿不穿这身衣服,我想你在今天晚上还不能指使别人做出什么决定!所以说,只要我现在还穿着这身衣服,就仍然是一个女警察!至于我嫩不嫩,这要从骨子里说,看见的、知道的事情多了,也就很快变得老道了!"

"警察跟着我,就无疑是有什么公务了?孙维孝说他已是老百姓,就没有询问我的资格!请问这个女警察,你有什么公务询问我吗?"白光斗盯着郭淑红说。

郭淑红沉稳地说:"我倒要问你是不是有什么事情给我反映!是你跟着我们的车追过来,而不是我们尾随着你或者截住了你的车!"

白光斗再看着孙维孝说:"一个自称警察一个自称老百姓,这两个人坐在一

个车里不是很不正常吗？"

孙维孝说："老百姓就不能和公安打交道了？你和公安打的交道还少吗？我想你以后还会和公安继续打交道的！"

白光斗哑了一会拉开车门说："好！我现在就和你们继续打打交道。看来这个女警察已经没有理由再跟着我了，可是要变成老百姓的孙维孝我还是很同情的。你不是要学着做生意吗？是你自己顾车还是坐我的车？我今天晚上还要去另一个县看我的商店，那儿兴许还有你要学习的经验呢！"

孙维孝说："我这人有个坏习惯，既想学经验又不想落人情、交学费，还是让我悄悄地学吧！"

"那就再见了！"白光斗钻进车去，呼一下就把车开走了。

看着白光斗的车在街头消失，孙维孝后悔地嘘了一声说："这家伙真是浑身都长着眼睛了，这样把他的阵脚打乱，赵群就很难出现了。"

郭淑红说："要不你明天先离开，由我在这边盯着。"

孙维孝说："那边有皎刚正顶着，白光斗受到连续的惊吓，他可能会狗急跳墙的！这边又不能告诉任何人，我怕白光斗要加害于你。再说，市上那边已经够白光斗操心的了，他还有心思察看他的生意？如果不是把赵群接到这里，他肯定不会到这里来！今天他能赶过来，就说明赵群已经到这里了。"

"可是他把赵群能藏在哪里呢？"

"不找赵群。你明天还是照常上班，只要白光斗再次出现，我想赵群就出现了。"孙维孝说完又叮咛郭淑红这几天要注意安全。

郭淑红又问孙维孝这几天住在哪里？

孙维孝说这不用管，他是几十年的老公安了，有办法和白光斗继续周旋。

白光斗是五天之后又来到同济县城的，正在城外一个茶水摊坐着的孙维孝看见白光斗的车开过来就起身迎在路边了。大概白光斗完全没有想到孙维孝会有这样的耐心，而且竟然这么准时地选择好等候他的地点，一愣神就差点儿把车开到公路之外。但是白光斗还是很快稳下心来，把车开到孙维孝的身边，没有下车问："孙维孝在这儿又想学习什么经验了？"

孙维孝说："我今天又成了一个观众，想看看你还能演出什么戏哩！"

白光斗说："你是想看喜剧还是想看悲剧？"

孙维孝说："我想你只会演闹剧悲剧和滑稽剧吧？"

"你错了！我今天演的可是喜剧，或者说我只会演喜剧。"白光斗已经慢慢

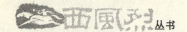

地启动着车说，"你如果是一个好观众，就在这儿等着吧！我既然成了你眼中的演员，就一定会称职地让你看到好戏！"说着就把车开走了。

孙维孝没有追赶，他心想白光斗只是去接赵群，即使是白光斗还要耍什么花招，下一个节目也就是在市上演了。昨天晚上，皎刚正已经获得了"拦腰斩断"的胜利。据皎刚正在电话上说，陶成华已经不可能再去公安局上班了。陶成华突然趴下了，白光斗还能蹦跶几天呢？一个多小时后，白光斗的车真的又从县城那边开过来了。

白光斗仍是不下车地说："我其他几个商店的生意都不错，可惜我的好戏你都看不到。"放纵地笑了一声又说，"你说我演的是喜剧还是悲剧？"

孙维孝往车里看了看问："你又把赵群转移到哪里去了？"

白光斗说："你他妈的也太烦人了吧?！人家赵群已经探望了郑树民，你们为什么还要揪住她不放？一群无能的蠢猪！焚尸案你们破不了，非得把脏水往我的身上泼！"

孙维孝厉声地说："白光斗，我告诉你！除非你把郑树民领到我们面前，否则我们就永远和你没完没了！我还可以告诉你，陶成华已经趴下了，公安局还是人民的公安局！"

白光斗也知道陶成华出了事，头软软地耷拉了一阵又强装威严地说："你们会看见郑树民的！噢，你不是想见赵群吗？她现在是我这个家具店的经理，人已经在店里上班，要去快去，她也有两条腿，再跑到哪里去我可不帮你们找！"

孙维孝赶到家具店，赵群惊悚了一下又绽开笑容说："欢迎光临。"孙维孝知道在赵群这儿暂时还摸不出新情况，只留下一句话说："白光斗给你把什么都教会了，但是请你不要忘记，我还是市公安局的一个警员，光临这儿绝不是买家具！"

随后，孙维孝又把这一蹊跷告诉了郭淑红，郭淑红说陶成华出事的消息已经在整个同济县城传开了。让孙维孝赶快回到皎刚正身边去，焚尸案肯定不久就会告破。

19

最后的疯狂

陶成华的丑闻的发生地是省城郊区的那个度假村。这是周末的晚上，连续一个星期的学习使陶成华自己都感到枯燥乏味了。下午他就提前结束了学习，在最后的讲话中，还煞有介事地说，这个礼拜天市局机关和各个分局的主要领导都要亲自值班，很快拿出工作计划，把学习会的精神贯彻下去！市局领导也要分头抽查，假如有人擅离岗位，一定要受到严肃处理！皎刚正当时就在心里发笑说："你这是给自己念丧经了。"

散会之后，皎刚正就找到他以前的司机小谭说："你不是还惦记着焚尸案吗？那就给你一个小任务吧！"小谭说就是大任务他也能完成。皎刚正就让小谭时时刻刻注意着陶成华的动向，不管陶成华进那个宾馆到哪里去都要赶紧向他汇报。小谭苦恼地说，邢举牢已经把他的车钥匙要走了，他现在只剩下了两条腿。皎刚正说这样更好，开着警车反而会引起陶成华和邢举牢注意。他让小谭借一辆摩托车，扮成跑"摩的"的模样，实际上更安全可靠。

吃过晚饭，邢举牢还真的来皎刚正这里检查了，见皎刚正和李政委早已坐在一起研究着工作，也就放心地走了。皎刚正回到自己办公室，不一会儿小谭就来了电话，说陶成华自己开了一辆警车，先去东城分局停了停，然后在大黄楼宾馆的门前接了一个女人就沿着通向省城的方向出城了。皎刚正问小谭现在在哪里？小谭说他在城外的一个电话亭。皎刚正让小谭紧紧追上去，他后边就赶过来了。皎刚正过去对李政委说，他们两人应该轮流值班，李政委看出皎刚正可能家里有事，也对陶成华和邢举牢不满地说，别听他们这一套，该办的事

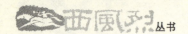

还要办哩！

　　皎刚正开着警车行至半路，又给王乾坤打了电话。王乾坤想了想说，在省城那边皎刚正就不好出面把人抓回，是不是和省厅联系一下？不等皎刚正作出回答，王乾坤忽然有了主意说，他和省会的市局也是多年的老关系，让皎刚正只要把陶成华居住的地方看准，及时给他回话就行了。皎刚正不放心地说："陶成华现在可是这边市局的局长呀？"王乾坤骂了一声"狗屁"说："他还是代理，我现在还是政法委书记吧！我给那边市局的局长把一切都说清楚，他们肯定会大力协助的！"

　　皎刚正和小谭是在郊区的度假村外面会合的，这时候，小谭已经摸清了陶成华和王花晨居住的房间号。和王乾坤通了话，他们就只需在这里等待了。这边的三个警员赶来后，似乎已经安排好了一切。他们让皎刚正和小谭先走一步，说他们办理了例行手续会把人直接送过去的。皎刚正又不放心地问："你们知道那个男人是谁吗？"那个警长说："公安队伍的败类嘛！我们什么都知道了。"

　　陶成华和王花晨是第二天早上被送回来的，直接移交给政法委处理。听说陶成华一开始还死硬地不肯暴露自己的身份，大吵大闹地说，他和王花晨确实是情人关系，不是卖淫嫖娼就没有理由抓他们。后来看清好像是有人告发的，又苦苦乞求着要以重重的罚款了结。后来见人家软硬不吃，就知道他还是栽在皎刚正手里了。

　　王乾坤是在陶成华和王花晨被送过来后才通知白金明的，白金明双眼发花地走进政法委的会议室时，陶成华早已泪流满面哭成泪人了。王花晨却大大咧咧地坐在一旁，只是脸上的神态有点儿气愤的扭曲。捉奸捉双，人家已经把他们堵在了一个屋子里，陶成华也不想狡赖，只是语无伦次地说，他立即写检查，立即写出深刻的检讨。白金明什么都不想问了，几乎不敢和陶成华的眼睛对视一下。他瞥了王花晨一眼走出屋子对跟出来的王乾坤说："先让那个女人回去吧！政法委不是收容站也不是审讯室。"王乾坤觉得目的已经达到，就喝令王花晨先离开了。

　　虽是礼拜天，但是市委门前和院子里还是照常有一群锻炼身体的人，政法委就在市委的机关办公楼上，有人看见警察从两辆警车上拉下了陶成华和一个时髦的女人，一会儿楼上楼下便引发了以陶成华为主题的议论热潮。白金明知道这事情抹不过去也包不住，进屋就把陶成华训斥了好一会儿，又回到王乾坤的办公室说："还能怎么办呢？再不能把公安局搞乱了吧？这几天你先过去招呼着，等陶成华写出深刻检讨再作处理决定吧！"

王乾坤态度明确地说："我觉得你应该立即向鲁书记汇报，陶成华是正县级领导，处理他应该由纪检委拿出材料，最后的决定权就在市委常委会了！"

白金明犹豫地说："不就是生活作风不检点嘛，先看看本人的态度再说吧。"

王乾坤丝毫不妥协地说："你恐怕要在这件事情上避嫌吧？据我了解，这个女人和陶成华还有着经济上的问题，并且是由白光斗介绍认识的。你的态度稍微有点儿暧昧，都会落下包庇纵容袒护的严重责任！"

白金明变脸失色地瘫软在沙发上问："你……你是从哪儿听来的？"

王乾坤说："这不是听来的，我在公安局时已经掌握了！"

白金明有气无力地说："那你为什么不早给我汇报？"

王乾坤说："你给过我时间吗？不等我把事情弄清楚，你们就几乎是在一夜之间让我滚蛋了！我还可以告诉你，搞倒陶成华，是为了尽快地侦破焚尸案！你不觉得陶成华、白光斗，可以说还有你，都是侦破焚尸案的绊脚石吗？"

白金明大口大口地喘着气，身子越来越矮地溜了下去，言语不清地说："你是说……光斗和……和焚尸案……"头一歪就说不出话了。

王乾坤一惊，扑过去抱着白金明急声喊："白书记白书记……"

白金明双眼紧闭，嘴角一股一股地淌出了口水，四肢僵硬得不能动弹了。当王乾坤给急救中心打了电话，大家把他抬下楼去时，苏醒过来的白金明才用十分微弱的声音又说了一句话："乾坤呀……我请求辞职了……你……要把案子……查下去。"

王乾坤不由得一阵内疚，握着白金明的手时眼泪也流下来了。送走白金明，他在大门口站了好久，然后才毅然决然地去向鲁书记汇报了。

孙维孝见到皎刚正时，皎刚正对"拦腰斩断"后的效果还浑然不知。孙维孝说了赵群在那边的情况，又急不可耐地抓起电话。皎刚正却一伸手把电话压住说："还是等一等，处理陶成华就那么容易？"

"陶成华到底抓没抓住你又没亲眼看到，再耽误下去不是又坏事了！"

"这还有假，我亲自去了现场呢。"

"你呀你呀，一到关键时候总丢不下自己的面子，人家要你走你就好意思走？如果是我，非要把那一对货色亲手扭回来不可！"

"你的毛脾气又犯了，陶成华现在就在政法委，他的丑闻到处都传开了，你怎么还不敢相信！"

孙维孝这才觉得口干舌燥，抓过一杯水喝完后，抹了一把嘴又向出走着说：

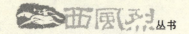

　　"那我就去盯白光斗了!"

　　"你静下来!"皎刚正喝住他说,"现在的问题是统一行动,再不能东一榔头西一棒子的乱敲了。"

　　孙维孝几天几夜都没睡一个好觉了,一坐下来就犯困,靠在沙发上傻笑了一阵,就迷迷糊糊睡着了。过了一会儿,王乾坤打来电话通报了初步结果:经市委常委会紧急会议研究决定,陶成华停职反省,交纪检委继续调查他的其他问题;公安局的工作由王乾坤临时主持;焚尸案一事也由王乾坤全盘负责;对于白金明的辞职请求,待他病情好转后报告省委作出研究。

　　"白金明病了?! 他……他是真的病了吗?"皎刚正有些疑惑地问。

　　王乾坤隔了一会儿才说:"刚正呀,我好不容易当了一回硬汉,可是差一点儿把一个老人的命断送了。现在看来我们确实对白书记有些误解了。他或许和陶成华有这样那样的问题,但是绝不是白光斗的挡箭牌。"

　　皎刚正欷歔了一声说:"那我……是不是应该去看看白书记?"

　　王乾坤沉重地说:"算了吧,这事已经给我惹出了不少的是非,是功是过还是由我一人来处理,就是铺天盖地的骂名也由我一人来背着吧。我想白金明这一倒下去就很难再站起来了,别说一病不起,就是落下个半身不遂,我……我对他的家属都不好交代啊。"

　　皎刚正惭愧地说:"王局长,这事情全部责任在我!我会给他的家属说清的。"

　　王乾坤突然又坚强起来说:"这也值得你争我抢吗?我也是快六十岁的老头子了,非议也好讥笑也好辱骂也好,可我知道我是保住了晚节!可是你的路还长,还有多少重要的事情等着你来干,你就让我偷偷地光荣一次好不好?"

　　皎刚正感动地说:"可是你就是退休之后也还是要受辱挨骂哩。"

　　王乾坤说:"不说这事了!白金明下午要转院,无论如何我得亲自把他送到省城去。这样吧,你先把孙维孝,噢,还有那个郭淑红叫到一起。你们已经掌握了最重要的情况,焚尸案就由你们继续搞!我如果晚上能回来就晚上开个碰头会,如果我晚上回不来,明天早上一定见面!"

　　皎刚正放下电话,就长时间呆坐在椅子上了。

　　孙维孝早就机警地醒来了,他一直听着皎刚正和王乾坤的对话,知道王乾坤又陷入半条人命中去了,就悄悄地站起身来,猛然把门拉开走了出去。等皎刚正听见响动回过头来时,他已消失在门外了。

白光斗昨天晚上就得到了陶成华和王花晨被抓的消息。那时候陶成华和王花晨还被滞留在省城的一个派出所里，当时陶成华还想着只要能找到白光斗，他们的丑闻就可以在省城就地化解。可没想到好不容易打通了白光斗的手机，白光斗却说他在很远的一个县城里。其实白光斗一是鞭长莫及，二是还担心把赵群在屋子里关久了会出别的事。但当后来他再想问陶成华具体在哪个派出所时，陶成华和王花晨的手机就都打不通了。

回到市上，白光斗才觉得这事不能隐瞒邢举牢了。打通了邢举牢的手机，邢举牢就如丧考妣地连声呻吟说，晚了晚了，一切都晚了。陶成华昨天晚上出事他一点儿都不知道，现在他也是刚刚听说的。白光斗问陶成华现在在哪里？邢举牢一下子急哭了说，他听说被带进市委大院了，还听说白书记被王乾坤的几句话一戗，一下子就倒了下去，现在正在医院抢救哩。白光斗是在车上打电话的，他让邢举牢立即过来和他见面商量一下。邢举牢犹豫了半天说，还是让他把事情弄清楚再说，他毕竟是一个排名最后的副局长，再说也是刚上来的，如果白书记和陶局长都出了事，可能就很难帮上忙了。白光斗骂了声"狗娘养的"，手中的手机就溜到腿面上了。

白光斗不知自己该到哪里去，陶成华肯定见不上，就是见了他又能说什么呢？好在陶成华已经被他牢牢地攥紧了，关于焚尸案的秘密陶成华绝不会交代出去。王花晨他更是不想见，一个只管吃喝玩乐的女人对他来说已经没有一点儿用处。该不该去看看父亲呢？白光斗发痴发呆地又在心里问。想着想着他就禁不住打了一个冷战，父亲也是经过风雨见过世面的人，王乾坤抢白了什么话，竟能把父亲气得犯病了？再说守在父亲床边的还有他的后任夫人，还有从来不打交道的他的子女和亲戚们，还有市上的头头脑脑，所有这些人，他一个都不想见！

白光斗先回到哑巴媳妇身边，这儿和母亲那儿也是他丢心不下的后患呀。像往常一样，他和哑巴媳妇亲热了一番，然后又把哑巴媳妇领到母亲身边，一家人平静地吃过饭，白光斗对母亲说，他真想彻底清静下来，这些日子要把有些商店转让出去，所以就要忙一阵子。让哑巴媳妇就住在母亲身边，他可能一时照顾不上了。母亲见白光斗真想收敛一些，脸上竟露出些许欣喜地说："还是仙凤想得周到，她一怀孩子就把你的心收回来了。"

离开母亲那儿，白光斗就一连接了三个电话。

第一个电话是陶成华打来的，陶成华一开口就哭号着说："白光斗！我现在才认清你是一个彻头彻尾的王八蛋呀！"

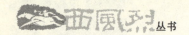

　　白光斗回骂了一句说："你才是王八蛋呢！什么时候不能搞女人，偏要在这个紧要的关头捅出娄子！"

　　陶成华说："还不是王花晨纠缠不休嘛！我……我以后可怎么办呀？"

　　白光斗不依不饶地说："你自己长的猪脑子吗？就是在一起，这边的市上还容不下你们了？竟然远远地跑到省城去，你是害怕你的丑闻传得不远吗？"陶成华悔恨地说，他本来就是害怕皎刚正在这边还盯着他，谁知又落在王乾坤这只老狐狸的手里了。白光斗倒吸了一口冷气，问陶成华现在在哪里？陶成华说他还在政法委的会议室，王乾坤参加市委常委的紧急会议去了，可是大门口的门卫还是不让他出去。对他的处理他也预见到了，最先是停职反省，接着就要追查他在县上的问题。在纪检委立案之前，他只能待在家里被监视居住，纪检委立了案，他就没有一点儿自由了。"说不定我这是最后一次和你通话了，也许等一会儿就会有人收了我的手机。他们现在都忙着你爸的事，暂时还顾不上来管我……光斗光斗，你可要赶紧想办法呀！"陶成华又哭求着说。

　　"这些日子你先受点儿委屈吧。留得青山在，不愁没柴烧，只要你自己没留下让他们可以查出来的大问题，这点儿小事还扳不倒你。你先稳住，这边的风波平静了，我会想办法把你弄到另外的地方去的！"白光斗安慰说。

　　陶成华自觉心虚地说："我能稳稳地待在哪里呀？出了这样的事，回到家也不得安宁了。老婆怎么看我？孩子怎么看我？我……我真想找一个地缝钻进去！光斗，官我不想当也当不成了，只要……只要我……不坐监狱就谢天谢地了。"

　　白光斗故意说："你和我之间的一些事情，我总不会出卖你吧？"

　　"不是你的事……是我自己……唉，人心隔肚皮，我对谁都不敢放心了。"

　　"没事！我起码可以让你的大事化小。"

　　"你说得轻松，你自己的……事……事情如果……那我就罪加一等了。"

　　白光斗的手机又从手中溜脱了。

　　陶成华那边还"喂喂"地低声呼唤着说："光斗，你不赶紧把你的事情堵好，我和你爸都洗不清了。"

　　白光斗捡起手机说："这……你就放心吧。"

　　白光斗回到写字楼的屋子里刚刚坐下，王花晨又打来电话。白光斗问王花晨在哪里？王花晨说她已回到大黄楼宾馆。白光斗说事情他都知道了，再还有什么事？王花晨吭哧了一下，又大大咧咧地说："把陶成华弄成这样子我还真是有点儿不忍心呢。你如果能见上陶成华的面，就请你告诉他，他的老婆如果和他闹离婚，我就跟了他！"

白光斗心想这个女人把陶成华的事情想得太简单了，嘴里却说："你不是还有爱人吗？"

王花晨说："几年都没见还叫爱人吗？虽然他出国快回来了，但是为了陶成华，我就可以一脚蹬了他！"

白光斗一直觉得王花晨在这一点上也可爱，做什么事情都敢作敢当。"行，我会转告陶成华的。但是你这一段时间再不要干扰他，他如果还有别的问题，就不是你的责任了。噢，家具店分给陶成华的钱，你也赶紧抽出来，查出来陶成华就雪上加霜了。"

王花晨说："这没问题，我早就把账抹平了。只是我……现在闲着干啥呀？"

白光斗想他不敢离开市区一步了，赵群也应该回到这边才放心。就直接告诉王花晨说："那个赵群你也知道是怎么一回事了，她探望她丈夫刚回来，我先让她在那边的家具店招呼着。我觉得你再过那边去当经理，倒可以证明你并不是跟着陶成华的屁股跑。再说赵群什么都不懂，在经营上也搞不好。等过了这一段时间，我再……"

"别说了白总！你就说我什么时候走吧！"王花晨似乎也觉得这边成了她的是非之地。

白光斗顿了一下说："马上就去！陶成华因工作上的事情，得罪了一个叫郭淑红的女子，她现在在城关派出所，总想找家具店的麻烦呢。"

"看我打不死她！陶成华倒了你白总永远倒不了吧！欺侮到谁头上来了？！"王花晨两肋插刀地说。

白光斗觉得把水搅浑也好，也就纵容地激将说："也不必追着打。她只要鬼鬼祟祟地在商店门外踅摸，打她个半死往我头上推！"

王花晨好像得了军令状，放下电话就说她现在就走人了。

白光斗正要给赵群打电话，陈根娃却把电话打来了。陈根娃也肯定知道陶成华和白金明出了事，但是他闭口不提别人，只问白光斗现在在哪里？有了王花晨刚才的启发，白光斗就觉得把水搅得越浑越好，父亲被王乾坤气得成了半死的人，这还不值得大闹一场吗？他没有和陈根娃多说话，告诉陈根娃他就在公司总部，让陈根娃过来说话。在等待陈根娃的空隙里，他才给赵群打了电话，让赵群只对店员交代一下，说是王经理过来换她。然后又告诉赵群，不要等王花晨过来再走，趁白天就回到市上来。回来后不要来见他，也不要再到那个招商区的住宅楼上去，直接回家好好休息，哪儿都不要去。

陈根娃上气不接下气地跑上来，脸色有点儿蜡黄地问："有……有事吗？"

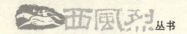

白光斗想看看陈根娃的反应，就说："你急着找我倒问我有什么事了？"

陈根娃愣了一下说："你爸和陶成华的事情全城都传开了，难道你还不知道？"

白光斗耸耸肩说："你好好地在店里守着就行了，操心这些干什么？"

陈根娃扭头就走，走到门口，门没拉开就身子发软地趴在门上了。

白光斗又问："你好像比我还害怕呢？"

陈根娃转过身来说："你……你连你爸都不管了，我还……还替你着什么急？"

白光斗猛地喝问说："陈根娃！郑树民到底是不是你杀害的？"

陈根娃靠着门板溜了下去，双手抱住了头说："你都问过多少次了，……现在还是怀疑我……我真不想活了……不想活了。"

"这么说你现在终于承认了？"

"我承认什么了？"陈根娃垂死挣扎般地跳起来说，"我只知道你派我烧毁过汽车！我只知道郑树民一直给你运送的是不正当的货！我只知道陶成华也是被你拉下水的！"

白光斗阴阴地一笑说："根娃，我再叫你一声哥吧。走到这一步我什么也不想问不想说了。咱们现在是两只蚂蚱拴在了一条线线上，这道坎我蹦不过去你也就蹦不过去了！可以说我是一时清醒一时糊涂着，而你……却比我聪明多了。"

"你把话说清楚，我可没有杀郑树民！"陈根娃看出他又把白光斗制服了，口气又硬起来。

"说吧，我下一步该怎么办？或者说咱们下一步该怎么办？"

"你别咱们咱们的！白金明是你爸又不是我爸，我不过以前叫过他几年的姑夫。"

白光斗听出陈根娃总是把话题往他父亲的身上引，就明白陈根娃也和他想到一块儿了。他叹息了一声说："我爸是王乾坤和皎刚正他们气的，我知道他们的用意是要把陶成华拉下来，由他们再去……掌公安局的权，可是我总不能找他们拼命吧？"

陈根娃不停地看着手表，终于耐不住性子说："你让我干啥就直说吧！"

白光斗在屋子里转了一圈说："你现在就去找王乾坤算账！他把我爸气得昏迷不醒，我得向他索要人命哩！"

陈根娃领悟地说："你爸我也叫过姑夫，看他谁还能说什么！"说着话眼珠

186

子都暴突出来了。

皎刚正弄不清孙维孝干什么去了，孙维孝不在，他就不好通知郭淑红过来，陶成华因男女之事彻底趴倒，他真害怕邢举牢再派人盯他的梢。突变的风云使他不得不小心谨慎一些，王乾坤不在他干什么也是名不正言不顺。但是他也不敢离开办公室，礼拜天的局里来人稀少，关起门他就一直坐着守在电话旁。

不知不觉间天已经黑下来了，皎刚正刚想出去吃饭，电话铃声响了起来。

"喂，维孝吗？"皎刚正一拿起电话就想是孙维孝。

"刚正呀，我是王乾坤。"王乾坤声音沙哑，好像十分虚弱地说。

一种不祥的预感立即袭上皎刚正的心头，他急切地问："王书记，你是不是出什么事了？"

王乾坤说："你过来再说吧。"

皎刚正问他在哪里？王乾坤说他现在在城东的一家私人诊所里。皎刚正立即驱车找到了那家私人诊所。门前没有王乾坤的车，他进门问坐堂的医生，医生先问他是谁，皎刚正报出了自己的名字，那个老医生又看着门外皎刚正开来的警车说："你先把车赶紧藏起来，要不然王局长又不得安宁了。"皎刚正不敢多问，把车开进附近一个派出所的院子后，又拦了一辆出租车来到诊所。

那个医生领着皎刚正向后边走去，在小院角落的一间屋子里，他才看见了王乾坤。这间屋子本来是医生的卧室，躺在床上的王乾坤一看见皎刚正就老泪纵横了。王乾坤的头上缠着绷带，双腿也疼痛得无法伸直，一只手腕上扎着吊针。皎刚正扑过去紧紧握住了王乾坤的另一只手问："怎么回事？这不是无法无天了吗？"

王乾坤悲哀地说："看来我不该负荆请罪，我何罪之有啊！"

皎刚正看着王乾坤满脸的血迹和全身的泥污说："是谁把你送到这儿来的？你怎么能住在这儿呢？"

王乾坤自嘲地说："大医院小医院我都不敢去了，我这是和白光斗他们展开游击战了。还好，这个史大夫是我多年的朋友，否则我真是被白光斗赶得无路可走了。"

"白光斗亲自向你下了毒手？"

"不知道，我现在什么也说不清。"王乾坤回忆着他受到攻击的过程说，他和市委办的两个干部跟着医院的救护车把白金明送到省医院时，还没有发现异常情况，他坐在救护车里一直守在白金明身旁。为白金明办好住院手续，再把

他抬进高干病房时，一切都是正常的。他总怕白金明还会有生命危险，所以就想把医生们的会诊结果等出来。天快黑时，他知道白金明的病情已经稳定下来了，就给陪护的两个干部和白金明的家属交代了一下便离开了病房。事情就是他刚刚下楼准备向车旁走去时发生的。他的身前身后突然冲过来五六个人，还没等他看清那些人的面孔，一个小伙子挥起一拳就把他打倒在地了。他一下子就昏了过去，迷迷糊糊中只听那些人还对围观的群众说，就是他害了他们的什么亲人，说着骂着又是一阵猛烈的拳打脚踢，一块好像是砖头的硬物也砸在他的头上了。他不知他的司机是什么时候也被打伤的，苏醒过来后，才看见司机和他都躺在小车的后座上，开车的竟然是孙维孝了。他问孙维孝这是怎么了？孙维孝见他清醒了一些，什么也顾不上解释，只说得找一个医院让他住下来。当时还在省城的街道上，伤势轻一些的司机发现后边还有两辆出租车紧跟着，惊恐地提醒孙维孝说他们又追来了。孙维孝七拐八拐地把后边的车甩脱后，他就指令孙维孝把车开回市上来。返回市里，他知道哪个医院也不能住，就想先回到家里再说。孙维孝老远就看见他们同住的公安局家属院大门外也蹲着站着黑压压的一片人影。孙维孝麻利地转过弯后又提出是不是先住到哪个县上的医院去？他觉得市上这边还能就近观察一些情况，在城外绕了一个圈子才让孙维孝从东边进城，把他送到这个老朋友的诊所里来了。

"孙维孝又到哪里去了？"皎刚正问。

"他说他再把我的司机送回家去，怎么这一会儿还不见过来？"王乾坤不免又忧心如焚了。

"你应该让你的司机也在这儿治伤嘛！"皎刚正怪怨地说。

王乾坤叹了一口气说："我现在的司机归市委管，看他那担惊受怕的样子我害怕继续连累他。他自己也坚决不在这儿住哩。"

"孙维孝是不是又出了什么事？"皎刚正站起来说。

王乾坤一急就要坐起来，可是身上的伤痛又让他瘫倒了，他无奈地捶打着床沿说："公安局现在也是没王的蜂，你在分局那边也没有站稳脚跟，现在还难派谁支援孙维孝呀？！"说着又拿起了手机，但是茫然地瞅着手机不知该打给谁。

皎刚正已经走到门口说："任何人都不要找了，我自己去！"

"小心点儿，你可千万再不能出事了。"

"您多保重吧！"

白光斗哪儿都没有去，他一直坐在他的公司总部里遥控着。其实，他的心情比任何人都要矛盾都要恐慌，既想把乱子捅得越大越好，又怕真弄出人命案就难以收场了。他给陈根娃和陈根娃发动的各路朋友下达了"除了对王乾坤给一点儿教训之外，其他各路只需要造出一点儿大声势，但是要打持久战"的指令之后，就摊开一本稿纸写起诉书了。正当他琢磨着是不是要请一个律师时，房门就被重重地擂响了。

白光斗惊吓得手中的笔都掉在地上了，"谁嘛？"他捡起地上的笔尽力使自己镇静地问。

"皎刚正！"门外的皎刚正几乎是吼叫着说。

白光斗拉开门十分惊讶地说："我没找你你倒找上我的门了！我正在写起诉书，置我爸于死地的阴谋诡计有没有你参与，咱们在法庭上见吧！"

"一切我都不想和你多说！"皎刚正平静下来说，"你先把你的人从市公安局家属院门口撤走吧！"

"我爸的亲戚多了，其他人要闹事，我能管得上吗？"

"除了你白光斗有这么猖狂，别人谁敢？"

"行了行了！我不是撒野的人，我想你也不是撒野的人吧？那些人都是谁叫的，你可以一个一个地调查嘛！"

"你把孙维孝弄哪儿去了？"

"孙维孝？！"白光斗眯着眼睛想了一下说，"你他妈的是半夜醒来说梦话吧？我半天坐在这儿只是写起诉书，从哪儿给你打听孙维孝？你自己养的一条疯狗你自己弄丢了，还能让我给你找吗？"

"白光斗，你以为你真能一手遮天吗？"

"滚！你等着法庭的传讯吧！"

走下楼来，皎刚正发现院子里又多了两辆车，他把自己的警车开出门后，那两辆黑色的车子就一直尾随着他了。皎刚正知道他们并不会把他怎么样，只是想跟着他找到王乾坤。胡乱地在街道上转了几个圈子后，他忽然想起了白光斗最大的弱点，一气之下，就把他的警车直接开到白光斗母亲的门前才停下来。尾随的两辆车果然再也没有跟过来，慌了手脚的陈根娃一时忘了隐蔽自己，跳下车来向皎刚正这边跑了几步，立即又好像醒悟了什么，回头钻进车里去了。

皎刚正知道白光斗很快就会在这儿出现，就站在车旁和那边的车对峙着。

听着屋子里白光斗母亲吟诵"赞美诗"的声音，皎刚正几次走向车门欲离开，他感到这样对老人有些无情和残忍。然而他只能在这儿等待，等待已经疯狂了的白光斗出现。他甚至歉疚地在心里对这位仿佛置身世外的老妇人说，别

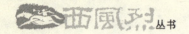

怪我们吧，是您的儿子逼得我只能到这儿来。

哑巴女人唐仙凤总是想念着白光斗，她出来开门瞭望时，看见皎刚正的警车就吓回去了。白光斗的车在那边出现时，他母亲也被他的哑巴媳妇搀扶着走出门了。

"请问你在这儿等谁呢？"白光斗的母亲打量着皎刚正问。

"等白光斗。"皎刚正礼貌地说。

"白光斗有他住的地方，还需要在我这儿等吗？"白光斗母亲又问。

不等皎刚正答话，白光斗就飞跑过来说："妈，他是我的朋友，最好的朋友。我和他……约好了的……"

母亲不相信地又盯着白光斗说："我这儿是你约朋友的地方吗？"

白光斗语塞了半天说："我有点儿事把他忘了，他就到处找。"

哑巴媳妇看看皎刚正再看看白光斗，疑惑地退进门去。

白光斗对母亲赔着笑脸，转过身来看着皎刚正时，却是哭求的模样了。

皎刚正随即也强装出笑容说："老婶子，光斗说得对，我找他只是有一件小事情。"

白光斗这才把母亲扶了回去，进门后，又拥抱了哑巴媳妇。把婆媳俩安顿好再出来时，皎刚正的车已开走了。

陈根娃跟随的那两辆车早已退到了更远的地方，皎刚正故意把自己的车靠着陈根娃的车停下，但是没有下车。他先看清了陈根娃坐的那辆车竟是由陈根娃自己开着，然后又故意激将地隔着车窗说："你已经对王乾坤下了手，还敢对我下手吗？"

陈根娃气急败坏地跳下车来，拉着皎刚正的车门说："王乾坤的坏主意还不是你出的！换一个地方刚才就收拾你了！你们伤害了光斗他爸，连一个市委书记都不放在眼里，打你们也就是打土匪哩！"

皎刚正又装作不想惹事的样子把车窗摇上去说："不管因什么事情打人都是犯法的！"

陈根娃双手拍打着车窗的玻璃说："你有种下来说！"

白光斗跑过来训斥着陈根娃说："干什么！再大的事情法庭上说，你们可不能再动手打人了！"他趴在皎刚正车子的另一个窗口上，还想和皎刚正说什么，皎刚正却慢慢地把车开走了。

皎刚正先回到分局从车子的玻璃上取下了陈根娃双手的指纹，再拦了一辆

出租车从公安局的家属院门前经过时，那儿的人影都不见了。他放心地进了王乾坤的屋子，发现孙维孝已回到这儿了。他问孙维孝到哪儿去了？孙维孝无言地把他领进另一间屋子，这间屋子是这个私人诊所真正的病房，窄小的病床上也躺着一个人，头上也缠满了绷带，衣服撕扯出了许多口子。皎刚正惊呆了，认出是郭淑红后才失声地说："他们太狠心了！竟然对无辜的小郭也不放过！"

郭淑红挣扎了一下说："他们是最后的疯狂了。"

孙维孝不想让郭淑红多说话，又把皎刚正拉回王乾坤的屋子说："我已让同济县公安局把王花晨拘留了。"

皎刚正不解地问："王花晨怎么又跑到那边去了？那么赵群也该拘留呀！"

孙维孝摇摇头说："赵群又不见人了。"

"详细地说一说！"

孙维孝说，他一听王乾坤说要亲自送白金明去省城就预感到要出事。可是他没有车，来回地转乘公共汽车就浪费了时间。到省城后又一时弄不清是哪个医院，跑了几家大医院又浪费了很多时间。待终于在省第一医院查到白金明的住院病房时，王乾坤已经被他的司机连拖带拉地抱上了车。他问司机谁打的人？司机只说有好几个，具体是谁他一个都没记下来。把王乾坤放在这儿再把胆小怕事的司机送回家后，他又想起郭淑红在那边一直盯着赵群也存在着很大的危险，找了个电话亭给郭淑红那个派出所打电话一问，他的这个预感又被无情地证实了。他放下电话立即就去了同济县。好在他这时开上了王乾坤的司机留下的车，就很快把郭淑红接过来了。

"郭淑红在那边就无人管吗？"皎刚正问。

"礼拜天嘛！小郭被王花晨他们打伤后还是被过路的群众送到医院的。听说通知派出所后，派出所来人草草地问了几个群众，还以为郭淑红和王花晨为了哪一个男人争风吃醋，要不然礼拜天的晚上还跑到人家的商店门口乱转什么？"

"王花晨是怎么交代的？"

"真是不要脸的女人！这边的风流事还没完，白光斗又派她到那边当经理了。我问她为什么事要打人？她竟然说她把小郭当做假警察了，还说小郭总是在她的商店外面转，她就以为小郭是穿着假警服的小偷了。"

"那你以什么理由把王花晨拘留起来了？"

"立案！"孙维孝看着一直闭着眼睛的王乾坤说，"打王局的事情也要立案！就是碰个头破血流，就是碰他个鱼死网破，我也要弄他个水落石出不可！狗日的吃了豹子胆了！"

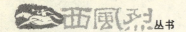

　　皎刚正也看着王乾坤说："白光斗也在写起诉书呢。不是我在他母亲那儿把他的嚣张气焰刹住，他今天晚上还不知会怎么闹呢。"

　　王乾坤猛然睁开眼睛说："他告他的状，咱们查咱们的焚尸案！打人的事情围攻的事情都先放下！你们不觉得咱们纠缠在这些事情上正中白光斗的下怀吗？"

20

又是一起焚尸案

　　那一夜，对两个阵营来说，都是不眠之夜。白光斗和陈根娃只盼着和王乾坤皎刚正他们正面交锋，但是皎刚正突然来了那一手就使白光斗不得不退却了一步。白光斗习惯了自己的"神来之笔"，他本以为父亲的病倒完全可以大做文章，甚至可以使事态进一步发展，以至于使市委都陷入混乱，最终拿出应急的措施——为了平息不安定的因素，暂停王乾坤同志的工作，对白金明同志致病的原因做进一步的调查，再行指定公安局的临时领导班子。可是这一美好而又最理想的愿望却被皎刚正更"神"来的一笔一时打乱了，白光斗知道皎刚正早已掐住了他最为致命的咽喉。母亲和哑巴媳妇那儿可不能再受到半点儿惊扰了。

　　关键是父亲的现任夫人和父亲现在的亲属们，除了对父亲的突然病倒义愤填膺捶胸顿足外，并不和白光斗有力地配合，对白光斗的行动没有给以有力的支援，这也是白光斗不得不中止行动的原因之一。

　　当天晚上，白光斗中止了连他自己都觉得有点儿鲁莽的行动之后，陈根娃却非常不满足地回到白光斗公司的屋子说："事到如今还有别的退路吗？不把皎刚正他们这几个眼中刺拔了，你以后还能睁开眼睛吗？"

　　白光斗捏着肿胀的牙床问："把事情弄得太大了，是你坐牢还是我坐牢？"

　　"当然是我坐牢！"陈根娃勇敢地说，"为你爸我坐几年牢权当报你的恩哩！"随即又诚恳地建议说，"你现在就去医院侍候着你爸，这边由我再把事情往大里闹！"

　　"你还会怎么闹？"

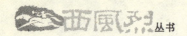

"继续找皎刚正和王乾坤他们，抓住了就往半死里打，我就想让他们把我抓进去呢！"

白光斗更为明晰地在心里说，你是想用为我爸报仇的光荣入狱来掩盖你杀害了郑树民的罪行吧？但是他也知道事到如今自己已经和同案犯差不多了。

"你说话呀！这个时候你还敢打退堂鼓？"陈根娃紧逼了一步说。

"你以为他们会上你的当？你知道孙维孝又到哪里去了？"

陈根娃想了想说："皎刚正跑到你妈那儿去都是害怕挨打呢，孙维孝还不是吓跑了！他们合伙把一个市委副书记气瘫了，心里能不发慌？"

"放屁！"白光斗再也不能容忍陈根娃的愚蠢说，"你把他们看得太简单了，说不定他们现在又到了一起，商讨着新的对策。咱们为我爸的病倒把事情往大里捅，他们也会为郑树民的失踪把事情往大里捅。我爸不管怎么说也是因工作气病的，可是郑树民……郑树民怎么才能交出去呀？这哪一个轻哪一个重，王乾坤能不清楚？皎刚正能不清楚？孙维孝能不清楚？在这些事情上，他们蹚过的河比咱们走过的路还多呀！"

陈根娃忽然下意识地看着自己攥满了汗水的双手，这才想起皎刚正故意摇起车窗玻璃的举动好像并不是出于胆小，而是有另外的目的了。他呆若木鸡地坐了一会儿，就磕巴着牙齿说："给我……二十万现款，……我出去给你把郑树民找回来。"

白光斗吃惊地问："你……你是说郑树民还活着？"

陈根娃低垂着头，似乎是梦幻般地说："没有活人就不能找一个死人吗？郑树民从南方干完活回来了，他还开着他那辆东风大卡车，车上还捎着从南方拉过来的货。可是在外地的一道沟里翻了车，人也烧得辨不清样子了。"

白光斗激动地瞅着陈根娃，可是低垂着头的陈根娃像是真睡着了，再没有力气抬起头来，只是挂在胸前的滴滴答答的鼻涕和眼泪还可以看出他一直苏醒着。"哥，"白光斗走过去双手搂着陈根娃的肩膀说，"可是谁是郑树民……谁是那个开车的人呀？"

陈根娃一动不动地说："你……什么都别问了，这个郑树民临出发时还会给你打电话，你等不到人……只要沿路寻找就行了。"

白光斗一下子忘记了曾经对陈根娃的猜疑，他知道陈根娃这一走就不会回来了。现在，陈根娃就是承认他是杀人犯，就是承认他见钱忘义一时糊涂地杀了郑树民，他也一切都不想往清里问一切都不会计较了。突然，白光斗觉得这样又会给他留下难以解脱的后患，便不解地摇着陈根娃说："哥，可是你还得回

来呀……你不回来我……"

陈根娃从牙缝里憋出一句话说："我会回来的……我会让你看到我的。"

"这……"白光斗更加懵懂了说，"哥，你醒醒吧……你是不是在说梦话……"

陈根娃好像下定了最后的决心，忽然抬起头来说："如果我……出了别人事，根存就由你照顾了！他年纪还小，他还没有结婚呀！"

白光斗也坚定地说："一切的一切你都不要管了！只是你……"

陈根娃豁地站起来说："没有时间了！给我一张你在省城里的存款支票，今天晚上不离开就走不了了！"

"我送你过去！"

"不……"陈根娃临终赠言地说，"你还写你的起诉状，什么都和你没关系。姑姑和仙凤真是……离不开你……"

白光斗忘情地把陈根娃紧紧抱住，两行凄惨的泪水也夺眶而出。但是当陈根娃拿着支票下楼后，他又坐立不安了。他从另外一个屋子叫来一个保镖模样的男子交代说："我哥要到南方办点儿事，明天你就去省城那个银行门口远远地保护着他。只要他从什么地方买了汽车，你就不用再管了。"保镖应诺离开后，他又给赵群的家里打了电话，赵群惊恐万分地说，她心里总是稀里糊涂地跑来跑去，熬煎得都睡不着觉了。白光斗知道赵群已经安全地回到家里，只安慰她这几天不要离开家门，他有时间就会去看她的。

王乾坤和郭淑红还不能从伤痛中站起身来，皎刚正和孙维孝见他们待在那儿不但帮不上什么忙，而且还容易暴露目标。已是后半夜，他们一同来到皎刚正在分局的办公室，皎刚正才兴奋地告诉孙维孝说："陈根娃两只手的指纹全取到了！"

孙维孝精神振奋地说："立即核对！"

皎刚正打开抽屉取出一个档案袋举给孙维孝说："我的眼睛确实被官场的是是非非搞得有点儿麻木了，现在还得借助你这双警犬的眼睛了。"

孙维孝抽着材料袋子说："我也想明白了，该当的官还是要当，要不然现在咱们都没有立足之地了。"

皎刚正附和着说："如果把王局抹到底，事情也不会这么逆转过来。"

孙维孝一进入工作就目光凝视一声不吭了。对照着两张纸上的指纹，他看了再看，才一拍桌子说："尽管留在手电筒上的指纹有点儿模糊，但是凭我的判

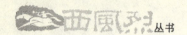

断力，肯定烧车毁车的人就是陈根娃了！"

皎刚正说："为了万无一失，还是让技术勘察人员再验证一下吧。"

"那又要等到什么时候？"

皎刚正走向电话说："我现在就让他们起来！"说着就看着玻璃板下面的电话名单拨起了电话。

孙维孝点燃一支烟说："看看看，还是要当官嘛！到这边成了一把手，谁敢急慢呀？"

皎刚正展开桌上的报纸取出两个烧饼，又从柜子里提出两瓶啤酒说："可是这个官还是白光斗给恩赐的，咱们这不是吃着人家的饭砸着人家的锅了吗？"

孙维孝抓过一瓶啤酒咬开盖子说："你是可怜他了还是同情他了？"

皎刚正也咬开了另一瓶啤酒说："人家可用不着咱们可怜。我只是一看见他的母亲和媳妇，心里就不知是什么滋味了。你也该去见一见，多么慈祥善良而又多灾多难的一个女人呀。还有白光斗那个哑巴媳妇，又温顺又聪明……维孝，我真怕她们有一天也忽然倒下去。"

孙维孝的嘴停在瓶子口了，他慢慢地拉下酒瓶说："一边是善良一边是罪恶，而且这两个水火不相容的东西又确实纠缠在一起，你怎么把他们分开？"

不等皎刚正回答，两个技术勘察的警员就走进门了。他们问皎刚正有什么事，皎刚正让他们立即把这两个指纹检验出来。那两个警员出去后，皎刚正和孙维孝都是闷头啃着烧饼喝着啤酒，一时找不出适当的话题了。

手电筒上的指纹确切无误是陈根娃留下的，焚尸案暂时还不能说已经真相大白，但是起码可以以故意破坏现场和打人罪传唤陈根娃了。这时候天已大亮，在看望王乾坤和郭淑红的路上，孙维孝才打破他们之间的沉默说："刚正，我一直按一条经验行事，干咱们这一行的只认罪恶不认善良，否则只会消磨咱们的斗志！为了一个人两个人的善良，好多人就会因罪恶而付出生命的代价！"

皎刚正一笑问："白金明难道不懂这个道理吗？可是感情的厚重阴影总是笼罩着他的眼睛，一旦有些微的光亮射向他，他立即就觉得天旋地转了。"

到了那家私人诊所的门前，不等他们下车，一位年轻的女助手就迎出来说，王乾坤和郭淑红天一亮就都离开了。皎刚正想问他们去了哪里，那个女助手已经慌慌地走进屋去把门掩上了。皎刚正知道王乾坤不想再打扰人家了，车子一掉头就直接去了市局机关。

王乾坤没有再进原来属他后来又被陶成华占用了的办公室，一过来就把几个副局长和各科的科长们都叫到五楼的小会议室。他急速向大家通报了陶成华

的问题和市委常委紧急会议的决定，就让大家各就各位转入正常工作。不知谁喊了一句调皮话说："胡汉三又回来了！"王乾坤再没有像以前那样接迎地开什么玩笑，而是火爆爆地拍了桌子说："我回来也没带什么正式头衔，但是市委却给了我纠正不正之风的权力！"本来他头上的绷带就让大家惊愕不已，这一声脾气更是让会议室鸦雀无声了。王乾坤又指着这个会议室说："我办公的地方也就在这儿了！正常的案子我不听汇报，我只是要把'七一三'焚尸大案抓到底！指挥部就设在这里！散会！"

皎刚正和孙维孝是散会后才走进去的，在门口碰上了一脸愁云的邢举牢。落在最后的邢举牢好像要问王乾坤什么话，王乾坤却一直不理他。看见了孙维孝，王乾坤又突然喊了一声说："邢举牢！你先留一下！"

邢举牢连忙走近王乾坤说："王……王书记，陶成华的事情我可是一点儿都不知道。"

王乾坤说："那么你和白光斗也很亲密吧？"

邢举牢支支吾吾地说："我和他以前也不认识，只是……调查赵群时，我和他……吃过一顿饭。后来……"

王乾坤打断他的话说："我现在没有时间听这些！先对你提几条要求，第一，立即把孙维孝的档案再从派出所提回来；第二，小谭开的那辆车由我这儿的指挥部使用；第三，关于焚尸案的所有案卷也马上交过来；第四，在焚尸案未破之前，你自己最好对自己约束一点。"

邢举牢愣怔了一下说："行。"

"马上执行吧！"王乾坤大手一挥，邢举牢就灰溜溜地出去了。然后王乾坤才招呼皎刚正和孙维孝说，"都坐吧。"

"郭淑红呢？"皎刚正坐下问。

王乾坤说："我让她先在下面的客房里等候着。"忽然看见郭淑红已经从外边走了进来，又招呼郭淑红说，"噢，小郭一来我所有的兵马都到齐了。只是，"他苦笑了一下说，"只是四个人有两个都是伤号了。"

皎刚正急切地说："王局，我觉得现在就可以抓捕陈根娃了！"

王乾坤一惊说："我不是说了吗，打我的事情先不追究任何人的责任。"

孙维孝递过那份指纹鉴定报告说："刚正昨天晚上巧妙地取到了陈根娃的全部指纹，根据以前掌握的情况和我们反复地核实，陈根娃就是那个焚毁汽车的人！"

皎刚正又强调说："事不宜迟，我们不能给他们留下一点点喘息的机会！"

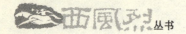

王乾坤考虑了片刻说："好！由孙维孝带两个人立即执行！"说着就领着孙维孝走出去说，"我让他们填发拘留证。"

郭淑红又对皎刚正说："赵群那儿也是个缺口，她已经过这边来了，是不是对她也应该采取措施？白光斗再把他放跑，我想案子还会拖很久。"

皎刚正说："我已有办法了。咱们先以保护的名义把她和白光斗隔离开来。"

郭淑红说："赵群这个最大的受害者真是陷入白光斗金钱的迷魂阵里拨不出来了，其实她确实存在着某种危险性，不是名义上的保护，而是真正要保护呢。"

皎刚正说："等会儿请示王局后咱们就走。"

王乾坤进来后，皎刚正正要提出他和郭淑红的建议，屋子一角的电话就响了，王乾坤先抓起电话问："哪里？"电话是政法委打来的，那边一个干部说，白光斗在那边坚决不走，一定要见到王乾坤。王乾坤说："你让白光斗直接和我说话！"那边的干部说，白光斗一定要见到他的人。王乾坤说："我不能离开'七一三'大案指挥部。你对白光斗说，公安局的大门对他也是敞开的，他如果一定要见我，就让他上这边来吧！"白光斗这才接了电话说："好！那你就等着我！"王乾坤放下电话走过来说："白光斗亲自杀上门了。"

皎刚正一笑说："他还是想用告状拖延时间。"接着又说，"是不是让小郭带一个人先找到赵群，对赵群可要加以保护了？"

王乾坤说："你和小郭去，这里不用你担心！"

郭淑红在会议室巡视了一下，看见一角的桌子上有一盒粉笔，就走过去抓起一根粉笔，工工整整地在会议室的门上写下了"'七一三'大案指挥部"的字样。

王乾坤欣赏地说："不错，白光斗看见这几个字心里先冒汗了！"

郭淑红放下粉笔就去追皎刚正了。

邢举牢和白光斗是一前一后进来的。邢举牢把焚尸案的卷宗放在王乾坤的面前说："孙维孝的档案我已派人去取了，小谭的车刚才已被孙维孝叫走了。"王乾坤点点头说："你可以走了。"邢举牢一转身白光斗就进来了，白光斗先看着门上的字，邢举牢却盯着白光斗一时不知道该不该打招呼。四只眼睛碰在一条线上时，就都是面面相觑地点了点头。

白光斗色厉内荏地跨进门说："这么说二位就是正副总指挥了？"

王乾坤没说话，邢举牢连忙溜到外边说："我……我不是。"说完就头也不回地下楼了。

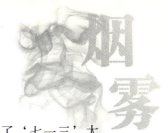

王乾坤这才冷冰冰地看着白光斗说："委屈你了！竟让你进了'七一三'大案的指挥部。"

白光斗坐在王乾坤的对面说："也可以说是我的荣幸吧？只是我不知该怎么称呼你了？"

王乾坤说："怎么称呼并不重要，重要的是我没有多少时间陪你闲聊，找我有什么事情请快点儿说，而且时间越短越好！"

"听你的口气这是下逐客令了？"

"因为这儿是'七一三'大案的指挥部！"

"那我们就换一个地方再说！"

"可是我现在是'七一三'大案的总指挥！"

"你是不敢和我单独对质吧？"

王乾坤哈哈大笑，说："白光斗先生大概不是盲人吧？在这个屋子里只有我们俩！"说完又催促说，"说事说事，要不然我真要下逐客令了！"

白光斗掏出了几张纸说："我一贯是明人不做暗事，关于你伤害了我爸的事情我已经写好了起诉材料，所以我就想把有些问题核实一下，还请你真诚地给以理解和配合。"

王乾坤挡开白光斗递过的材料说："你如果不懂得申诉的程序我可以教给你，你的申诉材料应该呈送法院，然后由法院发传票让我应诉。这样搞你就像个法官了。我想你还不至于傻到这一步吧？"

白光斗收回了材料说："但是我必须把事实核实清楚吧？"

王乾坤站起来说："你连这个权利都没有！我已经把主动交给你了，你当原告我当被告吧！如果就是这件事你可以走了！这次我真是下了逐客令！"

白光斗还是稳稳地坐着说："我想你是怕了！那么我也给你一点儿主动，关于你挨打的事，你也可以当原告，这样咱们就扯平了。"

王乾坤已经走到门口说："我该干什么事还不用你来教给我！请你立即离开吧，这儿马上要开始新的工作，一个叫陈根娃的嫌疑犯就要被抓到这儿来了！"

白光斗像被电击了似的哆嗦了一下，又尽力稳住自己说："你们有什么理由随便抓人？陈根娃是为我出气打了你的，要抓就把我也抓了吧！"

王乾坤拉开门说："你又估计错了！陈根娃因什么事情被抓我想你也心里明白。"

白光斗正要说什么，身上的手机突然响了，他接通手机一听，却是赵群。他低声问赵群有什么事？赵群哭着说，门外不停地有人敲门，听声音好像是皎

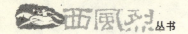丛书

刚正和郭淑红，她躲在屋里不敢吱声，可是他们已经知道她就在屋里，硬是待在门外不走。白光斗心想陈根娃他们是抓不到了，就语气平静地对赵群说："他们既然说是为了保护你，你就先跟他们走吧。你爱人一回来就没事了。"放下手机，他也不敢在这儿磨蹭了，走到门外又对王乾坤说："那就请你也很快做好应诉的准备吧！"

王乾坤说："我想陈根娃的事情你也应该有个思想准备！"

白光斗没有底气地说："我会想办法通知郑树民很快返回来，到时候……你们可不要被人……笑掉大牙了。"

看着白光斗神情恍惚地下了楼，王乾坤也禁不住歔歔了一声，白光斗留下这句话是什么意思？郑树民真是还活着吗？

除了赵群被带了回来外，孙维孝却一直找不到陈根娃了。赵群和郭淑红都住在公安局的客房里，有两个女警察白天晚上都轮流守护着，赵群就暂且安静下来了。赵群一开始只是个哭，郭淑红问她哭什么？她只说自己这一生活得太窝囊了。郭淑红问她这次出去见没见到郑树民？她一会儿说见到了一会儿又说没见到，后来就一口咬定郑树民和她通过电话，只是她自己一直不爱郑树民，所以到了郑树民身边也赌气地不想见他。郭淑红再问她为什么白光斗却一直扬言说，是他让赵群出去到郑树民身边探亲了？赵群仍然执迷不悟地说，白光斗对她太好了，是她自己不愿意见到郑树民。郭淑红耐心地劝她，和郑树民没有感情可以用正当的方式解决，没有必要和公安机关绕来绕去。赵群就坚定地说，郑树民如果再回来她就要和郑树民彻底了断夫妻关系。后来赵群就一直等待着什么消息，问什么都不吭声了。

他们又被这个难以破译的谜团搞得昏头涨脑。

王乾坤把大家召集起来说："再分析一下情况吧。"

皎刚正先汇报了白光斗的动向说："白光斗好像真要收心敛性了，这两天他已经开始拍卖或者转让他在各县的门店。而且对白金明也充满了孝心，除了去省城看望过两次外，还确实向法院递交了申诉状。白天安分守己地忙着公司的事务，一到晚上就守护在母亲和媳妇身旁了。"

郭淑红说："从赵群的言谈举止里可以看出她的心情非常矛盾，一是对白光斗的谎言也不相信，二是又不敢得罪白光斗，甚至觉得白光斗是她终生地依靠了。对于白光斗，我觉得他的精神已经快崩溃了，他这么快速而又冷静地处理着身边的事情，一是还抱着侥幸的心理对陈根娃的出走寄予着什么希望，二是

也预感到了他将面临的后果。"

孙维孝一直低着头思考着什么，皎刚正捅了捅他说："我想白光斗还不至于这么快就把陈根娃暗害了。"

孙维孝闷头抽着烟，突然把烟头摁灭说："陈根娃就是死了，临死之前也肯定和他的弟弟陈根存联系过！我想他们的手机又通过话了。"

皎刚正也恍然大悟地说："走！立即去省城的电信局，陈根娃和陈根存的悄悄联系对白光斗来说也一直蒙在鼓里呢！"又向王乾坤请示说，"如果我们顺藤摸瓜地把陈根存隐藏的地点查到，我以为陈根存也可以直接抓回来了。"

王乾坤说："可以。"

"那我们就出发了！"

王乾坤又挥手让他们坐下说："是不是由孙维孝再带一个人去，白光斗这儿还要皎刚正盯着吧？孙维孝这一走一时半会儿回不来，我总觉得白光斗好像和陈根娃联手在耍什么新花样了，我如果再被白光斗以告状的方式纠缠住就不能脱身，这边的主战场可不能离人呀。"

皎刚正歉疚地看着孙维孝说："又把最辛苦的事情推给维孝了。"

孙维孝开玩笑地说："是不是我游山玩水你眼红了？快开拘留证快给钱吧，我最不爱听的就是客套话！"

陶成华不得不接受这样的现实——因为种种经济问题被隔离审查了。他曾后悔地对他的妻子说过，都是因为他从同济县走得太快了，这样就顾不上填补在那边留下的漏洞，闪电般地撤离有多少人会愤愤不平呀。收了人家的钱还来不及给人家办事，人家能不揭发他？他没有再提说白金明和白光斗，他只期盼着白金明很快地康复，白光斗平安无事，只有这样，他就是当一个平民百姓也就安宁了，或许还可以东山再起。

本来已经病情好转的白金明，听到陶成华被抓的消息后，犹如闻听一声晴天霹雳又把他击倒在病床上了。王乾坤闻讯后不得不赶到省城去看望。不管白金明的病情因何而起，这一块心病却很难从王乾坤的心头祛除了。皎刚正担心王乾坤在路上或医院又会受到攻击，硬是亲自驾车把王乾坤送了过去。在此前孙维孝已来了电话说，陈根存的影子已经捕捉到了，陈根娃也活着，从漫游的手机通话中分析，他们都各自在南方的某个城市，好像还见过面，可是昨天陈根娃却似乎向北而去了。

进了医院，他们发现白光斗的车也在院子停着。上楼时就和白光斗碰了个

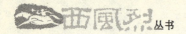

正面。白光斗抹着伤心的泪想说什么，但是狠狠地挖了他们一眼又什么都说不出了。进了病房，陪护的人告诉王乾坤和皎刚正说，白书记的病情又稳定了，人也好像苏醒着，只是不想睁开眼睛，对谁也不说一句话。

王乾坤走过去轻轻握着白金明的手说："白书记，我是王乾坤，我和皎刚正又来看你了。"

白金明突然嚅动着嘴唇说："那个……案子怎么……样了。"

王乾坤为难地说："您多保重……您的身体要紧呀。"

白金明又伸出另一只手说："刚正……"

皎刚正上前握住了白金明的另一只手说："白书记，我在。"

白金明无力地摇着两只手说："别叫我……白……书记了。可是……那个案子如果破了还是……要告诉我一声。"

王乾坤和皎刚正都是无言地摇了摇白金明的手。

白金明忽然又说："有两个人……我总是放心不下……一个是聋哑，一个……拜托你们把她们……守护好啊！"两颗老泪挂在腮边，全身抽搐了一阵，然后就什么都不说了。

皎刚正和王乾坤回到市上已是晚上，一进门郭淑红就急切地说："白光斗刚才打了电话，说是郑树民在返回的路上出事了，让我们把赵群带过去一同处理后事。"

"他没说具体的地方在哪儿吗？"王乾坤问。

"他说他也不清楚。"郭淑红说。

"你告诉赵群了吗？"

"还没有。"

皎刚正一把抓起电话，但是白光斗的电话没人接，手机也关着。

王乾坤当机立断地说："刚正，具体情况先不研究，你立即带交警队和刑警队的三台车十个人沿着高速公路追上去。我立即通知孙维孝对陈根存采取果断的行动！"

皎刚正问："那么赵群带不带？"

王乾坤犹豫了一下说："带上！看看他们怎么表演吧。"又回头对郭淑红说，"那么小郭也要跟着了。"

一阵忙碌，皎刚正一行连夜就出发了。

送走他们，王乾坤就独自苦闷地在院子踱着步，他忽然想起了白金明的嘱托，出门拦了一辆出租车就去了白光斗母亲住的地方。可是在这儿他的心情更苦闷了，不敢进屋，不敢敲门，只是侧耳细听了一阵，听见那个老妇人还在安详地祈祷着什么，就悄然地离开了。再回到公安局的院子里时，邢举牢却在院子等候着他了。

"有事吗？"王乾坤停住脚步问。

邢举牢很轻松地说："听说郑树民在回家的路上出事了？"

"你不觉得又是一条人命吗？"

"这不一样。不管郑树民是死着还是活着出现，都说明和焚尸案没有关系。"

"没有关系好啊，我也不会盼着要把谁牵扯进去。"

"只是这个焚尸案又复杂化了。"

"再复杂还是要破呀！"王乾坤疲惫地向楼上走着说。

"只是绕来绕去把好些人都绕糊涂了。"

王乾坤又转过身来说："邢举牢，我听出来了！你是说我们又弄出了一个大笑话。那我再送你一句忠告吧——你再不清醒就更晚了！"

邢举牢似乎坚信郑树民的面目一定会出现，窃窃一笑就离开了。

又一起焚尸案是在千里之外的另一个省地发生的。死者不是一个人而是两个人了。除了陈根娃的面目还可以辨认出来，另一具尸体几乎和焚尸案那具尸体一样焦煳成了一团黑炭。白光斗先一步到了现场，皎刚正一行随后赶到时，白光斗已把当地的交通警察叫来了。皎刚正他们看到的只能是草草勘察过的现场了。两具尸体已拉到一块儿，很难看出他们两人是谁开着车，怎么就一人烧成了焦尸而陈根娃却还能辨认出来。赵群一看见那辆东风大卡车，硬是努出了几声号啕后，就说她一看这就是郑树民开的车。

皎刚正先问白光斗说："你是怎么得到这儿出了事的消息的？"

白光斗唉声叹气地说："陈根娃带着手机，也不知他们遭到抢劫还是陈根娃在车翻下沟里后还有一口气，我只听他断断续续地说他们出事了，就沿着这条必经的国道赶了过来。"

皎刚正又问："陈根娃怎么就坐到这个车上来了？"

白光斗暴怒地说："郑树民和陈根娃都是你们害死的！你们一直追着我要人要人，我本来就是担心郑树民一急着赶路发生了什么意外，就让陈根娃坐飞机过来跟车……这这这都是你们咒死的呀！"

白光斗说完，赵群也扑过来厮打着皎刚正和郭淑红，几个警察把赵群拉开

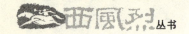

后，皎刚正又去询问了当地的警察。当地的警察交过了从现场收集的几份证件说，他们只以为这是一起普通的交通事故，因为现场没有发现和别的车辆相撞，也就很潦草地处理了一下。既然车主的管理单位来了人，而且好像还牵扯着别的什么事，他们也不好继续处理了。

已经烧得有些残损的几份证件都是郑树民的，汽车的车牌号也是由这边的车管所发出的。唯一使皎刚正顿生疑惑的，只是这辆东风大卡车似乎还很新。他和带去的交警刑警们再详细地看了一遍现场，立即从车中的公里表盘上看出了真相——这辆车虽然也烧毁得面目全非，但又确实是新买的。皎刚正再问白光斗时，白光斗又早有准备地说，他听郑树民打电话说过他的车发生过一次大车祸，也弄不清郑树民是不是新买了一辆。

在现场又对两具尸体做了解剖，两具尸体在临死之前都喝过酒，而且烧得最惨的那一个喝得最多。按照常人的酒量，他喝那么多酒已不可能再开车了。从身躯上看，那具无名尸还有点儿罗锅相，根据技术勘察人员的经验，这个死者很可能是一个无家可归的疯傻之人或者是一个四处流浪的乞丐。但是一切都仅仅是可能，一切都无法把白光斗驳倒了。何况从白光斗的表情看，陈根娃怎么上演了这一折自毁其身的惨剧，他确实也是浑然不知。而他确有着最重要的证据：车牌号是郑树民的，其他证件也都是郑树民的，他们还从现场又找到了郑树民和陈根娃的身份证。

皎刚正只能这样推断：陈根娃已经彻底精神崩溃，为了留给弟弟一个"清白"，为了把白光斗解脱出来，而只得作出了走向绝境的选择。现在，他只能等待着孙维孝那边的战果了，这边能看到郑树民的各种证件，那边的焚尸案也就不必再侦破了。郑树民的各种证件能拿在陈根娃的手里，就说明陈根娃伙同弟弟陈根存在杀害郑树民时，已经做了长远的准备。

21
难 画 句 号

　　孙维孝一行回来得晚了两天，因为他们在抓捕陈根存时，陈根存也觉察到了哥哥已经大祸临头。尽管他知道哥哥是为了保护他，但是当他发现自己也有人跟踪时，就知道哥哥的死亡也不能挽救自己的性命。孙维孝接到命令抓捕他时，他已喝下了大量的安眠药。经过当地医院抢救，陈根存从死亡线上回过了头，他躺在病床上就把焚尸案的整个过程说清楚了。

　　还是七月初的时候，陈根娃趁白光斗去了外地的时机，就带着陈根存去了一趟省城。陈根存本以为哥哥只是带他去玩一玩，没想到平时沉默寡言的哥哥那一天的话特别多，而且一开口就是骂白光斗。陈根存问陈根娃说白光斗不是对他很好吗？陈根娃闷了半天说，白光斗只是把他看成一条看门的狗！陈根存说他愿意怎么看就怎么看，只要每月能发千把元钱一家人的日子就好过了。陈根娃隔了一会儿又埋怨白光斗让某某到外地玩了，一下子把某某提成了商店经理，经常和某某在一起吃饭，一出手就给某某送了多少钱……一说这些事，就显得特别激动特别伤心。还骂白光斗不认亲戚，不知道远近，他每月挣的那一点儿钱还顶不上白光斗请客的一顿饭钱。这么一说一比较，陈根存立即也觉得气愤不平，一会儿也和哥哥你一句我一句地骂开白光斗了。后来陈根娃又对陈根存说，你的媳妇还没找上，将来定亲结婚买家具盖房子都得花很多钱。陈根存就求哥哥向白光斗说一说，让他也进白光斗的公司去。陈根娃更来气了说，他这条狗说话还管用吗？如果不是他勤快，如果不是白光斗看在他母亲的面子上，说不定早都把他开销了。陈根存禁不住恶狠狠地骂了一句很难听的话。陈

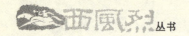

　　根娃见把弟弟心中的火气点燃了，就和弟弟一块儿买了两部手机说，他要和弟弟挣一次大钱。

　　回家的路上，陈根娃就向陈根存说了他的计划。陈根存害怕地说，出了那么大的事，白光斗能不查到底？陈根娃非常有把握地说，白光斗包都来不及哩，他还敢让人查！并说白光斗的关系多，但是恰恰这一次，白光斗却宁愿吃哑巴亏也不会把事情捅出去。说不定还会利用他的关系把案子捻灭哩。只要白光斗出面给案子上浇水，不管是谁作了案都会渡过难关的。陈根存想了一路，回到家就来了精神，每当看到藏着的手机，心头就增加了无形的欲望和胆量。可是陈根娃总是反复地告诫他，一定一定要把手机藏好，不能让任何人知道。还让他老老实实地在农村的家里等候着，有了机会他自会通知的。

　　一直等待了十天的样子，一天下午陈根娃忽然打了他的手机说让他下午就赶到一条公路上去。（陈根存说他已经记不清时间了）他来到一个山口坐到天黑，陈根娃就从一辆公共汽车上下来了。两个人先在一个僻静的地方吃了些东西，陈根存问哥哥今天夜里要干什么事？陈根娃只说到时候就知道了。陈根存又问哥哥他这样出来白光斗能不知道？陈根娃说白光斗每当让郑树民运送这样的货，他总是回到家里等候消息。只有郑树民安全地回来，他才会在公司再出现，实际上是连他都想蒙骗着，但是白光斗打电话的暗语他早已熟悉了。陈根存又问郑树民是谁？陈根娃让他不要问得这么多。陈根存还说如果白光斗打电话找你怎么办？陈根娃一笑说，白光斗一直把他看成是半傻的人，一是绝对不会对他产生怀疑，二是他已经给白光斗说过他要回家看看媳妇。

　　那辆大卡车是后半夜从远处出现的。陈根娃一眼认出来后，就和陈根存悄悄来到公路一旁了。陈根存这时候才看清那辆车挂的还是军车的牌子，蒙着车的帆布棚也好像是军队上常用的颜色。按照事先商量好的办法，陈根存一步跳过去就趴在公路中间了。他看见那个司机一惊下来后，手里还提着像电警棒一样的什么东西，可是不等那司机挥棒打他，隐藏在后边的陈根娃用一条绳子就把司机的脖子套住了。陈根存也爬起来很快把那司机弄到驾驶室里。司机已经被勒了个半死，陈根娃又把他的双手双脚捆紧，立即就把车开走了。（陈根存说他不知哥哥什么时候还学会了开车）

　　那个叫郑树民的司机苏醒时天都快亮了，他认出了抢车的人竟是他熟悉的陈根娃时，愣了半天才问陈根娃究竟要干什么？陈根娃开始还说是白光斗对郑树民不放心了，就派他把郑树民除掉。郑树民哭求陈根娃饶他一命，陈根娃就说自己也下不了手，要郑树民很好地和他配合把车上的货先送到，有了钱他们都一块儿逃命去。郑树民连连点头同意，让陈根娃把他先放开。陈根娃让陈根存给他烟抽给他水喝给他东西吃，但是却一直不让陈根存给他松绑，说不拿到钱他还害怕郑树民把他出卖了。郑树民只想着陈根娃也被白光斗看不起，再哭诉了他和妻子的关系不好，早就想挣够了钱远走高飞，后来就心存生还的希望什么话都不说了。到了收货的货主那儿天又黑了，因为郑树民把一切都告诉了陈根娃，交货收钱都很顺利。

返回的路上，陈根娃不知给郑树民喝了什么东西，郑树民一会儿就没气了。陈根娃把车开到一个河滩里，掏出了郑树民身上的所有证件，又把车上挂着的车牌摘下来，连同车上藏着的车牌包成了一个包，本来想在那儿把郑树民的尸体处理掉，后来不知又想起什么，又把车开上公路了。那时候又是深夜，他们走了一段路，陈根娃就说要找个地方把郑树民彻底烧成灰才好。可是第一次停车好像被什么声音惊动了，陈根娃又把车开出很远一段路，才和陈根存把郑树民的尸体抬下了车。先把尸体放在一块玉米地里，听听周围再没有动静，两人就一会儿小路一会儿玉米地里地一直抬出了很远的路。陈根存困乏地问陈根娃，究竟要抬到哪里为止呢？陈根娃说，不能离公路太近，太近了一着火就很快被人发现了。陈根存又说那咋不把车开过来？陈根娃骂陈根存是笨蛋。一直到了一个村外的麦秸垛前，陈根存才看出陈根娃的办法了。陈根娃先用肩膀顶着陈根存上了麦秸垛，两人就你拉我推地把郑树民的尸体弄到麦秸垛的顶端上了。陈根娃掏出打火机绕着麦秸垛点着了火后，他们就很快离开了。还是先在路上跑，后来又钻进玉米地。

陈根娃开着车，先把陈根存送到他们家乡的一条路上，让陈根存下了车。后来陈根娃是如何翻车毁车的，陈根存就不知道了。

白光斗从外省的翻车现场一回来，就急速地处理着郑树民和陈根娃的后事了。当然两具尸体他不能拉走也不能火化，他只是舍出了大把的钱财对两边的家人进行了抚慰。赵群每天都来公安局哭闹几次，说是事情已经清楚了，也得让郑树民入土为安呀！

孙维孝把陈根存带回来后，还没有惊动白光斗。王乾坤让皎刚正和孙维孝带着陈根存一处一处落实了作案的现场，又去收货的货主那儿协同当地的公安机关查封了那批假烟，拘留了黄为祥后，才过来正式对白光斗进行了第一次传讯。

白光斗无论如何也想不到另一个同案犯，另一个活口，另一个最重要的证

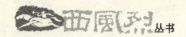

人就在王乾坤他们身后的屋子里。他坐下后还憋闷地问："你们又该问我什么事了？"

王乾坤说："你演的这出戏已经过半了，叫你来是应该进入案中案了！"

"你们已经逼死了郑树民和陈根娃，如果说还要追查案中案，那就应该是你们了！"白光斗口气很硬地说。

皎刚正说："陈根娃不但自己畏罪自杀，还把一个无辜的人一同杀害。可是陈根存还活着，陈根存你总不会不认识吧？"

白光斗猛地一震，一时就哑口无言了。

孙维孝把陈根存推出来说："那么就让你看一看这个活人吧！"

白光斗垂死挣扎般地喊着说："我不管陈根存说什么！他一个毛孩子也许经不起你们的恐吓屈打成招了！就是陈根存说了什么谎话也和我没有什么关系！我……我只知道郑树民和陈根娃……"

皎刚正打断了他的话说："你太累了，我们也太累了，郑树民和陈根娃的事情再不用浪费时间了！"

白光斗又吼了一声说："我和你们没个完！"

王乾坤说："看来都不能完了！你完不了，我们也完不了，还有那个黄为祥也完不了。你们这些人都是很贪婪的，他嘴里给你答应把你运送的那车假烟销毁，可是你一走他就舍不得了。黄为祥又是一个面对你的枪口吧？"

白光斗真像是被一个枪口击中了，身子一仰，面色就是一片苍白了。

王乾坤说："从今天开始你就没有自由了，家里还有什么后事你还可以安排一下。"

白光斗突然又哭喊着说："我什么都可以丢下，只是我的母亲我的哑巴媳妇……"说着就哭得昏了过去。

为了不伤及两个善良而又脆弱的女人，王乾坤让押送白光斗的警察都换了便衣。白光斗走进母亲的家门时，脸上又努力做出平静的微笑，他跪倒在母亲和哑巴媳妇的面前说，他又要出一趟远门，可能很长时间都不能回来，让母亲多保重，让母亲一定要守护好他的哑巴媳妇。还安慰母亲说，她快要看到孙子或者孙女了，有了孙子或者孙女，母亲和哑巴媳妇就更幸福了。

哑巴媳妇早已失去了过去的聪敏和温情，白光斗进去和出来，她都是傻乎乎地站着一动不动。白光斗想和她吻别，她也是像木头人似的没有任何回应。

不等白光斗离开，母亲已经团坐在地，闭着眼睛吟诵她的"赞美诗"了。

　　几天之后，公安局的领导班子又作了重新改组，王乾坤只兼任局党委书记；皎刚正平调市局任副局长，主持日常工作；孙维孝出任刑警支队副支队长，主持日常工作；郭淑红调市局工作，具体工作待焚尸案引出的案中案彻底结束后再分配；邢举牢暂停工作，待查清他和白光斗、陶成华牵连的问题后再作进一步处理。

　　由王乾坤牵头的"七一三"大案指挥部不但没有撤，而且还增加了经济案件侦查人员。法院检察院也派员加强了力量。

　　白金明已经提前出院，他的辞职报告还没有批下来，只是他自己不再上班了。他一下子苍老了许多，两鬓的头发都全白了，走起路来也拄着拐杖。有一天晚上，他竟不知不觉地走到郊外去了，当他颤巍巍地在那个院子门口站定时，突然发现往日十分清洁的门前已经多日没有清扫了。侧耳听着院子里，院子里也是死一般的沉寂了。他问周围的居民那母女俩到哪里去了，有人说她们可能回了乡下，有人说她们也许出外远游了……众说纷纭，不得而知。白金明木然地在那儿站了好久好久……

"西风烈——陕西百名作家集体出征"
项目已出版书目

书名：从长安到罗马——汉唐
丝绸之路全程探行纪实(上下卷)
作者：王蓬
定价：68.00元
丝绸之路的全景式展示，"丝路
申遗"的重要文化力量。

书名：兽
作者：范怀智
定价：24.80元
一幅背景幽深的乡村风景画卷。

书名：三颗青春树
作者：韦昕
定价：32.00元
叛逆的青春在社会、时代、父
辈思想的框里不断冲撞、逃离
与归属。

书名：逃离
作者：冯积岐
定价：25.00元
当代中国版的洛丽塔。

书名：莲花度母
作者：唐卡
定价：25.00元
当代女大学生励志修行必读小
说。

书名：爱情们
作者：王春
定价：22.00元
女人写书，书写女人。

书名：疯狂的木马
作者：吕宏强
定价：32.80元
传销人真实生活的浮世绘，传
销圈套的解密大全。

书名：北京传说
作者：寇挥
定价：26.00元
中国小说界良知写作的代表人
物寇挥，沉默九年之后，再推
力作！

书名：我们的孤独是一座花园
作者：李佳璐
定价：28.00元
一部关于孤独与梦想的诗歌般
小说

书名：含泪的信天游
作者：吴克敬
定价：23.80元
四段凄美温婉的故事、四个女
人的命运交响曲、四场清雅或
浓烈的爱情。

书名：西夏春秋
作者：任海涛 任海印
定价：38.00元
一部既有历史情境感又有文学品格的章回体小说。

书名：陕西楞娃
作者：杨玉坤
定价：79.80元
一部水神传。

书名：鬼神劫
作者：景斌
定价：34.00元
一部悲怆的乡村断代史。

书名：北方战争（上、下部）
作者：赵熙
定价：89.00元（全二册）
一部展示战争与和平、生死与爱的宏大力作。

书名：民乐园
作者：鹤坪
定价：28.80元
叹唱恶百年焰上烹狗，再现辛酸事水底生烟，搜索老西安俗浮浪事，钩沉风月场蛇媚狐行。

书名：公主的预言
作者：孙雨婷
定价：28.80元
"后青春期"的一次奇幻之旅。

书名：颜真卿
作者：权海帆
定价：32.80元
讲述书法巨擘颜真卿鲜为人知的悲舛一生。

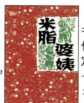

书名：米脂婆姨
作者：文兰
定价：32.00元
一部人文和地域文化元素的集大成之作。

书名：野滩镇
作者：贺绪林
定价：26.00元
"关中匪事"系列之五，关中刀客的惊世传奇。

书名：貂蝉
作者：张艳茜
定价：28.80元
掀起历史中的美人薄纱，还原薄纱下的历史美人。

书名：战俘
作者：兀方
定价：34.80元
一段鲜为人知的悲情史实，一场战俘营内外的攻心战。

书名：大学，大学
作者：雪岩
定价：22.00元
在人网的层面上，走近校园；
在校园的层面上，观照社会；
在社会的层面上，思考未来。